Über dieses Buch Eine Frau hadert mit ihrer unglücklichen Ehe. Wie wird sie reagieren, wenn ihr Mann unter Mordverdacht gerät und sein Alibi von ihrer Aussage abhängt? Das ist die Ausgangssituation in Friedhelm Werremeiers Kriminalerzählung ›Der Freispruch‹, die diesen Band eröffnet.
Vier prominente deutschsprachige Autoren stellen sich hier in einem Sammelband vor mit Geschichten, die allesamt von der zerstörerischen Macht der Gefühle handeln: Mord als extreme Konsequenz aus Emotion, Leidensdruck und Fehlverhalten – Alltagskonflikte also, die zu Kriminalfällen eskalieren. Die Hölle sind die anderen, heißt es bei Sartre. Gibt es aus dieser Hölle einen Ausweg? Wo verläuft die Grenze zwischen einer gestörten, kranken Beziehung – und Mord?
Im Anhang ›Literarische Lebensläufe‹ der vier Autoren von Rudi Kost, einem bekannten Experten der Kriminalliteratur.

Ebenfalls im Fischer Taschenbuch-Programm: ›Ein seltener Fall von Witwenverbrennung‹. Kriminalerzählungen von -ky, Herbert Lichtenfeld, Michael Molsner (Bd. 8207).

Tödliche Beziehungen

Kriminalerzählungen von
Richard Hey,
Felix Huby, Irene Rodrian,
Friedhelm Werremeier

Fischer
Taschenbuch
Verlag

Die im Diana Verlag, Zürich, 1984 erschienene Originalausgabe mit dem Titel ›Tödliche Beziehungen‹ umfaßt sieben Kriminalerzählungen von sieben Autoren, die für die Taschenbuchausgabe auf zwei Bände verteilt worden sind:
Band 1: ›Tödliche Beziehungen‹, Kriminalerzählungen von Richard Hey, Felix Huby, Irene Rodrian, Friedhelm Werremeier.
Band 2: ›Ein seltener Fall von Witwenverbrennung‹. Kriminalerzählungen von -ky, Herbert Lichtenfeld, Michael Molsner.

Veröffentlicht im Fischer Taschenbuch Verlag GmbH,
Frankfurt am Main, November 1986

Lizenzausgabe mit freundlicher Genehmigung
der Diana Verlag AG, Zürich
Die dieser Lizenzausgabe zugrundeliegende Originalausgabe
erschien 1984 unter dem Titel ›Tödliche Beziehungen‹ (siehe oben)

Umschlaggestaltung: Rambow, Lienemeyer, van de Sand
Satz: Fotosatz Otto Gutfreund, Darmstadt
Druck und Bindung: Clausen & Bosse, Leck
780-ISBN-3-596-28206-3

INHALT

FRIEDHELM WERREMEIER

Der Freispruch

Der Fahrer des grünen Opel Rekord war völlig außer sich, als er den ersten und vermutlich einzigen Mord seines Lebens beging. Er war vor allem stark angetrunken, wenn nicht sogar total hinüber, als er – hinter dem Steuer des auf einem einsamen Waldparkplatz bei Hamburg-Rietbrook abgestellten Wagens sitzend – die behandschuhten Hände um den Hals seines neben ihm kauernden Opfers legte und wie einen Schraubstock zusammenpreßte. Das Opfer, im übrigen, war eine sechsundzwanzigjährige, ebenfalls angetrunkene Dirne namens Karin Bolt, ein zierliches, strohblondes Mädchen mit ziemlich frechen Gesichtszügen, das er zuvor in der Nähe des Steindamms aufgegabelt hatte – weit nach Mitternacht, als alle anderen Freier und Huren schon weg waren.
Das Mädchen zappelte und schlug um sich, kratzte, biß und versuchte in seiner Todesangst, bis zuletzt vergeblich, um Hilfe zu schreien ... es hatte gegen den kräftigen, durchtrainierten Mann vom ersten Moment an nicht die geringste Chance.
Und ob nun in erster Linie ein Streit um den sogenannten Liebeslohn diesen grausamen, tödlichen Kampf provoziert haben mochte oder, wie so oft bei Prostituiertenmorden, eine unbedachte, höhnische Bemerkung des Mädchens zum falschen Zeitpunkt – *das,* im Endeffekt, hätte wahrscheinlich nicht mal mehr der Mörder selbst sagen können, als er erkannte, was er angerichtet hatte.
Zeugen der brutalen Tat gab es nicht. Ein gewisser Erich Munkhaus indessen – Frührentner mit achtundfünfzig, ein etwas spinnerter Naturfreund in Bundhosen und grauem Lodenmantel, der regelmäßig Nachtwanderungen mit dem Fernglas machte – erreichte den Tatort genau in dem Moment, als der Fahrer des grünen Opel Rekord sein Opfer rechts aus dem Wagen warf. Die Tür wurde wieder zugeknallt, und mit quietschenden, durchdrehenden Rädern erreichte der Wagen die Straße und raste davon.

»O Gott, o Gott!« stammelte Munkhaus, als er sich über die Frau beugte und auf den ersten Blick feststellte, daß sie tot war. Sie trug schwarze Stiefel, einen Wolfspelz und dicke Handschuhe; ihre Augen standen weit offen.
Mit zitternden Händen kramte Munkhaus einen Kugelschreiber und einen Block aus der Wandertasche, auf dem er sich im allgemeinen die Flugzeiten irgendwelcher Waldkäuze notierte, und schrieb die Autonummer auf, soweit er sie innerhalb dieser wenigen Sekunden erkannt hatte: Zweimal *H* wie *Heinrich,* also ein Auto aus Hamburg. Ein *K* wie *Konrad* und noch ein weiteres *K*. Und dann – todsicher – die Ziffern *eins* und *drei*.
Die allerletzte Ziffer oder die beiden letzten Ziffern des Kennzeichens hatte Erich Munkhaus allerdings nicht mehr ganz so todsicher ablesen können – der Opel war einfach zu schnell in die nächste Kurve gegangen. Und ausschließlich dadurch bekam die Geschichte dann einen Dreh, mit dem *normalerweise* – wenn das Wort hier angebracht ist – nie zu rechnen gewesen wäre.
Marianne Legiehn war beim Bäcker in der Nähe des Fahrenkrön, um frische Brötchen zu holen, als es – um 9 Uhr 15 an diesem Donnerstag, dem 19. November – an der Wohnungstür in der unteren Bramfelder Allee Sturm schellte. Kurt Legiehn, achtunddreißig Jahre alt, ein Hüne von Mann, kam mit wahnsinnigen Kopfschmerzen aus tiefsten, wirren Träumen; er wäre fast aus dem Bett gefallen, wankte nach dem zehnten oder zwanzigsten Klingeln im blau-schwarz-weiß gepunkteten Schlafanzug zur Tür und riß sie auf. »Was is los, verdammt?«
Zwei Männer etwa in seinem Alter, vielleicht etwas jünger, beide ebenfalls an die einsachtzig, standen auf den obersten Treppenstufen – einer mit Rollkragen und Lederjacke, der andere im Trenchcoat. »Guten Morgen«, sagte der mit dem Rollkragen, »Herr Legiehn?«
»Ja. Und?«
Da hielt ihm der Mann eine messingfarbene, ziemlich abgegriffene Metallmarke unter die Nase. »Below ... Kriminalpolizei Hamburg ...«
»Siebert!« sagte der andere. »Haben Sie was dagegen, wenn wir mal reinkommen?«
Die üblichen Sprüche. Genau die grauenhafte Szene, von der

Schuldige und Unschuldige immer mal träumen. Halb blind, mit total verklebten Augen sah Legiehn die bulligen Typen an. »Wa-warum?«
»Bitte, Herr Legiehn!« mahnte Below. »Ihre Nachbarn müssen doch nicht alles mitkriegen ...«
»Also, wirklich – ich glaube, ich spinne!« sagte Legiehn hilflos, als er den Eingang freigab.
Innen postierten sich die Beamten sofort rechts und links neben ihn. Below führte wieder das Wort, nach wie vor. »Sind Sie der Eigentümer des grünen Rekord Ha-Ha Strich Ka-Ka eins-drei-drei?«
»Ja. Aber nu sagen Sie mir endlich ...«
Below ließ ihn nicht ausreden. »Wo waren Sie heute nacht zwischen null und fünf Uhr früh?«
Kurt Legiehn schüttelte wie in Zeitlupe, aber dennoch mit schmerzverzerrtem Gesicht den Kopf. »*So* nicht, Leute ... und nu zieh ich mir erst mal was an!«
Sie ließen ihn gehen – bis jetzt war's ihnen offenbar noch ziemlich egal. Er ging ins Bad, drehte den Kaltwasserhahn am Waschbecken voll auf, riß sich dabei den Nagel am rechten Zeigefinger ein und hielt das Gesicht in den kalten Strahl. Dann trocknete er sich ab, tastete nach einer Schere und schnitt den Nagel unterhalb des nicht sehr tiefen Risses gerade; da er einmal dabei war, schnitt er gleich auch noch ein paar andere schartige Fingernägel zurecht. Er zog seinen Morgenmantel aus Kaschmir an, normalerweise stets ein feiner Pinkel, fuhr sich mit der Bürste durch das wirre, im Moment ziemlich strähnige Haar und sah sich im Spiegel in die rotgeränderten Augen ...
Er sah zur Tür, die nur angelehnt gewesen war und mit einem Male halb offen stand. Below und Siebert schauten ihm zu, plötzlich mit äußerst wachsamen, angestrengten Gesichtern, total verändert.
»Was machen Sie denn da?« fragte Siebert.
»Ich wasch mich!« antwortete Legiehn brüsk.
»Aha ... müssen Sie heute eigentlich nicht arbeiten? Sie sind doch Baumensch, oder?«
»Bin krank!« behauptete Legiehn. »Sehnse doch ... meine Frau hat mich schon entschuldigt ...«
»Gestern auch schon?«
»Seit gestern nach – wie angeflogen ...«

»Was, Herr Legiehn«, fragte Siebert verdächtig beiläufig, »haben Sie gestern nacht eigentlich angehabt?«
»Meinen Schlafanzug. *Den* hier – was sonst?« Er zeigte auf seinen Bauch.
»Und davor?«
»Da war ich nackt!« sagte Legiehn gehässig. Er zog sich den Gürtel fest und ging zurück ins Wohnzimmer; die Beamten folgten ihm. Below setzte sich unaufgefordert hin, und auch Legiehn suchte sich schleunigst den nächsten Sessel; irgendwie zitterten ihm plötzlich scheußlich die Beine. »So ... bevor ich Ihnen jetzt noch ein einziges Wort sag, will ich *genau* wissen, was hier läuft!«
Siebert sah Below an, und Below zuckte resignierend die Schultern und nickte – in Richtung Legiehn. »So gesehen, Herr Legiehn, läuft hier 'ne *Beschuldigtenvernehmung* ... Sie sind dringend verdächtig, letzte Nacht die Prostituierte Karin Bolt gewaltsam getötet zu haben. Es steht Ihnen nach dem Gesetz selbstverständlich jederzeit frei, einen Anwalt Ihres Vertrauens ...«
»Ich?« unterbrach Legiehn fassungslos. »Sie haben doch wohl ... ich bin – *was* bin ich?«
Niemand hatte mitgekriegt, daß Marianne Legiehn zurückgekommen war und von der Diele aus entgeistert zuhörte. Die Brötchen hatte sie noch in der Hand.
»Es steht Ihnen frei, einen Anwalt Ihres Vertrauens zuzuziehen!« wiederholte Below. »Sind Sie übrigens öfter mal mit Nutten unterwegs?«
»Nie!« schrie Legiehn. Er schien den vollen Ernst der Lage endlich begriffen zu haben.
»Is ja momentan auch egal!« sagte Siebert. »Aber wenn ich nochmals fragen darf – wo waren Sie heute nacht zwischen null und fünf Uhr früh?«
»Da war er zu Hause im Bett!« sagte Marianne Legiehn. Sie trat ins Zimmer; Below sprang auf, und er und Siebert, aber auch ihr Mann starrten sie überrascht an. Eine schlanke, unscheinbare graue Maus, dachte Siebert, Anfang Vierzig, sieht aber älter aus. Nicht häßlich, dachte Below, aber verhärmt bis auf die Knochen.
»Wo kommst du denn her?« fragte Legiehn verstört.
Below murmelte seinen Namen und Dienstgrad und den seines Kollegen. »Frau Legiehn?«

Sie nickte.
Legiehn indessen, offensichtlich seltsam erleichtert, lief zu ihr hin und sagte: »Das sind *Bullen,* Marianne ... die sind *verrückt!*«
Sie legte die Brötchentüte aus der Hand und faßte seinen Arm an – eine merkwürdige, nahezu mütterliche Geste. »Was wollen sie denn von dir?«
Siebert räusperte sich. Also noch mal dasselbe, sagte sein müdes Gesicht, in der neuen Besetzung. »Ein Zeuge hat letzte Nacht einen grünen Opel Rekord an der Stelle gesehen, an der eine ermordete Frau gefunden worden ist. Wir haben Grund zu der Annahme, daß es sich um den Wagen Ihres Mannes gehandelt hat. Insofern ...«
»Wo denn?« fragte Marianne Legiehn, immer noch zu Tode erschrocken.
»Am Rande des Forstes Rietbrook ...«
»Aber das ist doch mindestens eine Stunde von hier!« Sie zögerte – ganz offensichtlich. »Außerdem hab ich zufällig kurz vor vier auf die Uhr geguckt – da lag mein Mann neben mir und schlief! Irgendeiner *muß* sich da irren – das *kann* gar nicht stimmen!«
»Ausgerechnet gegen vier haben Sie auf die Uhr geguckt?« höhnte Below, zum ersten Mal aggressiv. »Haben Sie auch nach seinem Auto geguckt?«
»Natürlich nicht!« antwortete sie tapfer. »Das steht normalerweise in der Garage, ich hab's jetzt auch nicht gesehen, als ich einkaufen war ... ist das etwa verdächtig, daß ich mitten in der Nacht *nicht* aufsteh und zum Fenster gehe und rausgucke?«
»Natürlich nicht!« sagte Siebert besänftigend. »Aber noch mal 'ne andere Frage; wollte ich vorhin schon fragen ... Sie haben da doch vorhin Maniküre gemacht, als Sie im Bad waren, Herr Legiehn?«
Legiehn schaute unwillkürlich seine Hände an. »Was soll das nu wieder?«
»Machen Sie das regelmäßig morgens, wenn Sie einer aus dem Bett holt?«
»Das mach ich dann, wenn's nötig ist!« sagte Legiehn störrisch. »Und vorhin *war's* mal nötig, wenn Sie Ihre Augen aufgesperrt hätten – wollen Sie auch noch wissen, ob ich mir in der Nase gebohrt hab?«

Siebert blieb friedlich. »Die Sache ist die. Wir haben an der Armbanduhr der toten Frau ein Stück Fingernagel gefunden, das möglicherweise von demjenigen stammt, der sie umgebracht hat. Da ist es erstens sehr merkwürdig, nachdem Sie sowieso schon verdächtigt sind, daß Sie sich ein paar Stunden später die Nägel saubermachen. Aber zweitens seh ich da auch *die* Chance, Sie zu entlasten, wenn Sie es nun doch nicht gewesen sind . . . kapiert?«
Legiehn verstand kein Wort. Seine Frau jedoch hatte anscheinend sofort begriffen, was er gemeint hatte. »Sie wollen einen *Fingernagel* von ihm?«
»Ja – ein winziges Stück! Wenn wir das mit dem gefundenen Stück vergleichen und feststellen, daß die eine Probe mit der anderen nicht identisch sein kann, ist Ihr Mann ein für allemal aus dem Schneider!«
»Und wenn's zufällig doch zusammenpaßt?« fragte sie kopfschüttelnd.
»Dann sagt das auch noch nichts!« behauptete Siebert. »So ganz hundertprozentig konnte man Fingernägel bisher noch nie miteinander vergleichen!«
Marianne Legiehn war unschlüssig. »Ich kann Ihnen nur sagen, daß er *hier* gewesen ist . . . ich weiß also wirklich nicht, was das . . .«
Below kam seinem Kollegen zu Hilfe. »Ist doch reine *Routine,* Frau Legiehn! Sie werden doch einsehen, daß wir das Alibi eines Menschen überprüfen *müssen* . . . erst recht, wenn's mit seiner *Ehefrau* steht und fällt!«
Siebert, so schien es, hielt den Atem an. Wahrscheinlich war er heilfroh, daß niemand die nächstliegende Frage stellte – warum man überhaupt einen Vergleichstest ins Auge faßte, wenn brauchbare beziehungsweise sichere Ergebnisse nicht zu erwarten sein würden. »Wir könnten uns jederzeit einen richterlichen Beschluß besorgen, Herr Legiehn – dann *müßten* Sie sich diese . . . diese Entnahme gefallen lassen! Wär doch viel einfacher, wenn Sie uns das ersparen; Sie sparen doch auch Ihre *eigene* Zeit . . .«
»Also gut!« sagte Frau Legiehn. Dabei sah sie ihren Mann allerdings geradezu furchtsam von der Seite an – sie schien es, alles in allem, nicht gewöhnt zu sein, ihm Verhaltensmaßregeln zu geben. »Du hast doch nichts zu verbergen, Kurt . . . mach's doch!«

Er sagte nichts mehr. Und wie ein Delinquent vor der Hinrichtung sah er zu, wie seine Frau ihre Handtasche aus der Diele holte und ein Etui mit Feilen und Scheren hervorkramte...

»Komm – tu ihnen den Gefallen!«

In Legiehns Augen stand die nackte Angst, als er sich ein Stück Nagelschnipsel vom linken Daumen abzwickte; er sah aus, als sei er das Opfer einer grauenhaften Körperverletzung.

»Scheißzirkus!« knurrte er. Und gleich nochmals, viel lauter... »*So* ein Scheiß!«

Siebert nahm ihm die Nagelprobe behutsam ab und steckte sie in ein Plastiktütchen. Dieses beschriftete er sorgfältig und steckte es, nachdem er es Below gezeigt hatte, in seine Kollegmappe. »Danke, Herr Legiehn... wir brauchen dann allerdings auch noch mal Ihr *Auto*. Und natürlich Sie selber *auch*... wenn Sie für alle Fälle doch noch mal kurz mitkommen könnten...«

Da nahm Marianne Legiehn, bevor ihr Mann antworten konnte, ihren ganzen Mut zusammen. »Nun reicht's«, sagte sie mit heller, bebender Stimme. »Ich kann Ihnen die Garage zeigen, und dann können Sie den Wagen mitnehmen... sehen Sie allerdings bloß zu, daß er so schnell wie möglich wieder da ist, weil wir ihn nachher noch brauchen! Aber *er* nicht – *er* kommt *nicht* mit!«

»Ich bleib *hier!*« bestätigte Legiehn.

»Aber es geht doch nur um eine routinemäßige *Blutprobe!*« sagte Below kopfschüttelnd. »Wirklich – nur für alle Fälle! Sie haben doch gestern offenbar ziemlich heftig gebechert, Herr Legiehn – oder?«

»Ich kann soviel saufen, wie ich will!« zeterte Kurt Legiehn wütend.

»Tja – kommt drauf an!« sagte Siebert nachdenklich.

»Kommt drauf an?« schrie Legiehn. »Sie – das ist *Terror,* was Sie hier machen! Hängt Ihnen Ihr Job nicht allmählich selber zum Hals raus?«

Schimpfend wie ein Rohrspatz – weil er nicht mal in Ruhe Tee trinken durfte und in Hetze nichts essen wollte – kam Legiehn schließlich doch noch freiwillig mit zum Institut für Rechtsmedizin. Dort mutete ihm ein Arzt eine weitere schwere Körperverletzung zu, indem er ihm ein Röhrchen Blut abzapfte.

Alkoholbeeinflussung mindestens mittelgradig. Deutlicher Tremor, beidseitig, vor allem an den Händen, schrieb der Arzt auf das Begleitformular.
Siebert ging zwischendurch mal für fünf Minuten weg – in den Obduktionsraum, wie er signalisierte; Below blieb in Legiehns Nähe. Und Marianne Legiehn bewachte ihren Mann die ganze Zeit über wie eine Glucke – auch dann, als sie anschließend alle zusammen im zivilen Polizeiwagen wieder in die Bramfelder Allee fuhren. Siebert und Below hatten der Einfachheit halber zwei Beamte von der Spurensicherung in die Tiefgarage bestellt, in der Legiehn – ein paar Häuser von seiner Wohnung entfernt – einen Stellplatz besaß; dort trafen sie sich, und die Techniker gingen ans Werk.
Selbst hier ließ Frau Legiehn ihren Kurt nicht von ihrer Seite; sie überwachte mit Argusaugen jeden Handgriff, den die Polizeimenschen taten. Dabei lief das Ganze ohne jeden ungewöhnlichen Aufwand ab; ein paar Leute, die in der Zwischenzeit ankamen oder abfuhren, sahen gleichgültig zu ihnen herüber. Kurt Legiehn, unrasiert, ohne Frühstück und vor allem unheimlich schlecht gelaunt, paßte ins Bild – es sah, alles in allem, ganz so aus, als habe eine größere Gruppe vor dem Start eine Panne entdeckt und die Mechaniker gleich herkommen lassen.
Siebert und Below waren – so, wie's bisher gelaufen war – ziemlich frustriert; sie hatten, unabhängig voneinander, ununterbrochen darüber nachgedacht, wie sie Legiehn und sein mieses Alibi knacken könnten, obgleich ihnen die Hände gebunden waren. Denn *daß* es sich hier um ein falsches Alibi handelte – davon waren sie, mit all ihrer Erfahrung aus hundert Mordfällen, so überzeugt wie der Papst von der Existenz des Leibhaftigen. Zugleich aber wußten sie ja auch, daß sie weiß Gott nicht das einzige Team der Mordkommission waren, das die Besitzer grüner Opel mit dem unvollständigen Kennzeichen HH-KK 13 . . . unter die Lupe nahm: Genau gesagt kamen sechsundzwanzig in Frage, seit dieser Lodenmensch und Nachtwanderer Munkhaus noch vor Tagesanbruch den Leichenfund gemeldet und seine Beobachtungen zu Protokoll gegeben hatte. Nach einem ersten Check durch den Leiter der Kommission waren acht dieser Wagen mit drei- und vierstelligen Kennziffern hinter den Buchstaben KK in die engere Wahl gekommen – und zwei davon hatten Siebert

und Below, von 7 Uhr 30 an, im nordöstlichen Hamburg selbst überprüft...

Irgendwann gingen die beiden Hauptmeister, die seit dem Betreten der Wohnung Legiehns kaum Gelegenheit gehabt hatten, ein Wort unter vier Augen zu reden, ein paar Meter zur Seite. »Die Autopsie war vorhin noch im Gange«, berichtete Siebert, »aber sie wußten schon, was los ist... Bruch des Zungenbeins, sagt der Obduzent, also tatsächlich Erwürgen oder Erdrosseln – das übliche. Diesen Legiehn hätt ich ja zu gern mal mitgenommen vor die Leiche – mal sehen, was er dann von sich gegeben hätte!«

»Und?« fragte Below. »Warum hast du es nicht getan?«

»Weißt du doch selbst! *Dürfen* wir nicht... was dürfen wir überhaupt noch? Wenn wir denen die Wohnung auseinandernehmen dürften, hätten wir bestimmt was gefunden... das *ist* der Täter, darauf kannst du Gift nehmen! Aber nein, erst muß einer *zugeben,* daß er es gewesen ist, bevor wir ihm nur mal an die Wäsche dürfen – macht doch längst keinen Spaß mehr, wenn du mich fragst!«

»Sicher«, sagte Below, »die Ehefrau ist so und so nicht koscher. Aber deshalb gleich zur Verhaftung schreiten... sei doch froh, daß du die wenigstens mal mit den *Fingernägeln* aufs Kreuz gelegt hast! Freiwillig hätten wir von *ihm* nie was gekriegt...«

»Ich?« fragte Siebert schaudernd. »Ich *die* Alte aufs Kreuz gelegt?«

»Nu ja – von wegen, daß wir mit Fingernägeln bisher noch nie was anfangen konnten. Die wird sich doch hoffentlich noch schrecklich wundern...«

Das Gespräch drehte sich im Kreise – wie immer in solchen Situationen. Siebert sah vorsichtig zu den Legiehns herüber, die ihr Auto nicht aus den Augen ließen, sich momentan allerdings nichts zu sagen hatten. »*Bisher* stimmt ja auch. Und wenn sie nun mal nicht die Schlaueste ist... sag mal, übrigens, hast du nicht auch das Gefühl, daß die beiden irgendwie überhaupt nicht zusammenpassen? Dieser Windhund – und dann diese graue Gattin...«

»Doch, doch«, stimmte Below zu, »*älter* als er ist sie sowieso... ich könnt mir schon vorstellen, daß die sowieso alles tut, damit sie ihn nicht los wird. Ein Alibi mehr oder weniger – das spielt da sicher kaum 'ne Rolle...«

»Ja, aber auch sonst! Dieser Legiehn ist doch genau der Typ, der bei jeder Gelegenheit rumbumst! Und wenn er nichts hat zum Fremdgehen, geht er ins Puff oder holt sich nachts eine vom Strich!«
Below war nach wie vor einen Tick skeptischer. »Glaub ich ja auch – bloß ist das ja noch lange kein Beweis dafür, daß er dann immer gleich eine *totmacht*...«
»Von *immer* redet kein Mensch!« sagte Siebert. »Aber diesmal hat's geknallt... diesmal ist ihm das Ding abendfüllend durchgebrannt! Wenn der Munkhaus wüßte, daß die letzte Zahl von der Autonummer 'ne Drei war, wär er mit und ohne Alibi dran. Und ohne Alibi wär er mit und ohne Munkhaus dran – ist doch lächerlich! Eins so dünn wie das andere! Der war doch fix und fertig, bevor die Frau Gemahlin kam und ihn in den Arm genommen hat!«
Die Spurensicherer waren fertig und packten ihre Gerätschaften ein. Der grüne Opel sah aus wie frisch vom Händler gekommen – besser als vorher.
»Und?« fragte Below leise.
Einer der Experten schüttelte fast unmerklich den Kopf. »Nicht die kleinste Wollfaser. Nirgendwo Blut. Macht euch da besser erst gar keine Hoffnung!«

Als Marianne Legiehn mit ihrem Mann endlich allein war, sagte sie drängend: »Jetzt sag doch mal, was los war!« Sie saß im Sessel und beobachtete nervös, wie sich Kurt – immer noch ohne einen Bissen im Magen – zwei Mariacron nacheinander einschenkte und jeweils in einem Zug austrank.
»Ich war's nicht!« sagte Kurt, die Flasche noch in den Händen.
»Aber ich muß...«
»Nichts aber! Natürlich war ich's nicht! Ist doch Schwachsinn... würdest du mir so was zutrauen?«
Am liebsten – und um ein Haar – hätte sie *ja* gesagt, aber sie konnte sich gerade noch zurückhalten. »Trink doch nicht schon wieder soviel!« sagte sie statt dessen, als er sich den dritten Schnaps einverleibte.
»Ich geh jetzt duschen!« verkündete Kurt. »Bin völlig zugeklebt, vor allem nervlich. Wenn wieder so'n Heini kommt – ich bin nicht zu sprechen!«
Er ließ sie allein – wieder mal. Wie letzte Nacht und sicherlich

tausend Nächte davor. Durch die dünnen Wände der ehemaligen Sozialwohnung, die Kurt – als Maurerpolier zugegebenermaßen sehr geschickt und gekonnt – in eine Art Luxuswohnung verwandelt hatte, drang das Rauschen des Wassers. Und Marianne Legiehn, die sonst nie rauchte, zündete sich eine von Kurts Camel-Filter an. Ohne alle Rührseligkeit dachte sie: Im Grunde bin ich eigentlich ein verdammt armes Schwein!

Sie war nichts Besonderes, als sie Legiehn zum ersten Mal traf, aber sie war zufrieden. Und auf ihre Weise happy ... Im *TuS Bramfeld* gab's zwar erheblich bessere Leichtathletinnen als sie, aber keine, die besser rechnen konnte: die gelernte Buchhalterin Marianne Rosenbauer war nach drei Jahren Vereinszugehörigkeit Kassenführerin und Mitglied des Gesamtvorstandes, Delegierte bei der Hamburger Sportkonferenz, Kalkulatorin für die Ausrichtung der Mehrkampfmeisterschaften der Hamburger Ostbezirke. Legiehn war damals – vor zwölf Jahren – Absolvent der Hanseatischen Baugewerbeschule und ein trinkfester Kumpan des Vizepräsidenten von *Concordia Wandsbek*, der ihn überall mit hinschleppte.

Sie lernten sich näher kennen auf einem Silvesterball der Bramfelder Fußballabteilung in der *Grünen Eiche*. Marianne Rosenbauer war verknallt in Legiehn wie noch nie in einen Mann während ihres bisherigen Lebens, als die Altjahrescountdown im Fernsehen anfing; sie hatten getanzt und geredet, hatten festgestellt, daß sie beide schon früh Vollwaisen geworden und total ohne Anhang und familiäre Bande waren – und vor allem hatten sie einander immer wieder versichert, daß man sich künftig doch mal öfter sehen müsse. Und mit dem Glockenschlag eins des neuen Jahres griff sich Marianne den Typ, der wenige Monate später ihr Ehemann wurde, wie eine überfällige Beute ...

Das erste und einzige Mal. Ich hätte es besser unterlassen! dachte Marianne Legiehn.

Zwei Jahre ging's prima – Kurt schien tatsächlich froh zu sein, ein Dach über dem Kopf zu haben. Und weitere drei Jahre ging's immerhin noch mäßig ... man wurde ja nicht jünger und schöner. Dummerweise hatte Marianne auf Kurts Drängen hin nicht nur ihren Job aufgegeben, als er Polier und Bauführer bei *Hansa KG. Hoch-Tief* wurde, sondern auch noch ihre Versicherungen gekündigt: Kinder hatten sie nicht, argu-

mentierte Kurt, würden sie auch nicht mehr kriegen – warum also das Geld nicht auf den Kopf hauen? Warum an Zukunftssicherung denken, wenn der Mann sowieso gut versichert war und damit auch die Frau, sofern sie ihn, was gar nicht sicher war, überhaupt überlebte?
Dumm genug! dachte Marianne. Sie geriet in eine immer größere Abhängigkeit und verlor den letzten Rest ihrer Selbständigkeit. Und Kurt machte spätestens vom sechsten Ehejahr an, was er wollte: Saufen. Zocken. Fremde Frauen – Kolleginnen aus dem Lohnbüro und dem Sekretariat seiner Firma und noch Schlimmere, *nicht* aus der Firma. Und dann alles noch mal von vorn, womit jeweils die Woche rum war. Sie saß zu Hause, starrte abwechselnd ins Erste und Zweite Fernsehprogramm und wußte am nächsten Morgen nichts mehr – geschweige denn, wo ihr der Kopf stand.
Ein einziges Mal hatte sie einer früheren Kollegin ihr Herz geöffnet. Aber die hatte abgewinkt... *Sieh mal, Kurt sieht gut aus, da bleibt das nicht aus, daß ihm mal eine Avancen macht!* Das ist es ja nicht, hatte sie gesagt, ich frag mich bloß, ob ich nicht besser bin als irgendwelche Huren, mit denen er rumzieht! *Aber ich bitte dich, Marianne! Männer kommen manchmal früh in die Midlife-crisis – die machen dann diesen Blödsinn! Er muß ja auch arbeiten wie ein Tier – und wenn du mir dann noch sagst, daß er eine freudlose Jugend gehabt hat... Nachholbedarf ist das! Wetten, daß sich das von alleine gibt?*
Marianne Legiehn hatte nicht wetten wollen – sie war immerhin ein paar Wochen der guten Hoffnung, die große Krise sei vorübergehender Natur. Dann aber kam der Jammer zurück, schlimmer als je zuvor... Was, bitte schön, hatte *sie* denn davon, wenn Kurt wie ein Tier arbeitete und anschaffte, im Akkord und auch noch schwarz, nur um das klotzige Geld dann in einer Nacht zu verjuxen? Wenn man ihn zu Hause nicht mal ansprechen durfte?
»Ich bring mich um!« sagte sie irgendwann.
»Macht doch nichts!« tröstete er – herzloser ging's nicht mehr. »Die Sterbeversicherung kommt für alles auf – sogar für die Todesanzeigen!«
Später drohte sie mehrfach: »Ich laß mich scheiden!«
»Also, *das* würde ich mir dreimal überlegen!« mahnte Kurt dann regelmäßig und stereotyp, wenn er nicht gerade blau war und überhaupt nicht mehr reagierte. »Denk doch mal an

die vielen Arbeitslosen – meinste, dich nimmt noch wer mit deiner fehlenden Praxis als Buchhalterin oder sonstwo im Büro?«

Sie hatte ja zunächst noch Oberwasser gehabt, wie sie albernerweise glaubte; schließlich las sie ja Zeitung – eins der wenigen Hobbys, zu denen sie sich noch aufraffen konnte. Und da stand alle nasenlang was Neues drin über die neuen Rechte der Frau nach dem inzwischen auch nicht mehr ganz neuen Scheidungsrecht. »*Du* mußt für mich aufkommen, du mußt *zahlen*... außerdem hab ich jederzeit vollen Anspruch auf *Versorgungsausgleich!*«

»Red doch nicht!« sagte er unwirsch. »Du bist kerngesund – da sagt dir jeder, daß du für dich selber aufkommen mußt bei *der* Wirtschaftslage! Meinste, der Staat hat zuviel Geld? Oder ich – als Steuerzahler? Wenn du nicht als Buchhalterin oder Büromieze unterkommst, wirste umgehend umgeschult – *das* wirste!«

»Als was denn?«

»Als Putzfrau!« sagte er. »Prost!«

Deprimierend! dachte sie. Entwürdigend! Wenn ich bloß die Energie hätte, mich da mal richtig reinzuhängen! Wahrscheinlich spinnt er in manchen Punkten – wahrscheinlich bin ich besser dran, als ich glaube...

Sie haßte ihn zehn Tage hintereinander und fiel jeweils am elften Tag wieder auf ihn rein, wenn er mal gerade seine guten fünf Minuten hatte. Natürlich sah er gut aus – natürlich war sie stolz gewesen, daß er gerade auf sie verfallen war und nicht auf Anneliese Superstar oder Rita Beyer, die Königinnen der Bramfelder Aschenbahn. Vor allem aber war er ja auch *schlau* – und irgendwas war schon dran an seinen Sprüchen; sie mußte sich da kolossal vorsehen, durfte sich nie eine Blöße geben.

Er joggte, wenn er mal nichts anderes vorhatte – sie war anfangs mal mitgelaufen, aber er war ihr weggelaufen und hatte nur höhnisch gegrinst. Er arbeitete mit Expandern im Bad, schaffte es irgendwie immer noch, trotz seiner Sauferei die Figur zu halten –und *sie* wurde immer grauer. Und fett um die Hüften sowieso...

Inzwischen war es so weit gekommen, daß sie seit mindestens drei Jahren keinen Besuch mehr hatten und so gut wie keine Kontakte, nicht mal mit den Leuten im Haus. Sie gingen nie

gemeinsam vor die Tür, es sei denn, sie fuhren mal zum Einkaufen zum *Allkauf*-Markt – und wenn Marianne nicht dreimal oder viermal ins Kino gegangen wäre, hätte sie kaum noch gewußt, wie die City aussieht. Alle sechs oder acht Wochen ging Kurt mit ihr ins Bett, meist betrunken und ohne jedes Vorspiel; er sagte weder vorher noch hinterher *danke* oder *bitte* oder sonstwas. Durch seine viele Schwarzarbeit hatte er regelmäßig die Taschen voll Geld – sie konnte immerhin froh sein, daß er ihr wenigstens ausreichend Haushaltsgeld gab, und es wäre ihr deshalb nie in den Sinn gekommen, ihn um eine einzige Mark mehr zu bitten – für *sich*. Jedenfalls war sie seit langem heilfroh, wenn er nicht da war – gleichgültig, *wo* er war. Sie wollte es nicht mehr wissen.
Tausend Einzelheiten. Tausend beschämende, bittere Einzelheiten. *Er* redete von Scheidung, nachdem *sie* damit aufgehört hatte. *Mecker doch!* sagte er provozierend. *Ich bin froh, wenn ich dich los bin!* Sie meckerte nicht. *Hau doch ab!* Ja, sicher, aber wie und wohin?
Das letzte kurze Gespräch, bei dem Marianne Legiehn andeutungsweise aufgemuckt hatte, war am vorvorigen Heiligen Abend gelaufen. Abends zwischen neun und zehn, quasi zwischen zwei Besäufnissen. »Ich hab mir eins überlegt, Kurt – glaubst du nicht, daß es besser wäre, wenn ich mir irgendwo eine kleine Wohnung nehmen würde?«
Er sah sie an wie jemanden, der gerade den Verstand verloren hat. »Wer soll das *bezahlen?*«
»Ich kann mich ja einschränken«, sagte sie zaghaft, »das ist vielleicht gar nicht mal *so* teuer ... sicher nicht viel mehr als das Haushaltsgeld ...«
»Und wer *kocht* hier?«
»Du könntest in der Kantine essen ... oder eine von deinen Freundinnen ...«
»Und wer gibt mir die *Flöhe* dafür?«
Natürlich der springende Punkt. »Also, *etwas* einschränken müßten wir uns wohl beide ...«
Er tobte nicht, wie sie befürchtet hatte, und er flippte auch sonst nicht aus. Den *Ton* seiner Rede hätte man sogar noch als vernünftig bezeichnen können, wenn die Aussage als solche nicht so hoffnungslos gewesen wäre. »Ich will dir mal eins sagen, Schätzchen – das schlag dir mal ganz schnell aus dem Kopf! Ich fühl mich wohl hier, weil du einsiehst, daß ich so

bin, wie ich bin – ich denke nicht im Traum dran, dir 'ne eigene Wohnung zu finanzieren, damit du auch noch andere Kerle bei dir pennen lassen kannst. Nee, nee, du … entweder nimmste mich so, wie ich bin, und bist vernünftig – oder ich laß dich verhungern!«

Das Schlimmste ist, dachte Marianne Legiehn, daß ich wahrscheinlich ja nicht die einzige bin, die auf diese Weise in die Falle gegangen ist! Wahrscheinlich gibt's sogar noch viel Schlimmere als Kurt …

Ja – Moment, dachte sie. Das stimmt ja gar nicht mehr seit gestern nacht!

Der Schock von heute morgen, der Marianne Legiehn buchstäblich erst in diesem Moment voll bewußt wurde, war fürchterlich. *Kurt Legiehn, der Mörder* … sie griff sich an den Hals, drohte zu ersticken, hätte fast losgeschrien vor Ekel und Entsetzen …

Sie saß kalkweiß im Sessel, als Kurt – adrett mit grauer Hose und schwarzem Pullover mit V-Ausschnitt zum hellblauen Hemd – ins Wohnzimmer zurückkam. Frisch rasiert, die nassen Haare angeklatscht und gescheitelt. Das Gesicht allerdings düster – die Augen immer noch rot.

»Willst heute nicht kochen?« fragte er.

Sie nahm sich zusammen. »Ich kann Linseneintopf mit Einlage machen … 'ne Dose …«

»Besser als nichts!« sagte er. Er setzte sich auf die Couch, schielte am Mariacron vorbei, ließ die Flasche jedoch erst mal stehen. »Is was?«

»Ja!« sagte sie fest. »Ich *muß* wissen, was heute nacht los war!«

Eine endlose Weile später sagte er bedrückt: »Also, *Blödsinn* gemacht haben wir tatsächlich … deshalb isses *schon* gut, daß du mir geholfen hast …«

Sie starrte ihn an und sagte nichts.

»Auf der Baustelle haben wir gestern ziemlich einen saufen müssen gegen Feierabend, das übliche … ausnahmsweise ist es dann der eine oder andere Schnaps *mehr* geworden …«

»Aha«, sagte sie bitter, »ausnahmsweise!«

»Ja, und? Kommt ja mal vor!« Er hustete. »Jedenfalls mußten sie dann unbedingt noch einen draufmachen … und ich als Boß, ich sag noch, nee, is nich … ja, aber dann bin ich mit Gustav und einigen anderen irgendwann *doch* auf Sankt Georg – man kann ja nicht *immer* nein sagen! Irgend 'ne schräge Spelunke im Keller ...«

»Wer ist denn gefahren?«

»Ja, ich!« sagte Kurt schuldbewußt. »Leider! Wieder mal viel zu gutmütig ...«

»Und?« fragte Marianne.

»Ja, ja, ja – und, und, und! Irgendwann haben wir uns aus den Augen verloren – ich muß zugeben, ich hab mich dann tatsächlich noch von so 'ner Königin der Nacht von der Seite anquatschen lassen ...«

»O Gott!« sagte sie.

»Nix Gott! Red doch keinen Stuß, wenn ich schon mal die Wahrheit sag! Jedenfalls bin ich mit der Ziege irgendwann auch im Auto ... aber ehrlich, Mädchen – ich war doch längst *jenseits!* Ich bin einfach bloß losgedonnert und hab sie irgendwo *rausgelassen!*«

»Am Rietbrooker Forst? Tot?«

»Gottverdammt, nein! Glaub's mir doch – quicklebendig! Irgendwo neben so Kleingärten Richtung Langenhorn, in 'ner ganz anderen Richtung! Ich hab das Girl nicht mal *angefaßt,* ich weiß nicht mal mehr, wie sie *aussieht* – ich *schwör's!*«

»Laß es lieber!« sagte sie. Dann, wieder angstvoll: »Und du hast sie bestimmt nicht gewürgt?«

Legiehn wirkte erschöpft. »Wieso denn das?«

»Hast du das vergessen?« fragte sie leise.

Er tat so, als denke er nach. »Ach so ... *diese* Sumpfblüte! Aber das ist doch bald zehn Jahre her, Marianne – das kann man doch nicht *damit* vergleichen! Außerdem wird man ja älter und reifer, selbst ich – nee, du, *diese* Spielchen sind lange passé!«

Sie sah wie durch einen Schleier, daß er aufstand und in die Küche ging. *Das Würgen!* dachte sie in neuer, panischer Angst. Ein paarmal hatte er ihr die Hände um den Hals gelegt und ganz leicht zugedrückt, bis sie sich diese ... diese Unart im Bett, wie sie meinte, verbat. Aber dann diese Horrorgeschichte, die er ihr gebeichtet hatte, weil er Angst haben mußte, daß noch was nachkam – auf Montage in Düsseldorf, ein Callgirl im Hotel, mit dem er aneinandergeraten war ... Zweitausend Mark hatte er ihr gezahlt, damit sie ihn wegen seiner brutalen Attacke nicht anzeigte ...

Kurt kam zurück mit einer Flasche Bier. »Wollen die *harten*

Sachen heute mal weglassen«, sagte er mit schüchternem Feixen, »ist doch sicher in deinem Sinn, oder?«
Marianne schwieg.
Er stellte die Buddel ab, nachdem er sie in einem Zug bis zur Hälfte leergetrunken hatte, und versuchte, Marianne zu umarmen. Aber er ließ sie in Ruhe, als sie ihn abwehrte, und trank weiter.
»Wenn ich an all das Geld denke, das du in dieser ganzen Zeit verplempert hast«, sagte sie bedrückt, »also, mir wird ganz schlecht!«
»Ich *hab's* doch!« sagte Kurt. »Biste in *der* Hinsicht jemals zu kurz gekommen?«
Sie schüttelte den Kopf. »Was dich überhaupt zu diesen... diesen Frauen treibt...«
»Oh, meine Nerven!« klagte Kurt; seine Stimme war voller Selbstmitleid.»Ein einziger *Rückfall,* und dann *dieses* Theater! Ich mach doch längst nix mehr in *der* Hinsicht – ich hab keinen Pfennig bezahlt letzte Nacht!«
»Aber es war schon vorher zuviel«, sagte Marianne, »deine ständigen Saufereien... ein Wunder, daß sie dir nie den Führerschein abgenommen haben – deine Weibergeschichten interessieren mich schon lange nicht mehr... ich halt das nicht mehr aus, Kurt!«
Da wurde er aggressiv. »Warum gibst du mir dann trotzdem dieses Alibi?«
»Das frag ich mich auch!« sagte sie bitter.
»Ich kann's dir ja sagen«, erklärte er gehässig, »weil du sofort aufgeschmissen wärst, wenn sie mich einbuchten!« Er unterbrach sich hastig. »Ich mein, wenn sie mich *zu Unrecht* einsperren würden... Wovon willste denn dann leben? In deinem Alter – wer nimmt dich denn noch?«
Wie gehabt! dachte Marianne Legiehn. Das schwarze Loch... die Zukunft, die keine war. Er hatte sie in der Hand, und er wußte es – sie war ihm ein für allemal ausgeliefert auf Gedeih und Verderb. »Laß uns noch mal überlegen, Kurt«, hörte sie sich sagen, wie von fern, »du warst also mit einem Mädchen *zusammen?*«
»Ja... sag ich doch!«
»Wann hast du dich von ihr getrennt?«
»Ach, irgendwann nach Mitternacht... ich hab dann erst mal im Auto gepennt...«

Marianne Legiehn dachte nach. »Wenn dich unterwegs noch wer gesehen hat, dich oder dein Auto ... Kurt, ich meine, du solltest schon damit rechnen, daß die Kripo noch mal wiederkommt! Ausgeschlossen ist es sicher nicht, daß sie dich dann auch für länger mitnehmen!«
»Für länger?« fragte er bestürzt.
»Ja – *wenn,* dann für *länger!* Wär ja nicht das erste Mal, daß sie jemand verhaften, der unschuldig ist. Und daß der dann auch vor Gericht kommt ...«
»Hirnverbrannt!« Er lief dreimal im Zimmer auf und ab, bis er vor der Bierflasche stoppte und sie leer trank. »Gut, Mädchen!« sagte er dann theatralisch. »Hauptsache, daß *du* an mich glaubst! *Ich* hab jedenfalls ein absolut reines Gewissen ... und ich sag dir, ich werde das bis zuletzt durchstehen – *so* oder *so!*«
»Hoffentlich ich auch ...« sagte Marianne.
Sofort war er wieder mißtrauisch. »Willste mir etwa nicht mehr helfen?«
Sie zuckte die Schultern – plötzlich total hilflos und unfähig, einen klaren Gedanken zu fassen.
»Natürlich hilfste mir!« sagte er mit Nachdruck. »*Kannst* ja gar nicht anders, hab ich dir ja nu oft genug gesagt! Und nu geh endlich und mach deine Linsen!«

Eine Woche lang ließ die Polizei Kurt Legiehn dann noch in Frieden – eine Woche lang ging er pünktlich seiner Arbeit nach, kam abends regelmäßig nach Hause und benahm sich auch dort ungewöhnlich zivil für seine Verhältnisse, indem er zwar stumm und steif, aber mit nicht allzuviel Alkohol vor der Glotze saß. Gott sei Dank – so empfand es Marianne – kam er nicht auf die Idee, sie anzufassen.
Die Polizei hatte in dieser Zeit auch gar keine Veranlassung, Legiehn härter anzupacken: in seinem Auto waren, wie die Mordkommission schon erwartet hatte, weder Haare oder Textilfasern noch andere Mikrospuren gefunden worden. Ebensowenig hatten sich Fingerabdrücke der toten Karin Bolt sichern lassen – wenn sie jemals in dem grünen Opel gewesen war, hatte sie entweder nichts angefaßt oder ihre Handschuhe nicht ausgezogen.
Am achten Tag nach dem Mord aber rief eine Sekretärin vom Institut für Spektrometrie an der Universität Hamburg bei

der Kripo an und schlug vor, einer der Herren Sachbearbeiter möge mal zu Herrn Professor Weininger kommen – es gebe was Neues. Below, der gerade da war, fuhr sofort hin. Und wenig später saß er mit gespannter Erwartung in einem Raum, in dem ein nervtötendes Summen hing und der durch zahlreiche Bildschirme in ein gespenstisches Zwielicht getaucht wurde. Kurven und Zacken und rätselhafte Computerschriftzeichen flimmerten über die Monitore und markierten sogenannte Elementbilder, wie Weininger ihm erklärte.

»Hier – der erste Schirm!« sagte der Professor – ein hagerer, ziemlich kleiner, scheinbar blutloser und spitznasiger Mensch mit gelichteter Stirn, etwa um die Fünfzig. »Probe eins... Sie sehen, daß sich das Bild deutlich von Probe zwei unterscheidet...«

Below sah es zwar erst bei sehr genauer Betrachtung. Er verließ sich jedoch voll und ganz auf den Fachmann – *der,* so dachte er, würde seine Sache gegebenenfalls ja auch vor einem sachverständigeren Gremium zu vertreten haben.

»Probe drei... wiederum deutlich unterschieden von eins und zwei! Probe vier – dasselbe Ergebnis...«

Er machte es spannend. Sieben Fingernagelproben, die von sieben Opelbesitzern stammten, führte er Below der Reihe nach vor – beziehungsweise die Elementbilder der Proben, die über den Spektralapparat auf den Schirm übertragen worden waren. Und dann erst zeigte er auf die nebeneinanderstehenden Bildschirme acht und neun. »Die sehen Sie sich mal genauer an – fällt Ihnen da nicht sofort was auf?«

Below erkannte diesmal tatsächlich sehr deutlich, daß sich die Bilder ähnlich sahen wie ein Ei dem anderen. »Dieselbe Probe – oder?«

»Eben *nicht!*« sagte der Professor befriedigt. Er zog eine goldgefaßte Brille aus der Tasche seines weißen Laborkittels. »Das eine ist das Spektrum des Fingernagelstückchens, das bei der ermordeten Frau gefunden wurde, wie mir Ihr Kollege sagte. Und *das* hier« – er deutete auf den letzten Monitor – »ist das Spektrum der Nagelprobe Ihres Tatverdächtigen! Beide Proben unterschiedlicher Herkunft stammen also eindeutig von *demselben* Menschen – gerade, weil es so augenfällig ist, habe ich Sie ja hergebeten...«

»Ungeheuer!« sagte Below. Er war seltsamerweise weit davon entfernt, in Jubel auszubrechen.

»Ja. *Meine* Methode! Absolut narrensicher, populär ausgedrückt! Bisher wurden beim Vergleich entsprechender Proben lediglich bis zu maximal vierzehn Elemente nachgewiesen, was zu verhängnisvollen Fehldeutungen führen konnte. Nunmehr jedoch sind da keine Grenzen mehr gesetzt – ich erfasse effektiv *alle!*«
»Tatsächlich?« staunte Below. »Tatsächlich alle neunzig oder hundert Elemente?«
»Mit Sicherheit alle Metalle!« sagte Weininger. »Also zweiundsiebzig *Peaks,* ein *Peak* für jedes Metall – das sind die Zacken, die Sie hier auf den Schirmen sehen. Sie führen in ihrer Gesamtheit zu einem nicht mehr zu widerlegenden Ergebnis – die Richtigkeit der Analyse stützt sich auf *zweiundsiebzig* Faktoren!«
»Gratuliere!« sagte Below.
»Oh, gern – ich Ihnen auch!«
Trotzdem, dachte Below, diese neuen Methoden haben ja vor Gericht gelegentlich ihre Tücken. »Sie meinen, daß Ihnen da eines Tages auch das Schwurgericht folgen muß?«
»Aber darauf können Sie guten Gewissens Gift nehmen, Herr Below!« versicherte Weininger. »Meine Ergebnisse, möchte ich frank und frei behaupten, sind sicherer als ein Vergleich von Fingerabdrücken! Sie dürften in aller Kürze *international* Furore machen ... nicht zuletzt deshalb, Herr Below – Sie glauben gar nicht, wie froh ich bin, daß ich meine Methode endlich mal an einem Fall der kriminalistischen *Praxis* demonstrieren kann!«
Below nickte. »Ohne *Ihre* Hilfe würde es uns sehr, sehr schwerfallen, dem betreffenden Tatverdächtigen den Mord nachzuweisen ...«
»Aber jetzt haben wir ihn ja!« sagte der Professor. Offenbar ganz und gar nicht ohne Absicht sagt er *wir* – und er war offensichtlich nicht nur stolz, sondern auch richtig glücklich.

So wurde Legiehn gleich am nächsten Tag für länger eingesperrt – ganz, wie es seine Frau vorausgeahnt hatte. Sein junger Verteidiger – ein alerter, angeblich schon ungewöhnlich erfolgreicher Anwalt namens Zobel, den ihm sein Chef empfohlen hatte – war in der Folgezeit der Meinung, er möge zunächst uneingeschränkt kooperativ sein und vor allem bei der vom Gericht angeordneten psychiatrischen Untersuchung

aktiv mitwirken. In der Hauptverhandlung, zu der es mit hoher Wahrscheinlichkeit kommen werde, mache sich das bestimmt noch bezahlt.
Ein Punkt allerdings ärgerte Zobel sehr, als das schriftliche Gutachten des Psychiaters Professor Haste vorlag: Legiehn hatte sich leider auch den Zwischenfall mit jenem Mädchen aus Düsseldorf aus der Nase ziehen lassen, jenem Callgirl; hier, meinte Zobel, habe Legiehn die Kooperation wohl doch etwas zu weit getrieben. Befriedigt hingegen war der Anwalt über die Promillerechnung, die Haste aufgemacht hatte: Ausgehend von immerhin noch 2,3 Promille zum Zeitpunkt der Entnahme der Blutprobe – sechs bis acht Stunden nach dem Todeszeitpunkt von Karin Bolt –, sei Herr Legiehn in der Nacht zuvor mit schätzungsweise 3 Promille sicherlich volltrunken gewesen; für den Fall also, daß das Gericht ihn als Täter überführen würde, müsse ihm mindestens eine stark eingeschränkte Schuldfähigkeit bescheinigt werden. Dies, meinte Zobel, sei für alle Fälle doch eine sehr wertvolle Rückversicherung, wenngleich er hoffe, sie gar nicht erst in Anspruch nehmen zu müssen.
Legiehn war am Morgen seines ersten Verhandlungstages also recht frohgemut, sofern ein Mensch, der behauptet, völlig zu Unrecht vor Gericht zu stehen, überhaupt in der Lage ist, frohgemut zu sein. Als er indessen mit eigenen Ohren hörte, was im einzelnen ihm in der Anklageschrift und im Eröffnungsbeschluß zur Last gelegt wurde, flippte er doch fast aus...
»Herr Legiehn«, sagte der Vorsitzende, »Sie heißen Kurt Legiehn, sind achtunddreißig Jahre alt, verheiratet, von Beruf Bauhandwerker, geboren und wohnhaft in Hamburg, Ihre Ehe ist kinderlos... Herr Legiehn, Sie wollen Aussagen zur Person und zur Sache machen...«
»Nein!« sagte Legiehn.
»Nein?« wiederholte der Vorsitzende erstaunt; bisher hatte er's anders gehört.
»Da den glaubwürdigen Aussagen meiner Frau und mir sowieso nicht geglaubt wird, sag ich überhaupt nix! Ich bin unschuldig, und daß ich hier steh, halt ich für die größte Sauerei der...«
Sein Verteidiger hatte sich zu ihm umgedreht und den Kopf geschüttelt; Legiehn hielt mitten in der Tirade inne.

»Also gut!« sagte der Vorsitzende achselzuckend. »Es ist Ihr gutes Recht – wie Sie wollen!«
Nach Lage der Dinge dauerte es dann nicht mehr allzulange, bis der Zeuge Erich Munkhaus aufgerufen wurde, der nervös – diesmal in Tweed – draußen wartete. Als er den Saal betrat, sagte Siebert zu Below, der neben ihm in der Reihe der bereits vernommenen Zeugen saß: »Das ist ja ein unheimliches Tempo!«
»Hoffentlich geht's nicht *zu* schnell!« antwortete Below leise und mit zusammengebissenen Zähnen. Siebert nickte. Er sah Munkhaus, der sich im Zeugenstand aufbaute, nachdenklich an. »Ich denk immer noch, den hätten wir besser *präparieren* können ...« »Is ja nun mal verboten!« sagte Below lakonisch.
Munkhaus schilderte, wie er seinerzeit den Parkplatz in Rietbrook erreicht hatte, fast am Ende seiner damaligen Wanderung – und wie ihm dann der Opel aufgefallen war, dessen Innenbeleuchtung kurz brannte, bevor ein Körper herausgeworfen wurde. Die Scheinwerfer hätten zunächst nicht gebrannt, meinte er auf Befragen, die seien erst angestellt worden, als der Wagen davonraste ... Daß er zumindest mittelbar Zeuge eines schrecklichen Verbrechens geworden sei, erklärte er, sei ihm jedenfalls erst zum Bewußtsein gekommen, als er vor der toten Karin Bolt gestanden habe.
»Wieso das?« fragte der Vorsitzende. »Normalerweise schmeißt doch niemand einen Menschen einfach aus dem Auto ...«
»Ach – da sind öfter Autos mit Liebespärchen ... und *besoffen* sind die Leute auch öfter!« antwortete der Zeuge. »Da wundert man sich erst mal über nix mehr!«
Nach einigem weiteren Hin und Her hatte Verteidiger Zobel das Wort – sein erster wichtiger Auftritt in diesem Prozeß, in dem es für seinen Mandanten um alles oder nichts ging, um Freispruch oder lebenslang, letzteres allenfalls gemildert auf fünfzehn Jahre wegen eines Vollrausches. »Herr Munkhaus«, sagte er eindringlich, »Sie müssen sich nun wirklich entscheiden, ob Sie nun das Auto des *Angeklagten* gesehen haben oder nur ein *ähnliches* Auto ... ich habe gehört, Sie sind ein Mann mit ungewöhnlich scharfen Augen ...«
Eigentlich keine Frage, schien der Vorsitzende zu überlegen; er runzelte, anscheinend ungehalten, die Stirn, sagte aber zunächst noch nichts.

»Also, ich mach seit bald zehn Jahren diese Nachtwanderungen«, erklärte Munkhaus, »ich seh da wirklich jede Eule und jede Bewegung...«
»Eben!« sagte Zobel. »Und das Auto, das Sie gesehen haben, war ein grüner Opel?«
»Eindeutig ein grüner Rekord!«
»Und das Kennzeichen?«
»Aber, Herr Rechtsanwalt, das *hatten* wir doch schon!« unterbrach der Vorsitzende. »Bitte, versuchen Sie, Ihre Fragen zu präzisieren!«
»Und das Kennzeichen?« wiederholte Zobel ungerührt, an Munkhaus gewandt.
»Das war eindeutig Hamburg und zweimal K wie Konrad und dann 'ne Eins und 'ne Drei!«
»... und?« fragte Zobel lauernd.
»Ja, und dann wahrscheinlich noch 'ne Drei... aber die allerletzte Zahl, und ob dann noch eine oder zwei Zahlen kamen, das kann ich nicht *beschwören,* wenn ich hier vereidigt werden soll! Das hat doch damit nichts zu tun, daß ich nicht *gukken* kann!«
»Danke!« sage Zobel brüsk. Er sah den Richter an. »Herr Vorsitzender, es ging mir hier in allererster Linie darum, noch klarer als bisher deutlich zu machen, daß der Zeuge sich in diesem Punkt nicht klar genug erinnert! Insofern hätte ich nichts dagegen, wenn wir ihn mit seinem Einverständnis einer Befragung unter *Hypnose* unterziehen würden – es soll da ja manchmal wahre Wunder geben, wenn es um eine Auffrischung des Gedächtnisses geht...«
»Ist das ein *Antrag,* Herr Rechtsanwalt?« fragte der Vorsitzende ziemlich perplex.
»Ja!« sagte er fest. »Ich werde den Text noch schriftlich nachreichen!«
Der Richter sah Munkhaus an. »Wären *Sie* denn mit einer solchen Befragung einverstanden?«
Munkhaus war unsicher. »Tja – ich weiß nicht... ist das denn nicht gefährlich?«
»Sicher nicht, Herr Munkhaus... *gefährlich* ist es sicher *nicht*...«
»Ja, denn – also gut!«
Der Vorsitzende sah den Anklagevertreter an. »Herr Oberstaatsanwalt?«

»Ich würde vorschlagen«, sagte Oberstaatsanwalt Linde, indem er sich erhob, »den psychiatrischen Sachverständigen, Herrn Professor Doktor Haste, um seine Meinung zu bitten – dieser würde ich mich anschließen!«
Der Blick des Vorsitzenden ging zur Bank der Sachverständigen, auf der Haste neben Weininger saß. Haste machte ein etwas mißmutiges Gesicht, als er aufstand. Linde lächelte, als er sich wieder setzte...
»Vom juristischen Standpunkt aus möchte ich mich dazu gar nicht äußern«, sagte der Psychiater, »aus medizinischer und sicherlich auch psychologischer Sicht wäre der Gedanke des Herrn Verteidigers nicht unbedingt abwegig. Ich könnte nicht ausschließen, daß es der Wahrheitsfindung dient!«
Der linke Beisitzer tuschelte mit dem Vorsitzenden. Der nickte nachdrücklich.
»Gut«, verkündete er schließlich, »das Schwurgericht wird beraten. Die Verhandlung ist unterbrochen...«
Als sich der Saal leerte, ging der Oberstaatsanwalt zum Verteidiger. »Sie sind ja ungewöhnlich risikofreudig, Herr Zobel – alle Achtung!«
»Glaub ich nicht!« sagte Zobel gleichmütig. »Außerdem haben wir ja nichts zu verbergen. Ich glaub leider nur, daß unsere Kammer neuen und ungewöhnlichen Untersuchungsmethoden nicht gerade *uneingeschränkt* positiv gegenübersteht, wenn mich mein Gefühl nicht täuscht...«
Der Ankläger war plötzlich mißtrauisch. »Meinen Sie damit nur die *Hypnose?*«
Zobel grinste. »Sie sind ein kluger Mensch, Herr Linde... aber Sie erwarten sicher nicht, daß ich Ihnen *diese* Frage beantworte!«

Marianne Legiehn hatte ihren Mann seit seiner Verhaftung, die inzwischen drei Monate zurücklag, regelmäßig und pflichtgetreu in der Untersuchungshaftanstalt besucht; unter den Augen der Aufsichtsbeamten waren zwischen den Eheleuten allerdings nur sehr belanglose Dinge zur Sprache gekommen. Am späten Nachmittag dieses ersten Verhandlungstages, der tatsächlich mit der Ablehnung des »Hypnoseantrags« zu Ende gegangen war, erschien sie indessen bei Zobel – bedrängt von tausend quälenden Fragen, die immer wieder auf die eine Frage hinausliefen: war sie nun mit

einem Mörder verheiratet – oder war sie es, was sie inständig hoffte, nicht?
Zobel schien den Druck, unter dem sie stand, gar nicht zu bemerken; er erklärte ihr zunächst lang und breit seine bisherige und künftige Prozeßstrategie.
»Selbst wenn das Gericht«, erklärte er zufrieden, »meinem Vorschlag gefolgt wäre – was, Frau Legiehn, hätte passieren können? Der Zeuge Munkhaus hätte sich unter der Hypnose möglicherweise an die vollständige Autonummer erinnert, von mir aus auch an die letzte *Drei*, die Nummer Ihres Mannes – na und? Ein *Beweis* wäre das nie gewesen... erstens gibt es viel zu viele grüne Opel Rekord mit ähnlicher Nummer, zweitens ist von dieser ominösen Drei so viel die Rede gewesen, daß das Unterbewußtsein dieses Herrn auch von *daher* beeinflußt gewesen sein könnte! So hätte ich jedenfalls argumentiert, wenn was schiefgegangen wäre, Frau Legiehn... Insofern wußte natürlich auch das Gericht, daß es auf ein eventuell positives Ergebnis der Hypnosebefragung kein Urteil hätte stützen können – also *mußte* es, aus Gründen der Prozeßökonomie, meinen Antrag *ablehnen!* Sehen Sie das nicht auch so?«
Marianne Legiehn nickte. »Warum haben Sie den Antrag dann trotzdem gestellt?«
»Aber, Frau Legiehn!« sagte Zobel wie zu einem begriffsstutzigen Kind. »Warum wohl? Um einen Präzedenzfall herbeizuführen – *deshalb!* Sehen Sie doch mal folgendes... die Anklage gegen Ihren Mann steht im Grunde auf zwei Beinen. Einmal auf der Aussage von diesem Munkhaus, aber die haben wir jetzt ja so gut wie vom Tisch. Dann aber, was viel gefährlicher ist, auf dem Gutachten von diesem Professor Weininger, die Fingernagelprobe Ihres Mannes und das bei der Toten gefundene Nagelstück seien identisch... da würden wir *normalerweise* ganz schön *dumm* aussehen. Können Sie mir wenigstens in dieser Hinsicht folgen?«
»Ich glaube, ja...« sagte Marianne Legiehn.
Eine Sekretärin kam herein und brachte Kaffee für den Meister und die Frau des derzeit wichtigsten Mandanten. Zobel stand auf und begann, im Zimmer auf und ab zu wandern... Ohne Rücksicht auf die Unterbrechung fuhr er mitten im Satz fort.
»Gut, Frau Legiehn. Nun hat aber das Gericht bei der Ableh-

nung meines Antrags klipp und klar entschieden, die Hypnose sei wissenschaftlich nicht genug gesichert, um einen Beweis zu stützen. Und nun frage ich Sie, Verehrteste – wenn da nicht mal die hundert oder wieviel Jahre alte Hypnose wissenschaftlich gesichert ist ... wie kann dann Weiningers *soeben* erst erfundene Fingernagelvergleichsmethode wissenschaftlich gesichert sein?«
Marianne Legiehn war jetzt doch beeindruckt. »Das ist ja toll, was Sie da sagen! Das muß doch auch das Gericht begreifen ...«
»Und *ob* es das begreift!« sagte Zobel grimmig. »Da bleibt ihm gar nichts anderes mehr übrig!«
Als er sich setzte und einen Schluck Kaffee trank, kam Marianne Legiehn endlich auf ihr eigentliches Anliegen zu sprechen. »Ich wollte Sie mal was fragen, Herr Rechtsanwalt ... Sie haben inzwischen so oft mit meinem Mann geredet – glauben Sie denn, daß er diese Frau wirklich nicht ermordet hat?«
»Daß er *unschuldig* ist, meinen Sie?« Zobel sah sie verwundert, wenn nicht sogar leicht verärgert an. »Frau Legiehn – ich habe nicht die geringste Veranlassung, an seinen Erklärungen mir gegenüber zu zweifeln, daß er ein reines Gewissen hat!«
»Aber was der ... der Herr Psychiater geschrieben hat?«
»Der Haste?« sagte Zobel kopfschüttelnd. »Gott bewahre, Frau Legiehn – ich bitte Sie! Hat rausgekriegt, daß Ihr Mann früher mal ein Callgirl tätlich angegriffen hat ... meine Güte, das ist zehn Jahre her, da ist nicht mal *ermittelt* worden! Ihr Mann ist weder vorbestraft noch jemals auffällig gewesen, das sagt Haste doch auch – nee, nee, da machen Sie sich bloß keine Kopfschmerzen!«
»Ja, aber *das* mein ich eigentlich nicht ...« sagte Marianne zaghaft.
»Ja, was denn?«
»Ich meine, wo der Professor schreibt, daß Kurt ... daß mein Mann seit längerem sexuelle Schwierigkeiten haben soll und daß er *deshalb* ein Frauenmörder sein könnte ... ich meine, *mir* hätte da doch sicher zuallererst was auffallen müssen ...«
»Ach – *jetzt* versteh ich Sie!« sagte Zobel. »Aber da haben Sie vollkommen recht, Frau Legiehn – das ist *wirklich* ein starkes Stück! Schleichende psychopathologische Entwicklung, neu-

rotische Sperren bei der Hinwendung zur Frau als solcher – ich hab wirklich auch nur entsetzt mit dem Kopf schütteln können! Aber das machen gerade unsere Schwurgerichte leider immer wieder, daß sie den Psychiater fragen, ob dem Angeklagten die Tat charakterlich zuzutrauen ist... *dagegen* müßte man endlich mal angehen! *Welchem* Menschen ist *welche* Tat *nicht* zuzutrauen, frage ich *Sie!* Herr Professor Haste hat mir heute vormittag allerdings selbst gesagt, daß ihm gerade durch den Fall Ihres Mannes endgültig die Augen aufgegangen sind... er empfindet es als Zumutung und Überforderung, auf diese Weise zum Büttel des Gerichts gemacht zu werden! Und er wird sich künftig mit Händen und Füßen dagegen wehren... nee, nee, Frau Legiehn – da wird Haste in seinem *mündlichen* Gutachten selbst schon einiges klarstellen, wenn's an der Zeit ist! Da stellt er sich *selber* richtig, sozusagen – alles in allem, Frau Legiehn, *dieser* Fall ist für mich schon gelaufen!«
Marianne Legiehn starrte auf ihre Fußspitzen. »Für mich noch nicht...«, sagte sie leise.
»Sie meinen – ich *schaff's* nicht?« fragte Zobel ungläubig und zutiefst erstaunt.
»Ob *ich* es schaffe, meine ich...« erklärte sie.
»Ach, so meinen Sie... tja, wissen Sie, da entstehen natürlich *immer* Probleme, wenn ein Ehepartner so mir nichts, dir nichts unter Mordanklage gerät; das ist sicher zwangsläufig, aber erfahrungsgemäß renkt sich das dann doch sehr schnell wieder ein!« Er trank seinen Kaffee aus und sah demonstrativ auf seine Armbanduhr. Auf seinem Schreibtisch stapelten sich die Akten anderer Fälle, die tagsüber eingelaufen waren.
Marianne Legiehn indessen blieb sitzen. »Sie sind eigentlich der einzige«, sagte sie unvermittelt, »der mich nie gefragt hat, ob ich meinem Mann nicht doch ein *falsches* Alibi gegeben habe...«
Da reagierte Zobel allerdings sehr vorwurfsvoll. »Ja, wieso? Wieso hätt ich *das* denn tun sollen? Ausgerechnet eine Frau wie Sie, die sich bisher derart tatkräftig für Ihren Mann eingesetzt hat?«
»Ja, eben«, meinte sie fast unhörbar, »bisher schon! Aber das ist doch alles wie ein böser Traum, ich weiß doch inzwischen nicht mehr, wo...«

»Aber da gibt's doch kein *Aber,* Frau Legiehn!« sagte Zobel. »Ihr Alibi steht doch nicht etwa gegen eine Mauer von *Indizien* – das paßt doch nahtlos mit den übrigen Ergebnissen der Ermittlungen *zusammen!* Was liegt denn konkret gegen Ihren Mann vor? Beziehungsweise, umgekehrt gefragt – können Sie sich vorstellen, Frau Legiehn, daß die Kripo mit all ihren supermodernen technischen Hilfsmitteln in einem Wagen, in dem wenige Stunden zuvor jemand ermordet worden ist, absolut nichts, aber auch *gar* nichts findet? Keinen noch so winzigen Blutstropfen auf dem Sitz, keine Wollfluse? Können Sie sich das wirklich vorstellen? Also – *ich* nicht, Frau Legiehn! *Meine* Phantasie reicht dazu *nicht* aus!«
»Er ist also wirklich unschuldig?« fragte sie, plötzlich erfüllt von neuer Hoffnung.
»Lassen Sie unserem Recht seinen Lauf!« tönte er. »Gehen Sie davon aus, daß *ich* das meine tun werde... ganz unter uns, Frau Legiehn, dem *Weininger* werde ich seine Fingernägel noch einzeln ziehen! Und dann *kann* die Sache nur gut ausgehen – da möchte ich Sie doch wirklich bitten, erst mal ganz getrost heimzugehen!«
Er war aufgestanden, und notgedrungen erhob sie sich ebenfalls. Er geleitete sie zur Tür und gab ihr lange und herzlich die Hand. Trotzdem, dachte sie, bis zuletzt hat er mich überhaupt nicht verstanden!

Weiningers Waterloo fand dann tatsächlich direkt im Anschluß an die Erstattung seines Gutachtens statt, als Zobel ihn in die Zange nahm. Er lief dem Verteidiger in einer Weise ins offene Messer, daß erfahrene Prozeßbeobachter nur noch den Kopf schütteln konnten.
Zobel fragte den Professor nach den technischen Voraussetzungen seiner Arbeit – eine Frage, die Weininger spontan in helles Entzücken zu versetzen schien.
»Ich benutze den Zeiss-Spektrographen Qu vierundzwanzig römisch zwo«, erklärte Weininger, »man hat ihn, schon bevor ich ihn vervollkommnete, das Wunder der Spektralanalyse genannt. Heute kann ich mit einer Wahrscheinlichkeit von eins zu einer Milliarde sagen, ob zwei Vergleichsstücke, also zum Beispiel Fingernagelproben, denselben Ursprung haben. Ein solcher Grad von Wahrscheinlichkeit gilt dann allerdings als *allerletzte* Sicherheit, Herr Verteidiger – die beiden Nagel-

stückchen, um die es hier geht, sind identisch insofern, als sie von ein und derselben Person stammen!«
»Wirklich erstaunlich!« sagte Zobel scheinheilig. »Aber was ich mal fragen wollte, Herr Professor ... trifft es zu, daß Ihre Forschungen seit längerem vom Bundesinnenministerium finanziert werden – praktisch aus Mitteln zur Bekämpfung des Terrorismus?«
»Zum Teil ja«, antwortete Weininger bereitwillig, »abgesehen von unseren normalen Etatmitteln ...«
»Und warum?« fragte Zobel.
»Das hängt mit dem heutigen Trend zum Sachbeweis zusammen!« erklärte der Professor. »Sehen Sie, Herr Rechtsanwalt, das wissen Sie doch sicher besser als ich – Terroristenprozesse sind sehr häufig Indizienprozesse, und die Täter können oft nur dann verurteilt werden, wenn sie durch den Sachbeweis überführt worden sind ... in erster Linie mit den Möglichkeiten der Naturwissenschaft ...«
»Interessant!« nickte Zobel. »Sie sprachen von Indizienprozessen ...?«
»Ja. Jedenfalls kommt auf diese Weise das Geld für die Forschung – also auch das, was ich vom Bundesinnenministerium erhalte – unmittelbar und auf kürzestem Wege der Justiz zugute!«
»Aha. Wie viele Terroristen haben Sie denn schon überführen können?«
Weininger schüttelte nachsichtig den Kopf. »Irgendwann muß man ja mal *anfangen*. Dies ist der *erste* Prozeß, der sich meiner Methode bedient ...«
»Der erste?« unterbrach Zobel erschrocken. Er sah, mit gerunzelter Stirn, den Vorsitzenden an. »Da frage ich mich allerdings spontan, ob wir *da* noch ohne einen *weiteren* Sachverständigen auskommen!«
»Aber das geht gar nicht!« sagte Weininger, bevor sich der Richter äußern konnte.
»Wieso denn nicht?« fragte Zobel.
»Das Spurenmaterial ist verbraucht worden – ich hatte doch nur wenige Milligramm ...«
»Nein!« schrie Zobel. »Das darf nicht ... sagen Sie das noch mal!«
»Das Material ist verbraucht worden!« wiederholte Weininger verständnislos. »Warum schreien Sie denn so? Das ist doch

ganz normal – bei derartig geringen Mengen geht das gar nicht anders!«
Zobels Entsetzen war entweder echt oder – was sicherlich wahrscheinlicher war – seine bisher reifste schauspielerische Leistung. »Herr Professor Weininger!« grollte er. »Sie wollen hier allen Ernstes sagen, daß eine Kontrolluntersuchung *nicht* mehr möglich wäre?«
»Ja, und?« fragte Weininger achselzuckend. »Ich habe diese Methode allein entwickelt, in mehr als zehnjähriger Arbeit. Also bin ich sowieso der einzige, der sie auch anzuwenden versteht... abgesehen davon, daß es nie eine bessere Methode geben wird...«
Zobel, immer noch zutiefst verzweifelt, schüttelte den Kopf. »Als hätt ich's geahnt...«, stöhnte er. Dann nahm er ein offenbar bereits vorbereitetes Schriftstück aus seinen Akten und entfaltete es. Er strich es, jetzt ganz deutlich Zoll für Zoll ein routinierter Schauspieler, glatt und las es vor:
»Hohes Schwurgericht, ich stelle dann folgenden Beweisantrag. Zum Beweis dafür, daß die von Professor Weininger entwickelte Methode des Vergleichs von Fingernagelproben mit den Mitteln der Spektralanalyse wissenschaftlich noch nicht fundiert genug, wenn nicht umstritten ist, ist Herr Professor Doktor Doktor Johannes Reimann, Ordinarius für Spektrometrie an der Technischen Hochschule Braunschweig und anerkanntermaßen der führende Vertreter seines Fachgebiets, als weiterer Sachverständiger zu beauftragen. In einer Frage, in der es schicksalhaft um die Existenz eines Menschen geht, ist es unerläßlich, hier einen Obergutachter hinzuzuziehen... Professor Doktor Doktor Reimann verfügt über die überlegenen Forschungsmittel und wird dem Gericht auch die dringend erforderliche Aufklärung geben können...«
Zobel setzte sich. Sein Gesicht drückte aus, daß er felsenfest davon überzeugt war, das Gericht in letzter Sekunde vor dem Sturz in den gähnenden Abgrund eines schrecklichen Justizirrtums bewahrt zu haben.
Einmal mehr unterbrach der Vorsitzende die Verhandlung und zog sich mit seinen Kollegen zur Beratung zurück. Der Kriminalbeamte Below, der auf Wunsch des Gerichts für den Fall eventueller Rückfragen durchgehend dem Prozeß beiwohnte, stand nachdenklich auf und ging nach draußen; ehr-

lichen Herzens mußte er sich eingestehen, daß er maßlos enttäuscht und verärgert war.
Auf dem Flur traf er seinen Kollegen Siebert, der gerade mal für einen Sprung rübergekommen war und nun ausgerechnet die Pause erwischt hatte.
»Wie war's?« fragte Siebert.
»Beschissen!« sagte Below bedrückt.
»Wieso?«
»Es ist schiefgelaufen«, erklärte Below, »der Advokat hat doch tatsächlich den Weininger fertiggemacht! So was von abgeschossen – also, du machst dir keine Vorstellung, wie der untergegangen ist!«
»Den *Weininger?*« fragte Siebert überrascht. »Diesen blutleeren Typ?«
Below nickte. Der blutleere Typ strebte gerade an ihnen vorbei dem Ausgang zu, knallrot im Gesicht und mit fest zusammengepreßten Lippen. »Leider!« sagte Below, als er weg war. »Die Fingernägel können wir vergessen. Und so dünn, wie wir sonst sind – damit ist Legiehn so gut wie draußen! Mit dem Alibi von seiner Alten ... du, das ist jetzt nur noch 'ne bessere *Formsache!*«

Marianne Legiehn erlebte die Formsache von ihrem Stammplatz in der Mitte der zweiten Zuschauerreihe aus. Sie war dabeigewesen, als der vom Gericht eilig herbeizitierte weißhaarige Professor Reimann aus Braunschweig eindringlich versichert hatte, es gebe tatsächlich und beim besten Willen keinen Anlaß zu jener nahezu apodiktischen Zuversicht, wie sie sein Kollege Weininger in bezug auf seine Ergebnisse geäußert habe – Weiningers Methode könne und dürfe noch nicht als der Weisheit letzter Schluß bezeichnet werden. Und auch Marianne hatte begriffen, daß damit der Weizen des Verteidigers aufgegangen war ... Zobels markiges Plädoyer und der äußerst dünne Schlußvortrag der Anklage hatten auch dem letzten im Saal klargemacht, daß von der Möglichkeit der verminderten Schuldfähigkeit gar kein Gebrauch gemacht werden würde.
»Im Namen des Volkes«, hörte Marianne Legiehn die Stimme des Vorsitzenden, »der Angeklagte Kurt Legiehn wird freigesprochen. Der Haftbefehl gegen den Angeklagten wird aufgehoben. Die Kosten des Verfahrens trägt die Staatskasse ...«

Das Gericht setzte sich, und die übrigen Anwesenden ebenfalls. Marianne Legiehn merkte erschrocken, daß sie als einzige noch stand – für einen winzigen Moment hatte der Blick des Richters sie gestreift. Sie nahm schnell Platz. In ihren Ohren dröhnte es.
Eine Stunde lang wog der Richter in seiner mündlichen Urteilsbegründung das Für und Wider dieses Freispruchs gegeneinander ab. *Ein beispielhaft ausgewogenes Urteil,* hieß es später in den Zeitungen, *ein Urteil der Vernunft* ...
Marianne Legiehn erinnerte sich immer nur an die allerletzten Sätze – an die allerdings gestochen scharf. »In achttägiger Verhandlung ist es der Schwurgerichtskammer nicht gelungen, die Täterschaft des Angeklagten Legiehn mit der für eine Verurteilung notwendigen zweifelsfreien Sicherheit festzustellen. Nachdem ich dies im einzelnen anhand der Ergebnisse der Beweisaufnahme erläutert habe, möchte ich zwei Dinge herausstellen. Nachdem das Gutachten des Sachverständigen Professor Weininger hinsichtlich der sogenannten Fingernagelprobe, eine der Säulen der Anklage gegen Kurt Legiehn, durch das Gutachten des Sachverständigen Professor Reimann nicht bestätigt werden konnte, war es der Kammer unmöglich, bei der Beweiswürdigung vom Gutachten Weininger Gebrauch zu machen. Nach dieser Sachlage aber mußte die Kammer ebenso ihre erheblichen Zweifel an dem Alibi, das die Ehefrau Legiehn ihrem Mann für die Tatzeit gegeben hatte, zurückstellen ... Es mußte demnach nach dem Grundsatz *Im Zweifel für den Angeklagten* entschieden werden!«
Kurt kam dann auf sie zu. Kurt umarmte sie, und plötzlich standen sie mitten in einem irrsinnigen Blitzlichtgewitter. Sie spürte seinen Kuß auf ihren Lippen, legte automatisch die Hände um seine Schultern und gab sich alle Mühe, nicht laut zu schreien ...
»Bist du mit dem Auto da?« fragte Kurt.
Sie machte sich los von seinen Händen; die Blitzlichter wurden weniger. »Ja!« sagte sie.
Zobel stand neben ihnen, lächelte ergriffen und faßte ihrer beider Hände; die Blitzlichter flammten vermehrt wieder auf. »Alles Gute, ihr beiden«, sagte Zobel laut, »ihr habt's euch redlich verdient!«
Anschließend mußte Kurt in der Haftanstalt noch seine Sachen holen und die notwendigen Formalitäten erledigen. Als

sie nach Hause fuhren, überließ er ihr großmütig das Steuer, was er sonst nie getan hatte, wenn sie überhaupt schon mal gemeinsam weggefahren waren.

»Du bist ja gar nicht gefahren die ganze Zeit!« wunderte sich Kurt, als er auf den Tacho sah.

»Ach, ich fahr doch nicht gern...« sagte Marianne. Sie versuchte zu lächeln. »Du bist mir viel zu pingelig mit deinem Auto!«

Pingelig! fiel's ihr im selben Moment ein. Kurt war tatsächlich derart pingelig, daß er sein Auto immer nur mit Schonbezügen fuhr – mit billigen Plastikhüllen über den Sitzen, um sie zu schonen, wenn er vom Bau kam!

»Kannst ja nächstens mal öfter fahren!« sagte Kurt gönnerhaft. »Dahinten mußt du rechts abbiegen – tu doch den Blinker raus! Einordnen! Haste schon alles verlernt?«

Sie zitterte am ganzen Körper.

»Was ist denn?« fragte Kurt. »Soll ich?«

Die *Schonbezüge!* dachte sie. Sie riß sich zusammen. Bloß nicht fragen... aber das kann doch kein Zufall sein!

Einen Tag vor seinem schrecklichen Besäufnis, anderthalb Tage, bevor damals die Kripo kam, war sie mit Kurt in dem *Allkauf* gewesen – Bier holen, Waschpulver und Kartoffeln bei der Gelegenheit und natürlich auch Schnaps, jede Menge. Sie waren mit dem Wagen gefahren, der war anschließend proppenvoll... und sie sah's deutlich vor sich: auf den Sitzen hatten die Schonbezüge gelegen! Aber als dann das Auto untersucht wurde, waren sie nicht mehr dagewesen – also hatte Kurt sie in der Zwischenzeit entfernt! Und warum? Warum ausgerechnet in der Zeit, in der er verdächtig war, dieses Mädchen umgebracht zu haben?

Marianne Legiehn schaffte es, wenn auch mit Ach und Krach, den Opel in die Garage zu steuern. Kurts Köfferchen ließen sie im Wagen liegen – er wollte es abends holen, schlug er vor, wenn's dunkel war und niemand *Lucki-lucki* machte. Sie gingen in ihre Wohnung, und Kurt wanderte durch alle Räume: er war gelöst und glücklich wie seit Jahren nicht – ein Mann, der schreckliche Sachen erlebt hat und endlich heimkehrt. Sie stellte Bier auf den Tisch und trank ausnahmsweise selbst eins mit – nur den Weinbrand ließ sie weg, mit dem er seine Rückkehr zusätzlich feierte.

Sie dachte an Zobel, während sie die Steaks grillte, die sie morgens früh schon aus der Kühltruhe geholt hatte. *Können Sie sich vorstellen, Frau Legiehn, daß die Kripo mit all ihren supermodernen Hilfsmitteln in einem Wagen, in dem wenige Stunden zuvor jemand ermordet worden ist, nichts, aber auch gar nichts findet? Keinen noch so kleinen Blutstropfen auf dem Sitz, keine Fluse, dort, wo einer gesessen hat und gestorben ist? Können Sie sich das wirklich vorstellen? Also – ich nicht, Frau Legiehn!*

Jetzt ja! dachte sie in ihrer Panik. Jetzt kann ich's mir vorstellen – sehr gut sogar! Die Plastikhüllen haben alles aufgefangen und von den Polstern ferngehalten, alle Blutstropfen und alle Flusen; und das hatte Kurt natürlich sogar in seinem benebelten Kopf begriffen... deshalb hat er, bevor er in der Nacht nach Hause gefahren ist, das Plastikzeug rausgenommen und irgendwo hingeschmissen, wo es niemand finden kann!

Mein Mann, der Mörder! dachte Marianne Legiehn. Der *freigesprochene* Mörder. Wenn ich ihn darauf anspreche, drückt er mir wahrscheinlich auch noch den Hals zu. Aber kann ich auch nur noch einen einzigen Tag mit ihm zusammenleben, wenn ich ihn nicht frage?

Beim Essen – es gab Bratkartoffeln und Eissalat mit French Dressing zum Fleisch – fragte sie beiläufig, so wie sie es sich vorgenommen hatte: »Gehst du morgen eigentlich gleich wieder arbeiten?«

»Na klar!« sagte Kurt. »Arbeit adelt – was meinste, was ich mich darauf gespitzt hab!«

»Du mußt dann aber neue Plastikbezüge aufziehen«, meinte sie, »kriegst du die denn so schnell?«

»Kein Problem!« sagte er arglos. »Der Opelhändler schmeißt die zu Dutzenden weg, wenn er neue Autos kriegt – der verwahrt sie mir immer. Die hol ich mir morgen auf dem Weg zur Baustelle – dauert fünf Minuten!«

Sie nickte. Noch war der Verdacht nicht ausgeräumt. »Du wechselst die Bezüge also öfter aus?«

»Ja, sicher«, sagte er stirnrunzelnd, »hast das noch nie mitgekriegt?«

Es gelang ihr gerade noch, das Thema abzubiegen. »Jetzt, wo du es sagst – *natürlich!* Hat's geschmeckt?«

Kurt schob seinen Teller von sich und strahlte. »Super, nach dem Fraß im Knast – *kochen* kannste! Was meinste... ich hab

seit vier Uhr früh die Augen offen – ob ich nicht mal'n Stündchen mein Heiabett ausprobieren soll?«
Der nächste Schreck. »Na klar doch ... bloß, ich bin überhaupt nicht müde ...«
Er grinste. »Was heißt hier müde?«
»Kurt, ich ...«
Aber er stand schon hinter ihr und preßte sich sekundenlang fest an sie. »Hat doch Zeit!« sagte er, als er sie losließ. »Meinste, ich bin 'n *Unmensch?*«
Dann verschwand er im Schlafzimmer; sie hörte, wie er die Tür fest hinter sich zumachte. Sie räumte das Geschirr weg und die Küche auf, und irgendwann später saß sie in einem Sessel und schluchzte, scheinbar ohne jeden Grund, hemmungslos vor sich hin.

Auf den Tag genau drei Wochen nach Kurt Legiehns Freispruch legte der Fahrer eines Mittelklassewagens – Farbe und Marke wurden diesmal ebensowenig erkannt wie ganz oder teilweise das Kennzeichen – seine Hände wie einen Schraubstock um den Hals einer Prostituierten und drückte zu, bis sie erschlaffte. Das Opfer war diesmal eine zweiunddreißigjährige Frau namens Petra Scholl, die nur zwanzig Minuten zuvor in das Auto eingestiegen war ... Der Täter warf ihren leblosen Körper rechts aus dem Fahrzeug, raste davon und wurde nicht mehr gesehen. Die Tatzeit des neuen Mordes war 23 Uhr 17, der Tatort ein düsterer Parkplatz zwischen dem Rostocker Weg und dem Grützmachergang im Hamburger Stadtteil St. Georg – dem *kleinen* St. Pauli.
Eine Stunde danach wurde Petra Scholl von ihrer Kollegin und Freundin Annette Becker, die sich Sorgen um sie gemacht hatte, gefunden. Und wenig später standen, im flackernden Schein rotierender Blaulichter, Siebert und Below, die ausgerechnet an diesem Abend Bereitschaftsdienst hatten, vor der Leiche.
»Also, nun mal der Reihe nach!« sagte Siebert zu Annette Becker. »Hilft ja nichts – hörn Sie mal auf zu flennen und erzählen Sie mal!«
Das Mädchen schneuzte sich geräuschvoll und sah immer wieder verstohlen zu ihrer Freundin, die derzeit von allen Seiten fotografiert wurde. »Ich war gerade drei Meter weggegangen, als der Freier neben ihr hielt ... hab gerade noch gesehen,

daß sie eingestiegen ist – mehr weiß ich nich! Ich hab mir dann nur gedacht, wo bleibt sie denn, und bin sie suchen gegangen ... Wir sind öfter hier auf dem Platz – und da hab ich sie dann gleich liegen sehen ...«
»In was für einen Wagen ist sie eingestiegen?« erkundigte sich Below.
Sie überlegte. »Grün, blau ... ganz sicher kein schwarzer oder *ganz* weißer ...«
»Welcher Typ?«
»Weiß nicht! Hätt ich doch bloß ...«
»Mercedes?«
»Nee – kleiner ...«
»Ford? Opel? Renault?«
»*Opel* könnt sein«, sagte sie zögernd, »Scheißspiel ... wer denkt denn an *so was?*«
Zu Belows Überraschung nahm Siebert ein Foto aus der Innentasche seiner Jacke – ein dreiteiliges Foto von Kurt Legiehn. »Würden Sie den Freier wiedererkennen?« fragte Siebert. »Den mit dem Opel oder so?«
»Weiß nicht!« sagte Annette Becker.
Da hielt er ihr das Foto hin. »Kann er *das* vielleicht gewesen sein?«
Annette sah sich die Porträts – *en face,* linkes Ohr, rechtes Ohr – gründlich an. »Also, *ausschließen* könnt ich's eigentlich nicht ... ich mein, ich hab ihn ja kaum gesehen in seiner Karre – so'n Zug um den *Mund* hat er gehabt ...«
»Okay«, sagte Siebert, »das wär's im Moment. Aber sehen Sie zu, daß Sie die nächste Zeit zu erreichen sind!«
Sie ließen die Frau stehen und gingen ein paar Schritte zur Seite. »Grünes Auto, jedenfalls kein schwarzes oder weißes ... *Opel* könnt sein«, sagte Below, »so'n Zug um den *Mund* hat er gehabt ...«
»Lange genug draußen ist er!« murmelte Siebert. »Über den Weg getraut hab ich ihm nie ...«
Below nickte und zündete sich mit klammen Fingern eine Zigarette an. »Bloß – glaubst du an den Weihnachtsmann?«
»Sicher nicht!« sagte Siebert. »Aber was hilft's? Komm – hilft *gar* nix!«
So zogen sie los – in Richtung Bramfelder Allee. Sie ahnten, daß sie wahrscheinlich die Pferde scheu machen, aber nichts ausrichten würden – nichts jedenfalls, was die Aufklärung

dieses Mordes in irgendeiner Weise beschleunigen konnte. Wie sehr sie allerdings tatsächlich ins Fettnäpfchen treten würden, hätten sie sich letztlich auch nicht in ihren schwärzesten Träumen ausmalen können: sie gaben der Geschichte nun auch jenen *allerletzten* Dreh, mit dem *normalerweise* nie zu rechnen gewesen wäre.

Kurt Legiehn hatte es wissen wollen, ob er, wie er sagte, Männchen oder Weibchen war – ausgerechnet an diesem Abend. Die ganzen drei Wochen lang war er friedlich gewesen, was *das* anbetraf, hatte immer wieder nur davon *geredet,* daß der Mensch ein Sexualleben brauche, war aber nie massiv geworden... und Marianne dankte ihrem Schöpfer jeden Abend, wenn sie seine regelmäßigen Atemzüge hörte und erkannte, daß er schlief; sie wurde allerdings auch jeden Morgen mit dem Gefühl wach, heute sei die Galgenfrist abgelaufen.
Sie redete wieder viel mit sich selbst – mit wem sonst hätte sie reden *können?* Was soll's im Grunde? sagte sie sich, vielleicht macht's mir sogar wieder mal Spaß... vielleicht wird's hinterher besser als früher! Kurt in der Zelle, worüber er nie redete, ausgerechnet einer wie er – in solchen Momenten war's ihr fast schon egal, ob er wirklich unschuldig war oder nicht.
Aber dann wieder die Grübeleien. Sie vermißte ein Paar von seinen Handschuhen – diejenigen, die er normalerweise beim Autofahren trug... paßte das nicht haargenau damit zusammen, daß sie an der Leiche dieser toten Frau keine Fingerabdrücke gefunden hatten? Quatsch! überlegte sie im nächsten Moment – Fingerabdrücke an Leichen ließen sich wahrscheinlich so und so nicht feststellen; und wenn er die ganze Zeit Handschuhe angehabt hätte, wäre ihm ja wohl kaum der Fingernagel abgebrochen...
Trotzdem. Ich *kann's* nicht! sagte ihr Körper. Die Sperre – sobald es auch nur annähernd ernst wurde. Soll er hingehen, wohin er will, dachte sie – mir ist's gleichgültig; soll er wieder zu den Huren gehen! Hauptsache, er läßt *mich* in Ruhe!
Mehr und mehr allerdings häuften sich die positiven Stimmungen, sozusagen die zugunsten von Kurt – und heute, wie gesagt, lag's seit Stunden in der Luft. Sie hatte Kreuzworträtsel gelöst – die schiere Sucht seit einiger Zeit, ihr liebstes

Mittel gegen die meist ebenso endlosen wir trostlosen Stunden zu zweit vor dem Fernseher.
»Nicht mal *Mensch ärgere dich nicht* haben wir miteinander gespielt, seit ich wieder da bin!« sagte Kurt mitten im Western. »Irgendwie geht das *so* nicht mehr weiter!«
Sie füllte siebzehn waagerecht aus, *Stadt in der CSSR* mit sechs Buchstaben – P, I, L, S, E, N. Elf senkrecht, *Lebensbund* mit drei Buchstaben, den beliebten Füller zwischen zwei langen Ketten, ließ sie unausgefüllt.
»Hörste?« knurrte Kurt.
»Nein, entschuldige – was ist?«
»*Das* ist!« sagte er düster und mit Betonung. »In der Zelle war's gemütlicher als hier – *das* is!«
Sie sah ihn nachdenklich an. Er arbeitete derzeit mehr als früher, vor allem viel schwarz, um »einiges nachzuholen«, wie er sagte – und er lief und trainierte wie der Teufel, um seine während der Haft etwas schwammig gewordene Figur wieder hinzukriegen. Er hatte sich irgendwie tatsächlich *gebessert,* wenngleich sie nie ein Wort darüber gesprochen hatten ... Im Augenblick schenkte er sich zwar den vermutlich achthundertzwanzigsten Doppelten ein, seit er entlassen worden war, aber *volltrunken* war er nicht ein einziges Mal gewesen, im Gegensatz zu früher ...
»Prost!« sagte Marianne und ärgerte sich, daß es gehässiger klang, als sie gewollt hatte.
Sie gingen ins Bett, miteinander und letztendlich doch wieder nicht miteinander – *ganz* war ihre Abwehrbereitschaft schließlich doch noch nicht abgebaut. Kurt beugte sich über sie und versuchte, sie zu streicheln – aber sie drückte ihn sanft und entschieden zurück und wunderte sich mehr denn je, daß sie eine wenn auch noch so negative Verfügungsgewalt über ihn besaß, was ihr früher, vor seiner Verhaftung, nie bewußt gewesen war.
Marianne löschte das Licht. Die Bettlampe an Kurts Seite brannte weiter. *Einfach* war's sicher nicht, dachte sie wieder mal, monatelang im Knast zu hocken und dann in dieser Anklagebank ... *spurlos* bleibt das sicher nicht in den Kleidern hängen! Eine Welle von Mitleid überflutete sie – wahrscheinlich, überlegte sie, ist er ja tatsächlich unschuldig; was heißt das schon, diese zufällig ausgewechselten Plastikbezüge und der Fingernagelvergleich und die Handschuhe und all diese anderen sogenannten Indizien?

Heute hätte es klappen können. Wenn er bloß auch das Licht ausgemacht hätte! Wenn seine Hand verstohlen ihre Hand gesucht hätte! Wenn, wenn, wenn!
Statt dessen sagte er grimmig: »Ich will dir mal in aller Ruhe eines sagen – du wirst dich sehr *bald* entscheiden müssen! Glaub jedenfalls nicht, daß du mich hier noch *lange* verhungern lassen kannst!«
Verhungern! Das war's! dachte sie – alles war mit einem Male wieder lebendig. Kaputt die Stimmung, kaputt die ganze trostlose Ehe – endgültig! *Nee, nee du ... entweder nimmste mich so, wie ich bin und bist vernünftig – oder ich laß dich verhungern!* Seine Worte, als er noch der großkotzige Zocker und Fremdgänger war. *Ich bin froh, wenn ich dich los bin! Bring dich doch um, die Sterbeversicherung zahlt sogar die Todesanzeigen!* Herzloser geht's nicht – und so was sollte sich ändern können?
»Ich hab dich was gefragt!« sagte Kurt.
»Ja, ja, sicher ... aber du kannst doch nichts *erzwingen*, Kurt! Das *braucht* doch seine Zeit – sei doch vernünftig, *laß* mir doch die Zeit!«
»Und wie lange noch?«
»Weiß ich nicht ...« sagte sie zögernd.
»Dann sag mal gelegentlich Bescheid!« sagte er mit ätzendem Hohn. Pause. Dann, unvermittelt wehleidig: »Ich glaub, du glaubst mir immer noch nicht ...«
»Laß es doch!« bettelte sie. »Laß uns doch nicht schon wieder davon reden!«
»Doch! Ich *muß* davon reden – jetzt sofort! Glaubste mir, oder glaubste mir *nicht?*«
Pause. Der Verkehrslärm, der sonst immer nur wie ein auf und ab schwellendes Summen im Schlafzimmer hing, wurde fürchterlich laut.
»Zu neunundneunzig Prozent ...« sagte Marianne Legiehn leise.
»Aha. Neunundneunzig Prozent ...«
»Kurt!« flehte sie. »Sieh das doch ein ... das hat sogar dein Verteidiger zu mir gesagt, daß wir da Probleme haben werden, bevor sich das einrenkt ...«
»So!« sagte er. »Nu reicht's! Morgen am Tag schmeiß ich die Klamotten hin und kündige! Und ob ich dann *Arbeitslosengeld* krieg oder nicht, ist mir völlig schnuppe! *Haushaltsgeld*

kriegste keins mehr – und dann kannste dich scheiden lassen und sehen, wo du bleibst! Kannst als *Putze* gehen oder auf'n *Strich* – kannst ja mal sehen, was *da* für Penner rumlaufen ...«
Er machte das Licht aus und warf sich im Bett herum, daß die Sprungfedern krachten.
»Mann, was bist du gemein ...« sagte Marianne.
Da klingelte es. Einmal, dreimal – *Sturm*.
»Na warte!« zischte Kurt. Er machte das Licht wieder an und sprang aus dem Bett. Wie ein angestochenes Kalb – ein Verrückter ...
Marianne lief zur Tür, die einen Spalt offengeblieben war, und horchte.
»Entschuldigen Sie die späte Störung, Herr Legiehn«, sagte eine Stimme, die sie kannte, »aber wir müssen ...«
»Sind Sie wahnsinnig?« schrie Kurt.
»Können wir mal reinkommen?« sagte eine andere Stimme, die ihr ebenfalls bekannt vorkam.
Sie hielt den Atem an. Schritte in der Diele – die Wohnungstür wurde geschlossen.
»Wir müssen leider wissen, wo Sie heute abend zwischen zwanzig Uhr und null Uhr gewesen sind!« sagte die erste Stimme ruhig.
»Das geht Sie gar nix an!« sagte Kurt böse. »Wissen Sie, wie spät es ist?«
»Halb zwei ... aber wir müssen trotzdem wissen, ob Sie ... ob Sie wieder ein Alibi haben!«
Eine Weile war's still. Dann sagte Kurt: »Ich werd verrückt – soll ich vielleicht schon wieder eine ermordet haben? Wieder 'ne Nutte?«
Pause. Dann: »Ob *Sie* es gewesen sind, wissen wir nicht ... aber 'ne *Leiche* gibt's wieder ...«
»Ach nee«, höhnte Kurt, »is ja irre! Wollen Sie künftig bei *jeder* Leiche bei mir klingeln? Mein lieber Herr ... Herr Seibert ...«
»Siebert!« sagte die erste Stimme. »Mein Kollege Below ... Sie müssen uns da verstehen ...«
»Klar«, unterbrach Kurt, »*einmal* verdächtig, *immer* verdächtig! Und wenn ich nu mal gerade nicht mit meiner Frau im Bett ...«
»*Waren* Sie's denn?« fragte Below.

»Komm mal her, Marianne!« rief Kurt.
Sie steckte – halb nackt, wie sie war – nur den Kopf durch die Tür.
»War ich bis gerade mit dir im Bett oder nicht?«
»Mein Mann war den ganzen Abend zu Hause!« sagte Marianne mit versteinertem Gesicht. Sie zog den Kopf wieder zurück, und die Tür klinkte sie zu ...
»Also!« giftete Kurt; sie hörte es nur noch undeutlich. »Sie haben es *gehört,* und nun schmeiß ich Sie *raus* und geh sofort wieder ins Bett! Keine *Silbe* mehr kriegen Se von mir zu hören ...«
Sie hatte mit fahrigen Händen ihr Nachthemd über den Kopf gestreift und das nächstbeste Kleid übergezogen auf die bloße Haut; sie riß einen Koffer vom Schrank und stopfte wahllos Kleider und Wäsche und Schuhe hinein ...
»Wir können Sie jederzeit richterlich vernehmen lassen, Herr Legiehn ...« sagte – undeutlich – Belows Stimme.
»Machen Sie doch!« schrie Kurt. »Machen Se zu ... raus jetzt, los ... raus, raus, raus!«
Marianne Legiehn griff sich das Telefon, das auf Kurts Nachttisch stand, verwählte sich und wählte neu. »Bitte ein Taxi, Bramfelder Allee sechsundvierzig ... *Legiehn* ... ja, ja, ich komm runter ...«
Viel zu laut für die späte Zeit fiel die Wohnungstür ins Schloß.
Marianne griff sich den Koffer und öffnete die Schlafzimmertür. Vor ihr stand ihr Mann, in der einen Hand eine Flasche, in der anderen ein Glas.
»*So* 'ne Sauerei!« sagte er wütend. Dann sah er, daß Marianne angezogen war und einen Koffer in der Hand hatte. »Was ... was soll das?«
»Ich geh weg!« sagte sie. »Laß mich vorbei ... du hast *selber* gesagt, ich soll mich scheiden lassen ...«
»Aber das war doch nur ... Herrgott, seid ihr denn *alle* besoffen?«
»Laß mich vorbei!« bat sie. »Bitte ... das *kann* so nicht weitergehen ...«
»Aber diesmal ... diesmal *kann* ich's doch gar nicht gewesen sein ...« stammelte Kurt.
Sie starrte ihn entgeistert an. *»Diesmal?«* Pause. »Also *doch,* Kurt ...«

Legiehn begriff, daß sie so und nicht anders reagieren mußte. »Du bist verrückt!« brüllte er. »Ist doch Quatsch ... du kannst doch jetzt nicht – Marianne!« Glas und Flasche fielen klirrend zu Boden; er packte Marianne an den Schultern und dann am Hals. »Du kommst mir hier nicht raus, das sag ich dir, eher bring ich dich ...«
Sie rang nach Luft unter dem Würgegriff. Aber plötzlich ließ er sie los, sank auf die Knie – und wimmerte.
»Marianne, entschuldige ... bleib hier, Marianne – *bitte*, verzeih mir ...«
Sie nahm den Koffer auf, der ihr aus der Hand gefallen war, ging an ihm vorbei zur Tür, öffnete sie und ging ins Treppenhaus. In der Nachbarwohnung rumorte es, als sie die Tür leise schloß ... Durch das Fenster auf der ersten Halbetage sah sie, daß das Taxi gerade ankam.

Die Kanzlei von Rechtsanwalt Dr. jur. Pferdsticker war weit weniger geräumig und komfortabel als die seines Kollegen Zobel. Aber dafür machte Pferdsticker – blauäugig, klein, verhutzelt und mit vielen Lachfältchen im Gesicht – einen ungewöhnlich vertrauenerweckenden Eindruck.
»Sie sind also gestern nacht von sich aus weggegangen«, resümierte der Anwalt, »haben die eheliche Wohnung auf eigenen Entschluß hin verlassen und damit die Wohngemeinschaft gekündigt ... Wo haben Sie denn inzwischen Ihr müdes Haupt zur Ruhe gelegt, Frau Legiehn?«
Marianne trug nach wie vor das grauschwarze Kleid, das sie in der Eile angezogen hatte, wirkte indessen ungewöhnlich frisch. »Der Taxifahrer hat mir ein Hotel hinter dem Bahnhof genannt – etwas laut, aber ganz angenehm. *Das* klappte sehr gut ...«
Pferdsticker nickte. »Ja, ja – irgendwas findet sich *immer*. Und wie wollen wir nun Ihren Auszug und überhaupt alles in der Scheidungsklage begründen?«
»Meine Ehe war die Hölle!« sagte Marianne Legiehn.
Er nickte verständnisvoll. »Sicher ... allerdings ist das etwas *allgemein* formuliert ...«
»Allgemeine Zerrüttung!« sagte sie.
Er lächelte. »Sie kennen sich aus, Frau Legiehn. Nur ist das möglicherweise auch noch nicht *ganz* das Wahre ... nach dem, was Sie in dieser Hinsicht an Details geschildert haben, könn-

te es im Hinblick auf die künftige Unterhaltszahlungen vielleicht noch einen *konkreteren* Ansatzpunkt geben. Körperliche Gewalt gegen Sie, seelische Grausamkeit, unzumutbare körperliche und geistige Gebrechen – es gibt da einen ganzen Katalog …«
»Seelische Grausamkeit!« sagte sie.
Er war jetzt sehr ernst. »Wollen Sie mir nicht vielleicht doch einen *handfesten* Hinweis geben? Sozusagen den … den *wahren* Grund?«
Sie schüttelte den Kopf. »Nein!«
»Aber es gibt ein *Anwaltsgeheimnis«,* meinte er nachsichtig, »eine Schweige*pflicht* sogar …«
»Nein!« wiederholte sie heftig. Gleich darauf wurde sie ruhiger. »Entschuldigen Sie …«
»Bitte, bitte!« Er wartete ab.
»Mein Mann stand unter Mordverdacht«, sagte sie zögernd, »er ist freigesprochen worden …«
Pferdsticker wartete ab, bis er sicher war, daß sie nicht weitersprach. »Ich kenne den Fall«, sagte er dann, »natürlich nur aus der Zeitung. Beziehungsweise aus Gesprächen unter Kollegen …«
»Ich werde nicht damit fertig, daß er … daß er …«
Wieder schwieg sie. Und er kam anscheinend zu der Überzeugung, daß es besser sein könnte, diesen Punkt der sich anbahnenden Ehesache Legiehn gegen Legiehn tatsächlich nicht weiter zu verfolgen. »Gut, Frau Legiehn! Sie werden nicht mit der Tatsache fertig, daß Ihr Mann häufig Umgang mit anderen Frauen hatte, äußerst zweifelhaften Frauen … *das,* immerhin, ist ja in dem Verfahren gegen ihn deutlich geworden, soweit ich mich erinnere. Und das ist ja *einiges* … da wird uns dann schon noch was einfallen …«
»Danke!« sagte Marianne Legiehn aufatmend.
»Aber nun mal zur Höhe der *Unterhaltszahlungen* … Ihr Mann verdient dreitausend netto im Monat, sagen Sie, rund gerechnet …«
»Ja. Dreitausend!« Einen winzigen Augenblick lang hatte sie Gewissensbisse, weil sie gleich nach der letzten Lohnüberweisung seine Abrechnung kontrolliert hatte. Kriegte er eigentlich regelmäßig dreitausend?
Der Anwalt machte sich Notizen und rechnete. »Kinder haben Sie nicht … zwei Fünftel bis drei Siebtel könnten Sie

nach der sogenannten Düsseldorfer Unterhaltstabelle beanspruchen... also zwölfhundert – gehen wir mal von *tausendzweihundert* aus!« Er sah auf. »Allerdings könnte die Gegenseite verlangen, daß Sie eine Arbeit annehmen... der Unterhalt könnte dann theoretisch *ganz* entfallen...«
»Nein!« sagte sie fest. »Verlangen Sie zweitausend!«
»Wieviel?« fragte er ungläubig.
»Zweitausend! Mindestens!«
Er schüttelte den Kopf. »*Damit,* Frau Legiehn, kämen wir sicher nicht durch...«
»Doch!« behauptete sie. »Er zahlt!«
»Bitte – denken Sie doch mal nach...«
Und das tat sie dann auch. Noch mal ganz von vorn... dasselbe wie in den schlaflosen Stunden letzte Nacht im durchgelegenen Hotelbett hinter dem Bahnhof. Erstens, dachte sie in aller Ruhe, war Kurt ein Mörder; wahrscheinlich war er mit seinen sexuellen Schwierigkeiten – seiner *schleichenden psychopathologischen Entwicklung* oder was der Psychiater da sonst noch gesagt hatte – vom Schwurgericht eben doch zu Unrecht freigesprochen worden; aber was soll's noch? Zweitens nämlich interessiert mich das in einer Hinsicht überhaupt nicht mehr die Bohne, nachdem ich nun endgültig von ihm los bin: wenn er *freigesprochen* worden ist, obgleich er *schuldig* ist, kann er ja auch *verurteilt* werden, wenn er *unschuldig* ist – *das* gleicht sich aus; kommt aufs selbe raus! Kurt hat wahrscheinlich gedacht, ich hätte allein wegen dem Besuch gestern nacht die Nerven verloren – aber *denkste!* Die haben mir das bloß mal so richtig klargemacht – die warten doch nur darauf, daß sie ihn noch kriegen, egal, wie und durch wen!
Kurz und gut also: spätestens in dem Moment, in dem ich ihm klipp und klar sage, daß ich die Wahrheit sagen werde und ihm das Alibi entziehe, *muß* er klein beigeben... *ohne* Alibi ist er dran, schuldig oder unschuldig, lebenslänglich wahrscheinlich – das kann er sich leicht an zehn, ach, an *drei* Fingern ausrechnen!
Sie schaute auf. Der nette, verhutzelte Dr. Pferdsticker, den sie für kurze Zeit fast vergessen hatte, sah sie abwartend und geduldig an. »Nun?« fragte er freundlich.
»Es bleibt dabei!» sagte sie. »Zweitausend!«
»Aber« – er verzweifelte jetzt doch allmählich – »er hätte

dann kaum das Allernötigste zum Leben, für sich selber! Es geht *hinten* und *vorn* nicht!«
»Doch! Er macht immer was nebenbei ...«
»Schwarzarbeit?« fragte Pferdsticker, plötzlich sehr interessiert. Er beugte sich vor.
»Ja. Ziemlich viel ...«
»Ja, also – *damit* sieht die Sache natürlich ganz anders aus!« sagte er nachdrücklich. »Ein bißchen Druck dahinter kann ja sicherlich gar nicht schaden ... von *Erpressung* oder *Nötigung*« – er lächelte schwach – »kann man hier ja vermutlich so und so nicht reden! Also, jedenfalls – *das* ist es, Frau Legiehn! *Das* dürfte Ihnen tatsächlich die Zuversicht geben, daß Ihr Mann *nicht,* was eigentlich zu erwarten wäre, mit allen rechtlichen Mitteln gegen Ihre Unterhaltsforderungen und natürlich den Versorgungsausgleich in vollem Umfang angeht, sondern sich arrangiert ...«
Ein letzter, leiser Schmerz stieg in ihr hoch; zehn, nein – elf Jahre Ehe gingen zu Ende ... man ist plötzlich sehr allein und hat Angst, wenn auch nur für Sekunden. Es bleibt nicht aus. Aber dann nickte sie.
»Ja. Das *ist* es!« sagte Marianne Legiehn. Ist es nicht egal, ob es *das* ist oder was anderes?
Wenig später unterschrieb sie die Zivilprozeßvollmacht für Dr. Pferdsticker und eine Honorarverpflichtung *für alle Fälle,* wie er betonte – eine Verpflichtung, der sie kaum jemals würde nachkommen müssen. Denn Kurt Legiehn zahlt alles, dachte sie, *alles* – denn *er* soll büßen, für was auch immer.

FELIX HUBY

Äpfel für Costa Rica

Warum hatte er bloß nachgegeben? War er nicht der Chef? Er hätte Gächter schicken können oder Haußmann. Der Fall war unattraktiv. Routine.

Bienzle hatte seinen Wagen am Dorfeingang abgestellt. Wann immer es sich machen ließ, ging er zu Fuß. Jetzt stapfte der schwere Mann durch ein schmales Sträßchen, das steil zwischen häßlichen Häusern den Berg hinaufführte. Der Asphalt war an vielen Stellen aufgebrochen. Im Herbst war Wasser eingesickert in die Straßendecke. In der Kälte war es zu Eis geworden und hatte in den Belag Risse gemacht.

Als der Mord gemeldet worden war, hatten sie alle ganz still dagesessen, keiner hatte geredet, jeder hatte sich angelegentlich mit etwas anderem beschäftigt. Gächter, Gollhofer, Haußmann – keiner hatte reagiert.

Schließlich hatte der Kollege Gächter doch kurz aufgeschaut und mit dem Zeigefinger auf das Fernschreiben geklopft. »Anton Hägele, Eisendreher, Nebenerwerbslandwirt, geboren in Eichenbach, wohnhaft in Eichenbach. Ein Landsmann von dir, Ernst.«

Als ob das eine Rolle gespielt hätte.

Ernst Bienzle stieß mit dem rechten Fuß gegen ein loses Asphaltstück. Warum hatte er sich bloß auf diese Diskussion eingelassen? Das hatte er nun davon.

Eichenbach war ein Dorf ohne Gesicht.

Bienzle ärgerte sich, daß er einen Mantel angezogen hatte. Die Sonne schien warm – viel zu warm für diesen späten Märznachmittag.

Vor dem schmalbrüstigen Haus stand ein Polizeiwagen. Bienzle blieb stehen und schaute sich den Vorgarten an. Schneeglöckchen blühten und bunte Krokusse und gelbe Primeln, die offensichtlich frisch eingesetzt und angegossen worden waren. Um die schmächtigen Stengel und Blätter hatten sich kleine, kreisrunde feuchte Höfe gebildet.

»Ich kenn Sie, Herr Kommissar.« Der junge Uniformierte strahlte. Das hatte man davon, daß man als Schulmeister auf Fortbildungslehrgängen herumgereicht wurde.
»Dann zeigen Sie mir mal, was passiert ist«, brummte Bienzle.
Die Leiche schwamm, Rücken nach oben, in einem Heizöltank. Bienzle war auf eine Bockleiter gestiegen, um in den Tank hineinsehen zu können. Der Deckel lehnte an der Wand. Der Tote trug einen blauen Overall.
»Wir haben alles gelassen, wie es war«, sagte der junge Beamte eifrig.
»Na, hoffentlich war er da schon tot«, brummte Bienzle.
»Aber sicher, wenn er schon seit drei Tagen drinliegt.«
»Woher wissen Sie das?«
»Solange fehlt der Herr Hägele schon.«
»Sagt wer?«
»Die Frau Hägele!«
»Ist Ihnen etwas aufgefallen, Herr Kollege?«
»Nein!«
»Nichts?«
Bienzle fixierte den jungen Beamten der Schutzpolizei.
»Was soll mir denn aufgefallen sein?« fragte der unsicher.
»Zum Beispiel alles, was außer der Leiche noch da drin rumschwimmt.«
»Häh?«
»Holen Sie mal eine Lampe!«
Der Uniformierte sah Bienzle ratlos an.
»Im Zweifel den Suchscheinwerfer aus Ihrem Dienstwagen, verdammt noch mal.«
Im Licht des Suchscheinwerfers erkannten sie ein paar Holzstiftchen und eine Art Schlauch.
»Rausholen«, kommandierte Bienzle.
Die Holzstiftchen erwiesen sich als Streichhölzer. Der Schlauch war aus Plastik und ungefähr einen Meter lang. Bienzle drehte zwei Streichhölzer in der Hand.
»Die sind angebrannt worden. Wenn einer den Hägele da drin verbrennen wollte, hat er's saudumm angestellt.« Er stieg von der Leiter. »Lassen Sie die Leiche bergen. Das Zeug da kriegt die Spurensicherung.«
Bienzle stapfte die Kellertreppe hinauf. Hinter einer Tür im Erdgeschoß hörte er Stimmen. Er ging hinein, ohne anzuklop-

fen, und kam in eine gemütliche Küche. Auf einer Eckbank saß eine etwa dreißigjährige Frau und putzte Gemüse. Ihr gegenüber stand, an ein altes Küchenbüfett gelehnt, ein älterer uniformierter Beamter. Die Frau lächelte, was Bienzle irritierte.

»Grüß Gott«, sagte der Kommissar, »Bienzle mein Name. Ich komm vom Landeskriminalamt.«

»Gutbrod«, stellte sich der Beamte vor.

»Frau Hägele?«

Die Frau nickte, ohne ihre Arbeit zu unterbrechen.

»Wir bergen die ... ich mein, Ihren Mann. Sie sollten dann mitkommen.«

Die Frau schüttelte den Kopf.

Bienzle setzte sich. »Wir müssen ihn aber identifizieren.«

»Ich hab ihn schon gsehen.«

»Haben Sie ihn selber entdeckt?«

»Ja.«

»Und dann?«

»Ich weiß nicht so genau.«

»Sie hat uns angerufen«, sagte Gutbrod.

»Wann war das?«

»Vierzehn Uhr dreißig.«

Bienzle schaute auf die viereckige Küchenuhr, die über der Tür hing. »Vor zwei Stunden also.«

Bienzle betrachtete die Frau. Sie war klein, zierlich und hatte ein glattes, rundes Gesicht, wie eine Puppe. Sie wirkte wenig beeindruckt.

»Hatte Ihr Mann keine Arbeit, oder warum war er zu Hause?« fragte Bienzle.

»Er schafft Schicht. Zur Zeit nachts.«

Bienzle sah die Frau einen Augenblick sprachlos an. Dann sagte er: »Ich denk, er fehlt seit drei Tag!«

»Ja, schon!«

»Aber ...« Ihm fiel dazu im Augenblick nichts ein.

»Das war nix Bsonders.«

»Ach, so ist das!«

»Ja, so ist das!« Sie warf das geputzte Gemüse in ein Sieb, stand auf und ging zum Spülbecken.

Draußen waren Stimmen zu hören. Dann schwere Schritte. Eine Männerstimme rief aufgebracht: »Was soll denn das alles?«

Die Tür wurde aufgerissen. Die Frau drehte sich um. Auch Bienzle wandte den Kopf zur Tür. Auf der Schwelle stand ein grobschlächtiger Mann, die Klinke noch in der Hand. Er trug einen blauen Overall.
»Anton!« Frau Hägele hatte den Namen ganz leise ausgesprochen.
»Was tut die Polizei hier?« brüllte der Mann. Und als niemand antwortete: »Ich will eine Antwort, und zwar sofort! Und wer sind Sie?« schrie er Bienzle an.
Bienzle lächelte: »Herr Hägele?«
»Ja, wenn Sie nix dagege habet – und das hier ist mein Haus!«
»Aber Anton, du bist doch...« Die Frau hielt inne und legte die Hand auf den Mund.
»Wir dachten, Sie seien tot!« sagte Bienzle ruhig und wurstelte seine Ausweiskarte aus der Manteltasche.
Hägele grinste und sagte zu seiner Frau: »Das hättest wohl gern, was?«
»Anton, bitte!« Frau Hägele begann das Gemüse zu waschen.
Der Polizist Gutbrod sagte: »Also, ich versteh gar nichts mehr.«

»In Öl eingelegt!« Professor Dr. Hahnisch vom Gerichtsmedizinischen Institut schüttelte den Kopf. »Also so hat man mir noch nie eine Leiche gebracht, Herr Bienzle.«
Bienzle antwortete nicht. Er starrte die nackte Gestalt an.
»Was haben Sie denn? Sie gehören doch nicht zu denen, die gleich umfallen!«
»Christian Maria Herget!« sagte Bienzle.
»Wie bitte?«
»Ich kenn den da!«
»Ach ja?« Hahnisch hob den Kopf. »Ein Kunde von Ihnen?«
»Kann ich mal...?« Bienzle zog den Telefonapparat zu sich her und wählte.
»Den hab ich selber auf Nummer Sicher gebracht vor... warten Sie mal...«, dann sprach er in den Hörer: »Gächter, die Leich in Eichelbach, das ist der Herget... ja, Christian Maria. Hast du was gehört, daß der... ja, warum sagt mir das denn keiner!«
Er warf den Hörer auf die Gabel.
»Na?« fragte Hahnisch.

»Ausgebüchst, wie mein Kollege das nennt – vor drei Wochen!«
»Und wofür hat er gesessen?«
Bienzles Laune wurde von Sekunde zu Sekunde schlechter: »Ha, für Handtaschendiebstahl bin i ja net zuständig.«
Hahnisch war wenig beeindruckt.
»Mord also!«
»Sie haben eines der Opfer selber in Ihre Finger ghabt.«
Der Professor versuchte sich zu erinnern, gab es aber schnell auf.
»Mann oder Frau?«
»Frau. Ich hör Sie doch noch, Professor: ›Selbst im Tode noch eine Schönheit. Ein solcher Mord wiegt doppelt schwer‹, wörtlich haben Sie das gesagt.«
»Gabriele Wiedemann.«
»Richtig. Gabriele Wiedemann – Mutter von zwei Kindern, alleinerziehend, wie das jetzt heißt. Nicht reich, aber gut versorgt. Mann, Mann, war ich froh, als ich den Herget gehabt hab! Obwohl – den Kindern hat das auch nicht geholfen. Zwei Banken hat er außerdem überfallen und den Kassenboten eines Kaufhauses – den hat er übrigens auch erschossen.«
Bienzle ging in dem kahlen gekachelten Raum auf und ab und blieb schließlich vor dem Professor stehen.
»Wie kommt Christian Maria Herget, der schöne Christian – wie kommt der ausgerechnet nach Eichenbach in den Wiesenweg Nummer sieben zu einem Eisendreher, der am Feierabend seine kleine Landwirtschaft betreibt und am Wochenende seine Frau betrügt. Der Hägele sagt, er kennt ihn nicht, und die Frau Hägele sagt gar nix.«
»Vielleicht hat sich der Herget im Keller versteckt, ohne daß die Hausbewohner etwas bemerkt haben.«
Bienzle schüttelte den Kopf.
»Die lügen beide, aber fragen Sie mich nicht, warum, Professor.«
»Sie werden schon noch dahinterkommen, Herr Bienzle.«
»Oder auch nicht.«
Bienzle stapfte Richtung Tür.
Der Professor sagte: »Der Tod ist gegen elf Uhr dreißig eingetreten. Mich irritiert dabei allerdings etwas.«
Bienzle blieb stehen, ohne sich umzudrehen.

»Nämlich?«
»Der Mann muß viel länger im Öl gelegen haben.«
»Was?« Jetzt drehte sich der Kommissar noch einmal um.
»Sagen Sie das noch mal.«
»Einmal reicht. Sie sind doch nicht begriffsstutzig, Bienzle!«

Mit der Dämmerung hatte ein leichter Nieselregen eingesetzt. Bienzle stand unschlüssig vor dem Haus des Ehepaares Hägele. Nur das Küchenfenster war erleuchtet. Bienzle ging ein paar Schritte darauf zu, blieb dann aber stehen, kehrte schließlich um und lehnte sich an einen Baum am Straßenrand. Ein Routinefall, hatte der Kollege Gächter gemeint. »So nach dem Muster, Ehefrau bringt untreuen Mann um.« Bienzle lachte leise. Der Regen nahm zu. Wind kam auf. Bienzle fröstelte und zog den Mantel enger um seine Schultern. Wenn er so auf der Lauer lag, verlor er das Gefühl für die Zeit. Er stellte sich selbst ruhig, wie er das im stillen nannte. Er dachte an nichts Bestimmtes. Vor allem versuchte er, sich nicht mit dem laufenden Fall zu beschäftigen.
Als das Licht im Flur anging, wußte der Kommissar dennoch, daß es fast genau zehn Uhr war. Die Tür ging auf. Hägeles massige Figur erschien in dem hellen Rechteck.
Bienzle zog sich einen Schritt weiter hinter den Baumstamm zurück.
»Du hättest dich krank schreiben lassen können«, hörte er Frau Hägele sagen.
»Warum denn?« antwortete ihr Mann.
»Nach allem, was passiert ist!«
»Ist ihm doch recht geschehen!«
Der Mann wandte sich der Straße zu.
»Du gehst ja gar nicht ins Geschäft«, protestierte die Frau.
»Ach halt doch dein ungewaschenes Maul«, schrie der Mann zurück und bückte sich nach einem Stein.
Die Frau warf die Türe zu. Gerade noch rechtzeitig. Der Stein prallte vom Holz zurück.
Anton Hägele ging mit langen Schritten den Wiesenweg hinunter. Bienzle folgte ihm lustlos. An der nächsten Kreuzung wartete ein Wagen auf Hägele. Bienzle bückte sich, um zu erkennen, wer am Steuer saß. Es war ein Mann mit langen blonden Haaren, der wie Hägele einen blauen Overall trug – offen-

sichtlich ein Arbeitskollege, wie Hägele auf dem Weg zur Nachtschicht.
Bienzle ging zurück und klopfte an die Tür. Im ersten Stock öffnete sich ein Fenster.
»Was ist?«
Bienzle fiel jetzt erst auf, daß Frau Hägele eine Stimme hatte, die überhaupt nicht zu ihrem Äußeren paßte – grell und scharf. »Ich hab noch ein paar Fragen – Bienzle!«
»Jetzt noch?«
»Sag ich doch!«
Die Frau seufzte und schloß das Fenster.
Bienzle schob sich auf die Eckbank. Frau Hägele stellte wortlos eine Flasche Bier und ein Henkelglas vor ihn auf den Tisch.
»Warum meint Ihr Mann, es wär ihm grad recht geschehen?« fragte er unvermittelt.
»Ach, mein Mann – der sieht doch Gespenster!«
»Ach ja – was für welche denn?«
»Er meint, ich hätt einen Liebhaber gehabt.«
»Und?«
»Was und?«
»Habet Sie ein ghabt?«
»Nein!« sagte sie trotzig.
»Christian Maria Herget war bekannt dafür, daß er Frauen ... na ja, daß er bei Frauen gut ankam.«
»Ist das der Tote?«
Bienzle ging auf die Frage nicht ein.
»Ich frag mich bloß, wie kommt der schöne Christian hierher – also nix gege Eichenbach, aber der Herget hat's immer lieber städtisch ghabt. Haben Sie immer schon hier glebt?«
»Ich komm aus Stuttgart.«
»Ihr Mann hat eine Freundin?«
»Eine ...?!« Sie lachte bitter auf.
Bienzle blinzelte.
»Und das bei so einer Frau!«
Sie lächelte geschmeichelt. »Er liebt halt die Abwechslung. Dem Anton kommt's gar nicht drauf an, wie eine aussieht oder wie sie ist, der ist bei Frauen ein Vielfraß und ein Allesfresser.«
»Wie lang war der Christian Herget schon im Haus, ohne daß es Ihr Mann gemerkt hat?«

Bienzle hatte aufs Geratewohl gefragt, aber die Wirkung schien ihm recht zu geben.
»Was wissen Sie? Waren Sie bei meinem Vater?«
Bienzle wiegte den Kopf hin und her, was man durchaus als Zustimmung hätte werten können.
»Also?«
»Ich sag nix!«
Bienzle nahm einen kräftigen Schluck.
»Haben Sie keine Kinder?«
Frau Hägele schüttelte den Kopf.
»Warum bleiben Sie dann bei dem Mann?«
»Er hat ja nicht nur schlechte Seiten!«
»Erzählen Sie doch einmal von seinen guten!«
Sie sah auf. »Es gibt Tage, da kommt er mit Blumen oder Pralinen heim. Oder mal mit einer neuen Schallplatte – Tanzmusik meistens. Und dann hat er oft auch eine gute Flasche Wein gekauft. Dann sitzen wir zusammen, reden und lachen, und zum Schluß tanzen wir meistens sogar noch ein bißchen. Er tanzt wirklich gut – das sieht man ihm gar nicht an.« Sie sah verträumt auf ihre Hände. »Ja, und das sind dann auch die Abende, wo wir, oder die Nächte halt... Sie wissen schon.« Frau Hägele wurde ein wenig rot.
»Und wie war's mit Christian Maria Herget?«
»Sie lassen nicht locker, gell?« Frau Hägele ging zum Kühlschrank, holte eine neue Flasche Bier für Bienzle, obwohl er die erste Flasche noch gar nicht ausgetrunken hatte.
Bienzle nickte.
Frau Hägele setzte die Flasche hart auf, ging zum Küchenbüfett, entnahm einer Schublade eine Zigarrenschachtel, kramte darin und förderte schließlich einen Ausweis zutage. Sie blätterte und reichte ihn dann Bienzle aufgeschlagen.
»Annemarie Hägele, geborene Meier«, las Bienzle.
»Geschiedene Herget!« vollendete die Frau.
»O du liabs Herrgöttle von Biberach«, entfuhr es Bienzle. Er kratzte sich in seinem unordentlichen Haarschopf.
»Ihr erster Mann also!«
Sie nickte, und Tränen traten in ihre Augen.
»Die finden mich nie – nie finden mich die Bullen, hat er immer gesagt und gelacht dabei, ich habe ein Versteck, da kommt nicht mal der Bienzle drauf – daher kenn ich übrigens Ihren Namen.«

Bienzle gab einen unartikulierten Laut von sich.
»Er hat es jeden Tag geübt. Eine Riesenschweinerei, sage ich Ihnen. Untergetaucht ist er und hat durch den Plastikschlauch geatmet – Schnorcheln hat er's genannt.«
»Da hätte ihn tatsächlich keiner gsucht, und selbst, wenn man den Deckel aufgemacht hätte, wäre wohl niemandem was aufgefallen.«
»In unserer Dusche hat's gestunken, Sie glauben's nicht.«
»Das glaub ich schon«, sagte Bienzle. »Weniger glaub ich, daß Sie ihn so ohne weiteres aufgenommen haben – und vor allem, daß Ihr Mann – Ihr jetziger, meine ich – damit einverstanden war.«
»Ach, der!«
»Sie meinen, dem war's egal?«
»Ich weiß es nicht, wirklich nicht, ich hab keine Ahnung. Eigentlich sollte man doch denken – und am Anfang hat er auch getobt, aber dann war alles plötzlich ganz anders. Mit einem Mal waren die zwei dicke Freunde, steckten die Köpfe zusammen – wahrscheinlich haben sie über mich geredet.«
Bienzle stand auf, eine seltsame Erregung hatte ihn plötzlich gepackt. Christian Maria Herget hatte Beute gemacht. Und nicht zu knapp. Vor allem nicht allein – ihm war zuzutrauen, daß er seinen Anteil auf besonders intelligente Weise versteckt hatte. Und womöglich auch den seiner Komplizen. Er hätte einen Boten gebraucht, um an den Schatz heranzukommen – Hägele zum Beispiel.
»Was denken Sie?« fragte Frau Hägele.
»Ich glaube nicht, daß die beiden über Sie geredet haben.«
»Sondern?«
»Über Geld zum Beispiel.«
»Wieso Geld?«
Bienzle ging zum Kühlschrank und holte sich, ohne lange zu fragen, noch eine Flasche Bier.
»Wer hat noch gewußt, daß Herget bei Ihnen Unterschlupf gefunden hatte?«
»Niemand.«
»Gelogen!« sagte Bienzle ganz ruhig. »Ihr Vater hat es gewußt, Sie haben's vorher praktisch selber gsagt.«
Frau Hägele senkte den Kopf.
»Sie sollten auch was trinken«, sagte Bienzle freundlich.
»Ich mag kein Bier!«

Bienzle hatte im Kühlschrank eine Flasche Obstler mit einem handgeschriebenen Etikett gesehen. Die holte er jetzt. Dann entnahm er dem Büfett zwei Schnapsgläser und goß ein. Frau Hägele trank hastig und schob das Glas zurück. Bienzle goß noch mal ein.
»Wie war das zwischen Herget und Ihnen?«
»Ich verstehe nicht.«
»Hat er Sie verlassen, oder sind Sie von ihm weg?«
Frau Hägele sah an Bienzle vorbei und schwieg.
»Also, er hat sich abgesetzt«, sagte Bienzle. »Und wie war's jetzt, als er plötzlich wiederkam – Ihr Mann hatte Nachtschicht, nicht wahr?«
Jetzt sah sie ihn an.
»Wahrscheinlich hätte er mich immer rumkriegen können – aber nicht hier in unserem Haus.«
»Hat er's probiert?«
»Natürlich!«
Bienzle nickte. »Aber Anton kam dazu.«
»Anton hat eine dreckige Bemerkung gemacht. Und dann ist er gleich mit mir ins Bett. Irgendwie hat ihn das...«
»Tja, so was soll's geben!« sagte Bienzle. »Hatte er denn in jener Nacht keine Schicht gehabt?«
»Ich glaube nicht, daß er überhaupt noch arbeiten geht.«
»Ich hab ihn vorhin mit einem Arbeitskollegen wegfahren sehen. Vorne an der Kreuzung.«
»Na und? So einer wie Anton würd's nicht zugeben, wenn er arbeitslos ist – der doch nicht. Der würde ewig so tun, als ob er zur Arbeit geht, aber in Wirklichkeit tät er sich bloß rumtreiben.«
»Na ja, das würden Sie aber doch merken. Und Sie könnten sich ja auch vergewissern.«
Sie fuhr auf. »Ich – meinem Mann nachspionieren?!«
»Es kann Situationen geben...«
»... vor denen man sich nur fürchten kann. Ja!«
Sie hielt das Schnapsglas fest in der Hand, und plötzlich schlug sie es flach auf die Tischplatte. Blut quoll zwischen ihren Fingern hervor – Splitter tanzten über den Tisch.
»Waschen Sie', aus«, sagte Bienzle sachlich.
Vom Wasserhahn her sagte sie erstaunlich ruhig: »Ich leb wie in einem Raum ohne Licht und Luft. Ich glaub, kein Mensch ist mir so fremd wie mein eigener Mann. Was soll ich denn tun?

Ein Tag ist wie der andere, nur daß es mir immer enger wird. Ich hab das Gefühl, die Wände und die Decke wachsen auf mich zu. Ganz langsam, aber unaufhörlich. Dann denk ich, ich muß ersticken, dann brauch ich Luft, Luft, Luft.«
Sie rannte quer durch die Küche und riß das Fenster auf.
»Weg, weg, geh weg, verschwinde!« schrie sie.
Bienzle erhob sich, obwohl er ganz sicher war, daß sie Halluzinationen hatte. Aber der Mann vor dem Fenster war keine Erscheinung. »Beruhige dich doch, Annemarie!« sagte er.
Die Stimme klang ruhig und tief. Das Licht, das aus dem Fenster fiel, ließ das Gesicht des Mannes zwar verschwommen erscheinen, aber der Kommissar war sich dennoch sicher, daß der Mann da draußen alt war – eher siebzig als sechzig.
»Wen hast du bei dir?« fragte der Mann.
Bienzle antwortete selbst: »Mein Name ist Bienzle, Ernst Bienzle. Ich bin vom Landeskriminalamt und untersuche einen Todesfall.«
»Komm doch rein, Vater«, sagte Annemarie Hägele.
»Du weißt, das Haus betret ich nicht – niemals!« Er wandte sich zum Garten.
Bienzle schwang mit erstaunlicher Behendigkeit die Beine über den niedrigen Fenstersims.
»Der Garten ist doch auch ein Teil des Hauses, oder?«
Der alte Mann schritt den schmalen Gartenweg hinunter. Bienzle folgte ihm. Er hörte noch, wie hinter ihm die Fensterflügel zugeworfen wurden. Am Gartentor holte Bienzle den anderen ein. Auf dem kurzen Weg hatte er sich den Kopf zerbrochen: Wie hieß der Vater von Annemarie Hägele, was war sie für eine Geborene? Irgendein Allerweltsname. Er ging neben dem Alten her.
»Ich heiße Meier«, sagte Annemaries Vater nach einiger Zeit.
»Mhm«, machte Bienzle. Er hatte Zeit und konnte warten, die Nacht war sowieso angebrochen, ein Zimmer hatte er nicht gesucht. Da konnte er mit der Rückfahrt auch bis zum Morgen warten.
»Was weg ist, brummt nimmer«, hatte sein Vater immer gesagt. Der Spruch war ihm, wie alle anderen goldenen Worte seines Vaters, im Gedächtnis geblieben. »Die besten Händel sind nix nutz«, zum Beispiel, oder: »Wenn du einen rußigen Hafen anlangst, kriegscht schwarze Händ.«

Da fiel ihm ein Spruch seiner Mutter ein, den sie unweigerlich brachte, wenn er sich mit seinem Bruder einst gestritten hatte. »Da wird der eine 's Schüssele verschüttet habe und der andere 's Häfele!«
»Was habet Sie denn?« fragte der alte Meier.
»Ja, ja«, sagte Bienzle zu sich selbst, »der eine hat das Schüssele verschüttet und der andere 's Häfele.«
»In dem Fall net!« sagte der alte Meier scharf.
»Sondern?« Sie gingen noch immer dicht nebeneinander.
»Der Christian hat alles auf em Gewissen!«
»Und Hägele?«
»Ein Taugenichts und Tunichtgut, weiter nix. Aber meine Annemarie hat mit den Männern nix als Pech.«
Bienzle hätte gerne gesagt, daß dazu immer zwei gehören. Nach einer Weile blieb er stehen.
»Haben Sie Feuer?« fragte er den alten Mann und bot ihm auch ein Zigarillo an.
»Danke.« Meier bediente sich und riß ein Streichholz an. Zum ersten Mal konnte der Kommissar das Gesicht des Alten genauer sehen. Es gefiel ihm – ein schmales Gesicht, ernst. Tiefe senkrechte Furchen liefen in gerader Linie von der Stirn zum Kinn. Die Augen waren dunkel und wirkten traurig.
»Ziehen Sie doch!« sagte Meier. Das Streichholz verlosch.
Bienzle sagte: »Haben Sie gewußt, daß sich Herget bei Ihrer Tochter versteckt?«
Meier antwortete nicht.
»Sie haben's also gewußt?«
»Ja, seit drei Tagen.«
»Gibt's hier irgendwo eine Wirtschaft, wo man noch a Viertele kriegt?«
»Ich hab en Moscht im Keller!«
»Des isch besser – viel besser!« sagte Bienzle.

Das kleine Bauerngehöft lag ein Stück außerhalb. Die beiden Männer hatten nicht gesprochen, bis sie es erreichten.
Dann sagte Bienzle: »Ich hab gedacht, Sie sind nicht vom Land.«
»Das stimmt auch. Wir sind erst vor acht Jahren hierher. Ich hab mit sechzig aufgehört und mir einen alten Traum erfüllt: die eigene Landwirtschaft.«
Bienzle nickte. Das verstand er.

»Wohnen Sie allein hier?«
»Meistens, ja – auf dem Feld habe ich eine Hilfe – aber nur tagsüber, ich mein, abends geht der Gregor heim.«
»Hilft denn Ihr Schwiegersohn manchmal?«
»Daß der meinen Betrieb au noch kaputtmacht? 's langt, wenn der sich selber ruiniert.«
Die Küche war ganz ähnlich eingerichtet wie bei den Hägeles. Bienzle sagte denn auch: »Das hat Ihre Tochter eigrichtet, gell?«
Meier nickte und holte einen Steinkrug aus einem alten Küchenschrank. Er hatte schon die Tür erreicht, als Bienzle fragte: »Ihre Frau lebt nicht mehr?«
»Nein.« Meier ging hinaus. Bienzle hörte die Schritte auf der Holztreppe, die unter jedem Tritt ächzte. Was soll ich eigentlich weiter ermitteln? fragte sich der Kommissar. Herget hat sein Versteck ausprobiert, und dabei ist er erstickt – basta. Andererseits: Wenn der Atemschlauch sich so gedreht hatte, daß er unter die Oberfläche geraten war – warum war dann der Herget nicht einfach hustend und prustend herausgestiegen und unter die Dusche gegangen? Schwer vorstellbar, daß er ohne fremde Einwirkung im Heizöl erstickt sein sollte.
Meier kehrte zurück und goß Apfelmost in zwei dickwandige hohe Gläser. Bienzle sah auf die Uhr. Es war kurz vor Mitternacht.
»Eigentlich Zeit fürs Bett«, sagte Bienzle.
»In meim Alter braucht man nicht mehr viel Schlaf.« Meier trank ihm zu. Bienzle versuchte, den Blick des Alten aufzufangen, aber Meier starrte in sein Glas.
»Oft sitz ich bloß da und guck zu, wie die Zeit vergeht«, sagte der Alte leise. »Als wir damals hierhergezogen sind, hab ich gedacht, auf so einem Dorf ist man weniger allein, weil halt alles kleiner und überschaubarer ist, weil man sich kennt und miteinander redet. Aber ich glaub, das gilt nur für die, die schon immer hier gewohnt haben.« Er nahm einen großen Schluck. »Ich kann den Leuten nicht nachlaufen.«
»Jeder ist für sich allein«, sagte Bienzle.
»Schöner Trost.«
»Ich bin Polizist und kein Pfarrer – übrigens, Ihr Most ist gut. Man spürt, daß er sauber ist und daß Sie mit dem Wasser gespart haben.«
»Wasser ist gar keins drin.«

»Wer hat wohl den Herget umgebracht?« fragte Bienzle unvermittelt.
»Als ob das wichtig wär.«
»Natürlich ist's wichtig. Wir können nicht damit anfangen, einen Mörder frei rumlaufen zu lassen, nur weil wir das Opfer nicht mögen oder vielleicht sogar hassen.«
»Hättet ihr ihn net laufe lasse! « sagte der alte Meier trotzig.
»Vorhin schon sind mir ein paar Sprüch von meinem Vater eingfalle – der war Schulmeister in einem Dorf wie Eichenbach. ›Bloß wer nix schafft, macht keine Fehler‹, hat er immer gsagt.« Bienzle setzte sich aufrechter und sah dem alten Meier ins Gesicht. »Jetzt mal ganz ehrlich. Sie habet in letzter Zeit das Haus Ihrer Tochter nicht betreten?«
»Nein! «
»Den Keller auch nicht?«
»Der Keller ghört auch zum Haus! « Meier hob endlich den Kopf. Er sah Bienzle an. »Ach, Sie denket, ich könnt's gewesen sein?«
»So, wie's im Augenblick aussieht, kann's jeder gewesen sein, dem ich bis jetzt begegnet bin: Sie, Ihre Tochter, Anton Hägele. Jeder hätt ein Motiv ghabt, net wahr?«
Meier fuhr sich mit der flachen Hand über die Stirn.
»Der Christian hat doch zwei Banken ausgraubt und den Kassier vom Supermarkt überfallen, den er dabei erschossen hat. Das Geld muß doch irgendwo sein, oder?«
Bienzle lächelte. Er wußte, worauf der Alte hinauswollte.
»Richtig, Herget hatte mindestens einen Komplizen. Wir nennen ihn ›den Fahrer‹, weil er bloß Schmiere gestanden ist und das Auto gefahren hat.«
»Also noch einer, der ein Motiv hat, oder?«
»Ja, sicher. Nehmen wir an, der Fahrer hat die ganze Beute an sich gebracht, dann muß er ein Interesse daran haben, daß Herget nicht wieder auftaucht.«
Für einen Augenblick sah Bienzle wieder die Leiche auf der braun-grünlich schimmernden Öloberfläche schwimmen. Aber dann hatte er eine andere Assoziation.
»Hat Anton Hägele ein Auto?«
»Das würd ihm wenig nützen – er hat kein Führerschein mehr.«
»Drum, ich hab ihn um zehn heut... also, das isch ja schon gestern gewesen – also gegen zehn isch er in einen Wagen gestiegen, wahrscheinlich, um zur Schicht zu fahren.«

»Ach was, der Anton fährt mit dem Fahrrad ins Gschäft – es sind ja bloß zwei Kilometer.«
Bienzle war nun sehr aufmerksam.
»Es war ein kleiner Wagen – ziemlich alt. Ich glaub, ein Fiat 600.«
»So einen fährt der Gregor.«
»Der, der Ihnen bei der Feldarbeit hilft?«
»Mhm.«
»Ist der Gregor mit dem Hägele befreundet?«
»Der kann ihn nicht ausstehen.«
»Und warum net?«
»Weil er's genaue Gegeteil isch, der Gregor – fleißig, anständig, sparsam, freundlich.«
»Oh, Jessas!« sagte Bienzle. »Wie alt?«
»Der Gregor? Vierundzwanzig.«
Bienzle hatte eine Idee.
»Und er ist verliebt in Ihre Annemarie?«
»Auf jeden Fall wär *mir* der Gregor am Arsch lieber als der Hägele im Gsicht!«
»Vom Herget ganz zu schweigen, was?«
»Sie sagen es!«
Bienzle nippte an seinem Glas und beobachtete den alten Meier dabei.
»Dann hätten wir gleich noch einen Verdächtigen. Eifersucht ist ein starkes Motiv. Aber warum fährt er mit dem Anton Hägele nachts durch die Gegend – vorausgesetzt, er war überhaupt der Mann am Steuer!«
»Da fraget Sie mich zuviel, Herr Kommissar.«
»Schprechet Se mich lieber mit meim Name an, bitte.«
Bienzle schob das leere Glas über den Tisch und ließ sich nachgießen.
»Hat der Gregor den Herget gekannt?«
»Ja, freilich. Der Gregor hat den Christian vom ersten Tag an bewundert. Am Anfang kamen die zwei fast jedes Wochenende zu mir raus. Sonst ist der Gregor nie am Samstag oder Sonntag hier auftaucht, aber das war auf einmal anders. Ich hab immer net gwußt, kommt er wegen der Annemarie oder wegen dem Christian. Dabei war der Herget gar nicht freundlich zu ihm – eher abweisend. Überhaupt hat er so eine geschäftsmäßige Art ghabt, mit Menschen umzugehen.«

Bienzle nickte. »Ich weiß, ich hab ihn stundenlang verhört – letztes Jahr nach seiner Festnahme. Könnte es denn sein, daß dieser Gregor der ›Fahrer‹ war?«
Meier wiegte den Kopf.
»Der Gregor ist schwach, und der Christian hat ihm imponiert.«
Bienzle stand auf.
»Wo wohnt der Gregor?«
Meier goß ein wenig Most auf den Tisch und zeichnete in feuchten Spuren den Weg auf.

Das Haus, das Meier ihm beschrieben hatte, lag dunkel vor ihm. Im schwachen Licht einer Straßenlaterne wirkte es noch häßlicher, als es am Tage wohl war – eine einfallslose Fassade, zu schmale Fenster und zu kleine Balkone, dicht beieinander. Eineinhalb, höchstens Zweizimmerappartements, dachte Bienzle. Gregor wohne Hochparterre, rechts, hatte Meier gesagt, sein Auto stehe normalerweise auf dem hauseigenen Parkplatz direkt davor. Der Platz war leer. Bienzle ging um das Haus herum. Eine schmale Treppe führte zu einem Umgang, von dem aus die Türen zu den Appartements führten. Der Kommissar drückte den Knopf des Zweiminutenlichts. An der zweiten Tür stand auf einem unordentlich abgerissenen Stück Packpapier, das mit Klebestreifen festgemacht war, *Gregor Keller*. Bienzle klingelte lang und anhaltend. Hinter der Tür rührte sich nichts. Das Licht erlosch. Bienzle drehte am Türknauf. Da hörte er plötzlich ein Geräusch. Er trat einen Schritt zurück. Hinter einer schmalen, schmutziggelben Scheibe in der Tür flammte ein Licht auf. Dann meldete sich eine verschlafene weibliche Stimme: »Issen los da draußen?«
»Ich möchte zu Gregor Keller«, rief Bienzle.
»Nicht da!«
»Machen Sie bitte mal auf!«
Die Tür öffnete sich einen Spaltbreit. Bienzle sah in ein junges, bleiches Gesicht hinter blonden Haarsträhnen. Mit einer unsicheren Bewegung strich das Mädchen die Haare zur Seite.
»Tut mir leid«, sagte Bienzle. »Aber ich muß Herrn Keller dringend sprechen.«
»Ich auch!« sagte das Mädchen.

»Wollen wir dann vielleicht gemeinsam warten?«
Das Mädchen hob die Schultern und ließ die Tür vollends aufschwingen. Der Kommissar trat ein. Dumpfe, verbrauchte Luft schlug ihm entgegen. Der kleine Korridor führte an zwei offenen Türen, die offensichtlich zu Küche und Bad gehörten, vorbei, geradeaus in ein Zimmer, das Keller durch ein Regal unterteilt hatte. Gleich neben der Tür stand ein zerwühltes Bett, hinter dem Regal hatte sich Gregor Keller einen Arbeitsplatz eingerichtet.
Das Mädchen schlüpfte wieder unter die Decke und rollte sich zusammen.
»Hat er gesagt, wann er wiederkommt?« fragte Bienzle.
»Ich war nicht da, als er wegging. Ich hab' nen eigenen Schlüssel!«
»Sind Sie Gregors Freundin?«
Das Mädchen lachte glucksend.
»Ne, ne – ich bin seine Schwester.«
»Wohnen Sie hier?«
»Nur manchmal.«
Bienzle stand unschlüssig im Zimmer herum. Er zog den Mantel aus und warf ihn aufs Bett. Das Mädchen reagierte mit einer unwilligen Geste. Bienzle ging um das Regal herum und setzte sich an den Arbeitstisch, auf dem sich Notizen, Zeichnungen, Bücher und Hefte stapelten. Er kramte ziellos herum und zog schließlich ein Schulheft zu sich heran. Er blätterte beiläufig darin, während sein Blick immer wieder durch die Glastür fiel, die auf den Balkon hinausführte. Es hatte wieder zu regnen begonnen, gleichmäßige, schmale schräge Streifen schraffierten das trübe Licht.
»Ihr Nein klingt jedesmal wie ein nur mühsam verdecktes Ja«, las Bienzle. Er zog die Augenbrauen in die Höhe und las weiter in dem Schulheft. »Ein Ja ist immer nur ein Ja, wenn es hätte auch ein Nein sein können. Aber wie frei ist ein Mensch? Ist er frei genug, das selber zu entscheiden? Es gibt Abhängigkeiten – überall Abhängigkeiten. Sie muß es recht machen, das ist einzusehen. Aber wem? Ihrem Vater? Ihrer Herkunft? Ihrer Erziehung? Ich weiß, sie hätte lieber ja gesagt.«
Bienzle klappte das Heft zu.
»So eine Art Philosoph!« sagte er.
»Was ist los?« kam es vom Bett her.

»Ihr Bruder, was macht er beruflich?« fragte Bienzle in Richtung Schlafnische.
»Er ist arbeitslos. Das sind viele hier.«
»Und vorher?«
»Er hat eine kaufmännische Lehre gemacht!«
»Kennen Sie Anton Hägele?«
»Ja, aber jetzt will ich schlafen.«
»Gut – ich meine, kennen Sie den Hägele gut?«
»Ziemlich gut.«
»Lieben Sie ihn?«
Wieder ihr glucksendes Lachen. Sie schien sich königlich zu amüsieren.
»Den Anton? Liebe! So ein Wort nehm ich gar nicht in den Mund.«
»Wie alt sind Sie?«
»Neunzehn, warum?«
»Nur so!« Bienzle blätterte wieder in dem Heft. »Ihr Bruder nimmt das Wort ›Liebe‹ aber schon mal in den Mund, oder?«
»Ach, der ist doch ein hoffnungsloser Fall.«
Der Kommissar hatte eine neue Seite aufgeschlagen. Da waren ein paar Noten hingemalt. Darüber stand »Anatevka – Milchmann Tevje«, und unter den Noten las Bienzle den Liedanfang »Wenn ich einmal reich wär, didel-didel-dideldumm«. Er summte die Melodie leise, blätterte um und hielt inne. Denn auf der nächsten Seite fand er eine penible Zahlenaufstellung:

DB-Filiale S	150 000,–
Raiffeisenkasse Tü	190 000,–
Kasse Kaufhaus RT	94 570,–
	434 570,–

An Anton	250 000,–
Fluggeld 2 Pers.	6 800,–
Grundstück Haus	117 000,–
Sonstiges	12 000,–
Rest	125 200,–

Zinssatz 9,5 % jährlich
pro Jahr also 11 894,–, pro Monat 991,17

Es war für Bienzle kein Problem, die Rechnung zu entschlüsseln. Herget hatte nacheinander eine Deutsche Bank-Filiale in Stuttgart, die Raiffeisenkasse in Tübingen und eine Reutlinger Kaufhauskasse ausgeraubt. Der Kaufhauskassierer hatte idiotischerweise Widerstand geleistet und mit seinem Leben dafür bezahlt. Auch der zweite Teil war leicht zu verstehen.
»Er hat das Fell des Bären verteilt«, murmelte Bienzle, »die Frage ist – hat er es schon?«
»Ich versteh nicht«, sagte das Mädchen schläfrig.
»Wohin will Ihr Bruder?«
»Sie meinen auswandern?«
»Mhm.«
»Nach Costa Rica – ein tolles Land. Auf dem Hochplateau ist das Klima gemäßigt. Es gibt keine Armee dort und mehr Lehrer als Polizisten. Sein Geld kann man in Dollar anlegen. Und wenn man nur genug hat, kann man gut von den Zinsen leben.«
»Hat er denn Geld?«
»Ach, der Gregor ist einer, der ganz sicher weiß, daß er mal im Lotto gewinnt.«
Bienzle klappte das Heft behutsam zu und steckte es in seine Brusttasche.
»Was will er denn machen in Costa Rica?«
»Landwirtschaft – Obst und Südfrüchte, was weiß ich. Er lernt ja richtig beim alten Meier. Sie züchten eine neue Apfelsorte.«
»Interessant.«
»Find ich nicht. Mann, Sie klauen mir meinen Schlaf.«
Bienzle schaute auf die Uhr. Es war kurz nach zwei.
»Wenn eine bestimmte Zeit überschritten ist, ist schon alles egal – the point of no return, sagen die Amerikaner. Der Punkt, an dem eine Umkehr nicht mehr möglich ist. Jetzt brauch ich bloß noch zu warten.«
»Warten worauf? Was sind Sie überhaupt für einer?« Das Mädchen hatte sich aufgesetzt und die Beine über den Bettrand geschwungen. Erst jetzt wurde Bienzle bewußt, daß sie außer einem Herrenhemd nichts anhatte.
»Ich bin Kriminalbeamter und untersuche den gewaltsamen Tod des Christian Maria Herget«, sagte Bienzle gestelzt.
»Scheiße, 'n Bulle.«

»Haben Sie diesen Herget gekannt?«
»Durch den bin ich meine Jungfernschaft losgeworden, und zwar auf ausgesprochen fröhliche Art«, sie lachte ihr glucksendes Lachen.
Bienzle wurde es unbehaglich, zumal sich das Mädchen nun im Schneidersitz auf dem Bett niedergelassen hatte.
»Aber jetzt ist er tot«, sagte Bienzle.
»Der Christian hat sich immer überschätzt, das war sein Fehler.« Gregors Schwester stand auf, ging in die kleine Küche und füllte Wasser in die Kaffeemaschine.
»Ich hab ihn gekannt«, sagte Bienzle, der dem Mädchen nachgegangen war und nun am Türrahmen lehnte.
»Gregor hat im kleinen Finger mehr Verstand als Christian in seinem ganzen Hirn.«
»Trotzdem war er ja wohl ein bißchen abhängig von Herget.«
»Ein bißchen? Total! Aber das passiert anderen auch. Annemarie zum Beispiel, Hergets geschiedener Frau. Der hatte so was – wie ein geheimes Glockenspiel. An ihrem 26. Geburtstag zum Beispiel erschien er mit 26 stinkteuren Baccara-Rosen und 26 Flaschen Sekt. Der Hägele war schon nach zwei Stunden so blau, daß man ihn einfach vom Stuhl kippen konnte. Wenn's was umsonst gibt, säuft der im Akkord. Mein kleiner Bruder saß die ganze Zeit nur da und glotzte die Annemarie an. Der denkt immer, er braucht seine Liebe nur zu zeigen, und irgendwann wird der Zauber überspringen. Aber sie hatte nur Augen für Herget. Mann, o Mann, gingen die ran! Die hatten uns ganz schnell vergessen. Und ich hab nachher Mühe gehabt, meinen guten Gregor daran zu hindern, von der Brücke zu springen.«
Sie drückte Bienzle zwei Tassen in die Hand.
»Warum erzählen Sie mir das alles so freimütig?« wollte der Kommissar wissen.
Das Mädchen stellte die Kaffeekanne ab.
»Kennen Sie das Gefühl, wenn man irgendwie nicht mehr atmen kann – keine Luft mehr kriegt? Wenn alles so dumpf ist. Da denkt man dann, es müßte ein Gewitter kommen. Blitz und Donner und ganz kalter, frischer Regen. Gedonnert hat's nun zum ersten Mal, als Herget starb, aber das richtige Gewitter fehlt noch – das Gewitter, das reinigt, verstehen Sie. Das wäre toll, wenn mit einem Schlag die ganze Verlogenheit aufge-

deckt würde und Lügen und ein paar Wahrheiten ans Licht kämen.«
»Welche zum Beispiel?«
»Zum Beispiel die Lüge, daß der Anton und die Annemarie noch immer so tun, als wären sie ein Paar. Oder die Wahrheit, daß der alte Meier ein rücksichtsloser, egoistischer Spießer ist. Gregors Luftschlösser gehören auch dazu. Costa Rica! Annemarie und das einfache Leben! Der reine Schwachsinn! Und dann: Halten Sie's denn für normal, daß einer arbeitslos ist und trotzdem immer so tut, als ob er zur Arbeit geht?«
»Sie meinen Anton Hägele?«
»Wen denn sonst?«
Das Mädchen ging dicht an ihm vorbei ins Zimmer zurück. Bienzle atmete ihren Geruch ein. Es hätte nicht viel gefehlt, und er hätte nach ihrer Schulter gefaßt, um sie an sich zu ziehen. Er räusperte sich und stellte die Tassen auf einen niedrigen Tisch vor dem Bett ab.
»Derjenige oder diejenigen, die den Herget ins Öl gedrückt haben, um ihn auf diese viehische Weise umzubringen, müssen dafür bezahlen«, sagte er grimmig. »Das war ein geplanter Mord, und der bringt den Täter ein halbes Leben hinter Gitter – mindestens!«
»Na und?«
»Und wenn's Ihren Bruder träfe?«
Das Mädchen lachte hell auf.
»Gregor? – Ausgeschlossen!«
Bienzle setzte sich auf einen wackligen Korbsessel.
»Ich bin jetzt – mit Unterbrechungen – vierzehn Jahre beim Mord. Und wenn ich in der langen Zeit eins begriffen habe, dann das, daß jeder zum Mörder werden kann – jeder!«
»Wann ist es passiert?«
»Gestern gegen elf Uhr.«
»Da war Gregor draußen in den Heckenäckern – pflügen. Der alte Meier hat dort drei Felder.«
»Und wo waren Sie?«
»Supermarkt Billigland, Stand für Dekorationsstoffe und Vorhänge – da arbeite ich nämlich.«
»Also wissen Sie nur vom Hörensagen, daß Ihr Bruder zur fraglichen Zeit auf dem Feld war?«
»Hörensagen! Bullensprache!«

Bienzle nippte an seinem Kaffee.
»Der weckt ja Tote auf!« sagte er und merkte erst Sekunden später, daß der Spruch jetzt gerade vielleicht nicht so angebracht war.
Vor dem Haus war ein Automotor zu hören. Scheinwerferlicht wischte über das verschmierte Glas der Balkontür.
»Das wird er sein«, sagte das Mädchen und kroch wieder unter die Decke.
Kurz darauf ging die Tür auf. Ein hagerer junger Mann in Jeans und einem blauen Pullover kam herein. Er hatte sehr lange Haare und einen schmalen Kinnbart. Der Körper wirkte sehnig und durchtrainiert.
»Rück ein Stück«, rief er, noch bevor er ganz im Zimmer war, »ich bin hundemüde.«
Er zog den Pulli über den Kopf.
»Hey, wir sind nicht allein«, rief seine Schwester.
»Was ist los?«
Bienzle trat hinter dem Regal hervor.
»Na, alles klar mit dem Geld?«
Gregor Keller hatte fast im gleichen Augenblick ein Messer in der Hand, und die Art, wie er es – Spitze nach vorne – auf der flachen Handfläche wog, zeigte deutlich, daß er damit umzugehen verstand.
Bienzle lächelte gequält.
»Der Mann, der keiner Fliege was zuleide tun könnte.«
»Wer sind Sie?« zischte Gregor.
»'n Bulle!« rief das Mädchen vom Bett her.
»Hat er dir was getan?«
Wieder das lustige, glucksende Lachen.
Die Spitze des Messers war noch immer auf Bienzle gerichtet. Der Kommissar fror an den Händen. Das war bei ihm immer so, wenn er Angst hatte. Bienzle war – wie meistens - unbewaffnet, und er stand mit dem Rücken zur Wand.
Er hätte Gregor Keller festnehmen können, denn er war sich ziemlich sicher, daß Hergets »Fahrer« vor ihm stand. Die sauberen Eintragungen in dem Schulheft hätten den »hinreichenden Tatverdacht« untermauert. Zudem: Die wilde Entschlossenheit, die der junge Mann an den Tag legte, ließ sich durchaus so interpretieren, daß er kurz vor dem Ziel seiner Wünsche stand, und das hieß, daß er das Geld hatte oder doch wußte, wo es zu holen war.

Bienzle sagte: »Na, dann werde ich mal gehen, wenn ich hier so unerwünscht bin.«
Gregor veränderte seine Haltung nicht. Bienzle ging zum Bett und holte seinen Mantel. Das Mädchen steckte den Kopf unter der Decke hervor.
Bienzle sagte: »Wie heißen Sie eigentlich?«
»Sibylle – Sibylle Keller!«
»War nett – und vielen Dank für den Kaffee!« sagte Bienzle und ging Richtung Tür.
»Gute Nacht, schlafen Sie gut!« rief das Mädchen.
»Heut nacht werd ich wohl kaum mehr schlafen!« Bienzle sah Gregor einen Augenblick an. An der Tür blieb er noch einen Augenblick stehen und schaute in das Zimmer zurück.
»Daß Sie mich bedroht haben, ist Ihnen ja sicher klar, und daß ich Ihnen daraus einen Strick drehen kann, auch. An Ihrer Stelle wäre ich von jetzt an äußerst vorsichtig. Keine falsche Bewegung, junger Mann, und das gilt nicht nur, wenn Sie ein Messer in der Hand haben.«

»Aprilwetter im März!« knurrte Bienzle und schlug den Mantelkragen hoch. Er warf noch einen Blick zu der erleuchteten Balkontür hinauf, dann ging er in die naßkalte Nacht hinein. Aber nur ein paar Schritte, da hörte er ein metallisches Klirren und einen leisen Fluch und fuhr herum. Im gleichen Augenblick verlöschte das Licht, das durch die Balkontür fiel. Bienzle bildete sich ein, bei dem kleinen Auto eine Gestalt gesehen zu haben. Aber er ging weiter die Straße hinunter und pfiff laut vor sich hin: »Wenn ich einmal reich wär ...« Er bog in die nächste Straße ein, blieb stehen, pfiff immer leiser, hörte dann auf und pirschte sich zur letzten Hausecke zurück. Inzwischen hatten sich seine Augen so gut an die Dunkelheit gewöhnt, daß er sehen konnte, wie die massige Gestalt an dem Auto hantierte. Der Größe und der Figur nach konnte es Anton Hägele sein. Vorsichtig ging der Kommissar näher heran. Der Mann im Dunkeln machte sich nacheinander an allen vier Rädern zu schaffen. Achtlos warf er danach den Schraubenschlüssel in den kleinen Kofferraum und drückte die Haube leise zu. Er schlug die Hände gegeneinander und machte sich auf den Weg, wobei er direkt auf Bienzle zukam. Der Kommissar ging hinter einem Müllcontainer in Dekkung.

Es war tatsächlich Anton Hägele. Bienzle ließ ihn passieren. Er wartete noch zwei Minuten, kam dann hinter der Mülltonne hervor und schlich sich zu dem Auto. Der Kofferraum ließ sich leicht öffnen. Bienzle griff sich den Kreuzschlüssel. Nacheinander kontrollierte er die vier Räder. Alle Schrauben waren abgedreht und nur lose wieder auf das Gewinde gesteckt. Bienzle zog sie nacheinander wieder fest. Dann folgte er Anton Hägele.

Er hörte ihn, lange bevor er das Haus im Wiesenweg erreichte.

»Mach auf, du verdammte Hure!« brüllte Hägele. Klirren und Splittern von Glas war zu hören.

Bienzle stieß das Gartentor auf.

»Morgen, Herr Hägele!«

»Was? Wie? Was ist los?«

»Darauf pflegte mein Vater zu sagen: ›Alles, was net festgmacht isch!‹«

»Meine Frau hat den Schlüssel gsteckt – von innen!«

»Sie wird ihre Gründe haben!«

»Saudumms Gschwätz.« Er donnerte mit dem Fuß gegen die Tür.

»Wo waren Sie heute nacht?« fragte Bienzle.

»Was ist los?«

»Wo Sie waren, in den letzten vier Stunden – die Frage ist doch leicht zu beantworten, oder?«

»Das geht Sie gar nichts an!«

»Da wär ich an Ihrer Stelle nicht so sicher, Herr Hägele.«

»Ach, lasset Sie mich doch in Ruh!«

Jetzt ging im Haus ein Licht an. Aus dem Treppenhaus waren leichte Schritte zu hören. Der Schlüssel drehte sich im Schloß. Die Tür öffnete sich. Annemarie Hägele, geborene Meier, geschiedene Herget; stand vor ihnen. Sie hatte einen Trenchcoat über die Schultern gehängt. Darunter trug sie ein zartgrünes Nachthemd. Hägele holte aus. Aber er kam nicht dazu, nach ihr zu schlagen. Bienzle war ihm rechtzeitig in den Arm gefallen.

»Komm halt rein, Schatz«, sagte Annemarie Hägele.

Bienzle massierte sich die Nasenwurzel mit Daumen und Zeigefinger. Plötzlich war die Müdigkeit doch über ihn gekommen. Er hatte den Hägeles eine gute Nacht gewünscht und dem Mann mit den möglichen Konsequenzen gedroht, falls er gewalttätig würde gegen die eigene Frau. Wortlos hatte Hägele die Tür zugemacht. Bienzle war ein paar Schritte gegangen und hatte sich an einen Straßenbaum gelehnt. Offensichtlich lag das Schlafzimmer der beiden im ersten Stock. Einen Augenblick lang waren beide als Schattenrisse zu sehen. Und wenn das Bild nicht trog, umarmten und küßten sie sich. Annemarie trat ans Fenster und öffnete es einen Spalt weit. Sie war nackt. Antons Hände umfaßten sie. Der Mann stand hinter ihr, streichelte ihre Brüste und ihren flachen Bauch. Bienzle fühlte sich wie ein Spanner und zwang sich, wegzuschauen und sich abzuwenden. Kopfschüttelnd ging er den Weg hinunter.

Im Zentrum des Dorfes fand er eine Telefonzelle. Er schaute auf die beleuchtete Rathausuhr und lächelte zufrieden. Es war kurz vor vier Uhr. Er ließ es lange klingeln, legte dann auf, wählte die gleiche Nummer noch mal und zählte geradezu genüßlich die Freizeichen. Nach dem zwölften Mal hob sein Kollege Gächter ab.

»Morddezernat – Gäch... ach Blödsinn, Gächter privat!« meldete er sich.

»Ja, hier Bienzle im Dienst.«

»Sag mal, weißt du, wie spät es ist?«

»Auf der Rathausuhr von Eichenbach ist es drei Uhr siebenundfünfzig.«

»Mensch, du holst mich aus dem tiefsten Schlaf!«

»Ich hab noch überhaupt nicht geschlafen, und ich red mit dir jetzt auch nur so lang, weil ich hoff, daß du dabei wach genug wirst, alles mitzukriegen. Also paß auf...« Und dann schilderte er den Fall, wie er sich zu diesem Zeitpunkt für ihn darstellte, in allen Einzelheiten. Für solche Dienstgespräche hatte Bienzle – wie Gächter wohl wußte – immer genügend Münzen in der Tasche, obwohl die von der Kasse jedesmal Theater bei der Abrechnung machten.

»Ich weiß auch was Neues«, sagte Gächter schließlich, »der Leichen-Hahnisch hat am Abend angerufen. Der Herget ist mit einem schweren stumpfen Gegenstand aufs Haupt geschlagen worden, bevor man ihn im Öl ersäuft oder erstickt hat. Wahrscheinlich war er bewußtlos.«

»Das überrascht mich nicht«, sagte Bienzle, »einen Unfall hab ich von vornherein ausgeschlossen.«

»Und wer hat den Herget nun auf dem Gewissen?« fragte Gächter.
»Das erfahren wir hoffentlich morgen. Also, du kommst und bringst den Haußmann mit und möglichst auch gleich einen Staatsanwalt. Lokaltermin neun Uhr. Und alles wie besprochen.«
Bienzle hängte den Hörer schnell ein. Was Gächter jetzt noch zu sagen wußte, kannte er längst.
Der Horizont wurde schon ein wenig heller. Bienzle ging langsam. Die Müdigkeit hatte sich in jedem Muskel seines Körpers eingenistet. Ein paar Minuten war er an seinem Dienstwagen gestanden und hatte überlegt, ob er auf dem Beifahrersitz ein wenig schlafen sollte. Aber dann war er doch weitergegangen, den Kopf tief zwischen den Schultern, die Hände auf dem Rücken verschränkt.
Der kleine Hof des alten Meier lag im Dunkeln. Bienzle ging ums Haus herum und kam zur Scheune. Die Tür war nicht verriegelt. Es roch herrlich nach Heu hier drin. Und der Kommissar spürte nicht einmal mehr das Kitzeln der Halme, die sich leise vor Mund und Nase in der Heuluft bewegten, so schnell war er eingeschlafen.
Geweckt wurde er durch einen erstaunten Ausruf. Er blinzelte und sah als erstes drei metallisch blinkende Zinken einer Heugabel direkt vor seinem Gesicht. Der alte Meier lachte. Breitbeinig stand er über dem Kommissar, den Gabelstiel fest in beiden Händen. »Da hätt ich Sie doch um ein Haar aufgespießt und meinen Kühen zum Fresse vorgworfe!«
»Wie spät ist es?« fragte Bienzle.
»Dreiviertel sieben!«
Der Kommissar rappelte sich auf und klopfte das Heu und den Staub aus seinen Kleidern.
»Um halb neun müssen wir los.«
»Wer wir, sind Sie nicht allein?«
»Wir zwei – Sie und ich. Lokaltermin.«
»Wo?«
»Bei Ihrer Tochter im Haus.«
»Ohne mich!« Der Bauer stieß die Gabel tief ins Heu. Bienzle kramte in seinen Taschen herum. Kleine Staubwolken stiegen auf.
»Wenn Sie's offiziell haben wollen, schreib ich eine Vorladung aus.«

Der alte Meier sah ihn aus schmalen Augen an.
»Also gut!«
Er riß mit der Gabel eine mächtige Ladung Heu heraus und schulterte sie. »Ein Glück, daß der, den Sie suchet, net gwußt hat, wo Sie heut nacht schlafet.«
»Warum?«
»Ha, ein Streichholz hätt ja genügt, die Scheuer mit allem, was drin ist, anzuzünden.«
Bienzle sah Meier nachdenklich nach. Der rief über die Schulter zurück, ehe er den Kuhstall betrat.
»Mei Dusche isch glei hinter der Küche. Handtücher sind im Weißzeugschrank, und der steht im Gang.« Damit verschwand er im Stall.
Am Frühstückstisch trafen sie sich wieder. Bienzle hatte geduscht und fühlte sich erstaunlich frisch. Eine leichte Erregung hatte ihn erfaßt. Er kannte dieses Gefühl, das ihn regelmäßig packte, wenn ein Fall in die entscheidende Phase trat. Meier hatte alles aufgeboten, was Küche und Keller hergaben: Eier, Schinken, Käse, selbst eingekochte Marmelade, Hausmacherwurst und ein köstlich duftendes Holzofenbrot.
»Eine richtige Henkersmahlzeit«, sagte er, als Bienzle den reich gedeckten Tisch inspizierte.
Sie aßen schweigend und ohne jede Hast. Erst als sich der Kommissar mit der rot-weiß karierten Serviette den Mund abwischte, sagte er: »Habet Sie des scho gwußt, daß der Gregor auswandern will?«
»Ja freilich, nach Costa Rica. Kommet Se mal her.« Meier führte Bienzle zu einem Fenster.
»Sehet Sie den Pflanzengarten dort drübe?«
Bienzle nickte. »Spalierobst, gell?«
»Richtig – ich hab lang rumgekreuzt, aber jetzt habet mir eine enorm widerstandsfähige Sorte Äpfel, die mit wenig Feuchtigkeit auskommt und trotzdem richtig saftig wird.«
»Gratuliere!«
»Die Stauden sind für den Gregor sei Plantage in Costa Rica.«
Bienzle fiel die Geschichte von dem weitgereisten Schwaben ein, der in Australien ein Zweigwerk inspizierte und den letzten Flug verpaßte. Der Mann mußte das Wochenende in Sidney verbringen, weil der nächste Flug erst am Montag ging.

Später hatte sich der gute Schwabe bei Freunden beklagt: »Da bin i's ganze Wochenende in Sidney ghockt, ond dahoim hätt mr d' Bäum spritze müssa!«
Er wollte die Geschichte Meier erzählen, aber der kannte sie schon.
»Noch a Gläsle Moscht«, fragte Meier, »für die Verdauung?«
»Da sag ich net nein!« Bienzle sah auf die Uhr. »Aber dann müsset mir los!«
Plötzlich war es sehr warm geworden. Ein lauer Wind hatte die Wolken vertrieben. Die Sonne schien weißlich und stechend vom Himmel.
»Das Wetter schlägt bald wieder um!« sagte Meier, als er an der Seite Bienzles auf das Haus seines Schwiegersohns zuging.
Das Gartentor stand offen. Auf einer Bank neben der Haustür saß Hägele und schnitzte an einem Stock herum. Erstaunt sah er seinen Schwiegervater an.
»Grüß Gott, Hägele«, sagte Meier.
»Ja, jetzt kann ich gar nimmer. Annemarie, heh, Annemarie!« Er stand auf, ging ums Haus und stieß das Küchenfester auf.
»Dein Vater!«
Frau Hägele kam aus der Haustür. Sie wischte die Hände an ihrer Schürze ab. Die ersten Schritte rannte sie, stoppte dann aber plötzlich und ging nur zögernd weiter. Dann sah sie Bienzle an.
»Was bedeutet das?«
»Es werden gleich noch ein paar Leute kommen«, sagte Bienzle, »ich hoffe, daß wir den Fall heute abschließen können.«
»Wer kommt denn noch?« fragte Anton Hägele.
»Ein Kollege von mir, der Staatsanwalt vermutlich und Gregor Keller mit seiner Schwester Sibylle.«
»Und das alles wegen dem Selbstmörder?«
Bienzle schüttelte den Kopf. »Heute nacht hat ein Kollege von mir, der am späten Abend noch mal mit dem Gerichtsmediziner gesprochen hatte, eine ganz interessante Information weitergegeben. Christian Maria Herget war bewußtlos, als das Öl in seinen Magen und in die Lunge eintrat. Er sei mit einem stumpfen Gegenstand niedergeschlagen worden. Der Täter muß ihm den Kopf ins Öl gedrückt haben. Der Versuch, das Öl anzuzünden, ist dann gescheitert, wie wir wissen.«

»Aber wer hat denn überhaupt ein Interesse am Tod von dem Christian gehabt?« fragte Hägele.
»Na, Sie zum Beispiel.«
»Ich?«
»Der Herget hat mit seinen Überfällen viel Geld gemacht. Fast eine halbe Million. Nur, wie wollte er jetzt rankommen? Der Herget wußte doch ganz genau, sobald er die Nas rausstreckt, erwischen wir ihn. Also brauchte er einen Boten, einen Mann seines Vertrauens. In seiner prekären Situation konnte er freilich nicht wählerisch sein. Aber er hatte natürlich schnell raus, daß Sie arbeitslos sind, Ihrer Umwelt aber vormachen, Sie seien weiter in Lohn und Brot.«
Bienzle hob beide Hände, als Hägele protestieren wollte.
»Ich hab volles Verständnis dafür, verstehen Sie mich nicht falsch. Aber Herget, der schon immer ein ausgesprochen durchtriebener Mann war, konnte da den Hebel ansetzen. Er brauchte vor allem eine Verbindung zu Gregor Keller, dem Mann, der ihm bei seinen Überfällen assistiert hat.«
»Was, der Gregor, das glaub ich nie!« rief der alte Meier.
Bienzle nickte ein paarmal. »Sie können's mir ruhig glauben. Der Gregor hat zwar nie direkt an den Überfällen teilgenommen, aber er saß im Wagen, beobachtete die Gegend und brachte Herget immer geschickt aus der Gefahrenzone. Ein äußerst talentierter und beherrschter Autofahrer.«
In diesem Augenblick kam Gregors kleiner Fiat den schmalen Weg heraufgeschossen. Hägeles derbe Hände umfaßten zwei Zaunlatten. Bienzle beobachtete ihn genau und registrierte zufrieden, wie konsterniert Anton Hägele war.
Der Kommissar trat neben Hägele: »Es gibt Autofahrer, die fahren sogar noch sicher, wenn alle Radmuttern gelöst sind.«
»Aber das ist ... das ist doch ...«
»Unmöglich, wollten Sie sagen. Das ist es aber keineswegs, wenn ein freundlicher Mitmensch den Schaden klammheimlich wieder behebt.«
Hägele fuhr herum.
»Sie?«
»Tja, manchmal lohnt sich's, nachts lang aufzubleiben.«
Der Fiat stoppte vor dem Gartentor. Der lange Gächter stieg auf der Beifahrerseite aus, und es schien, als ob er sich für dieses Vorhaben eigens auseinanderfalten müßte.

»Mein Kollege Gächter«, stellte Bienzle vor.
Gächter versuchte, seinen zerknitterten Anzug glattzustreichen, gab es aber bald auf.
»Der Staatsanwalt ist unterwegs«, rief er zu Bienzle herüber, »und Haußmann operiert wie besprochen.«
Bienzle verzog das Gesicht. So konnte man auch sagen, wenn einer für alle Fälle im Auto sitzen blieb, um eventuell eine notwendige Verfolgung aufzunehmen – »operiert wie besprochen«.
Sibylle Keller stieg als letzte aus. Sie trug ein duftiges Sommerkleidchen und einen bezaubernden kleinen Hut.
Bienzle räusperte sich. »Bevor wir zum Tatort gehen, will ich noch schnell mit Herrn Hägele ein paar Sätze unter vier Augen sprechen.« Er hakte den massigen Mann unter und ging im Gleichschritt mit ihm in den hinteren Teil des Gartens.
»Also«, sagte Bienzle, »das heute nacht war ein Mordversuch. Ich war Zeuge, und Sie Dackel habet sich noch nicht einmal die Mühe gemacht, Handschuhe anzuziehe, es wird also gar kein Problem sein, Ihre Fingerabdrücke nachzuweisen. Ein Dilettant sind Sie!«
»Verhafte Sie mich halt!« sagte Hägele trotzig.
»Man soll nie den zweiten Schritt vor dem ersten tun, hat mein Vater immer gsagt. Wer war gestern im Haus?«
»Alle, außer meim Schwiegervater.«
Bienzle blieb stehen.
»O du liabs Herrgöttle von Biberach!«
»Der Gregor war schon da, als ich heimkam – ich mein, am Morgen.«
»Von der Schicht?«
»Sie wissen ja jetzt, daß das mit der Schicht nicht stimmt.«
»Eine Frau also?«
Hägele nickte und schaute auf den Boden.
»Gut, das geht mich nichts an. Was wollte Gregor Keller?«
»Ich hab ihn selber herbestellt – das heißt, eigentlich war's der Christian; er wollte mal wieder einen von seinen großen Auftritten.«
»Gregors Schwester war auch mit von der Partie?«
»Sie hat mich hergefahren.«
»Ach so!«
»Nein, net so. Sie war auf dem Weg zu ihrer Arbeit. Da hat sie mich aufglese und mitgnomme. Aber dann hat sie das Auto

von ihrem Bruder stehen sehen und ist schnell mit reingekommen – allerdings nicht lang!«
»Und dann kam also Hergets große Rede, ja?«
»Ja, er hat gesagt, er wisse genau, daß wir's alle bloß auf sein Geld abgesehen hätten. Natürlich haben wir alle widersprochen.«
»War da die Sibylle noch dabei?«
»Nein!«
»Und weiter.«
»Nichts weiter.«
Bienzle blieb erneut stehen und fixierte Hägele. Sie waren beide ungefähr gleich groß, aber Hägele wirkte athletischer, stärker. Über den Oberarmen spannte das Hemd, ebenso über der breit gewölbten Brust. Dennoch sah Hägele für einen Augenblick so aus, als ob er ängstlich zu Bienzle aufschauen würde.
Bienzle sagte: »Sie wissen ganz genau, daß ich Sie in der Hand habe, Herr Hägele. Ich biete Ihnen ein Geschäft an, bei dem allerdings ich allein die Bedingungen stelle. Also!«
Hägele wand sich. »Na ja«, sagte er schließlich, »richtig aufregend ist's geworden, als er dem Gregor gesagt hat, er wolle sich anschließen ...«
»Anschließen, wobei, doch nicht etwa ... sagen Sie das noch mal: Herget hat mit nach Costa Rica gewollt?«
»Ja, das hat er.«
»Und wie hat Gregor darauf reagiert?«
»Ziemlich gelassen. Bloß meine Frau, die ist plötzlich ausgeflippt. ›Du willst dem Jungen sein Leben versauen, das willst du‹, hat sie geschrien. Und ein Glas hat sie nach ihm geschmissen. Also ehrlich, ich hab gedacht, ich spinn. Kann ihr doch egal sein. Ich wollte für das, was ich für den Christian getan hab, mein Pulver und dann meine Ruhe.«
Bienzle sah Hägele ins Gesicht.
»Und warum haben Sie dann den Gregor heut nacht umbringen wollen?«
Hägele lachte: »Umbringen! So'n Stuß. Einen Denkzettel sollte er kriegen.«
»Gelogen!« sagte Bienzle. »Ich probier's mal mit meiner Version: Sie wollten Gregor Keller zwar nicht umbringen, aber aktionsunfähig machen. Dabei sind Sie aber ein viel zu hohes Risiko eingegangen. Heut nacht habt ihr's ausbaldowert, wie

ihr ans Geld rankommt. Vielleicht seid ihr gestört worden, was weiß ich. Heut abend soll's weitergehen – aber da wären Sie dann gern allein – nicht wahr?«
Bienzle legte die Hände auf dem Rücken zusammen und stellte sich auf dem Gartenweg vor Hägele auf.
»Sie sind kein Krimineller, ebensowenig wie Gregor, Sibylle oder der alte Meier. Sie haben sich auf etwas eingelassen, das viel Verstand, kühle Berechnung und taktisches Geschick verlangt. Deshalb kann man euch ja auch innerhalb von vierundzwanzig Stunden überführen. Ihr habt an viel zuviel nicht gedacht und viel zu spontan gehandelt, aber das ist Gift für jedes kluge Verbrechen.«
»Sie reden grad so, als hätten wir Sie um was bschissen?«
»So ähnlich ist's ja auch! Christian Maria Herget, der einzige mit ausgeprägter krimineller Energie und Intelligenz, hatte – a) einen Plan, wie er an seine Beute kam, und b) eine Idee, wie er sich aus dem Staub machen konnte. Beim Punkt a) solltet ihr euch gegenseitig bewachen – Sie und Gregor. Bei Plan b) wollte sich unser toter Freund einfach anhängen – vielleicht wollte er aber auch an die Stelle von Gregor treten. Das Flugticket liegt vermutlich vor, es lautet auf Gregor Keller ... und eine Frau halt. Nehmen wir an, Christian Maria wollte Gregor beseitigen, seinen Paß an sich bringen, das Bild austauschen, was immer noch der einfachste Weg einer Fälschung ist – und ab nach Costa Rica! In ein Land, in dem es weniger Polizisten als Lehrer gibt und keine Armee, wie ich grade gelernt habe.«
»Dazu wäre der imstand gewesen!« sagte Hägele.
»Na, dann lassen Sie uns mal zu den anderen gehen.« Niemand wäre auf die Idee gekommen, daß in diesem Haus vor noch nicht ganz vierundzwanzig Stunden ein Verbrechen begangen worden war. Friedlich plaudernd standen der alte Meier, seine Tochter und die Geschwister Keller in dem bunten Frühlingsgarten. Gächter lehnte am Balken des Gartentors und drehte Zigaretten auf Vorrat.
Ein schwarzer Mercedes fuhr vor. Ihm entstieg der Staatsanwalt Dr. Keilmeier – ein Mann, von dem erzählt wurde, er schreibe in seiner Freizeit heimlich Kriminalromane unter Pseudonym. Er sah anders aus, als man sich allgemein einen Vertreter der Anklage vorstellte: Klein, stämmig, sportlich, mit O-Beinen und einem wild gekräuselten schwarzen Haar-

schopf. Er war jünger als Bienzle, und der Kommissar spielte gerne seine größere Erfahrung und seine Ermittlungsroutine gegen den »jungen Spund« aus.
»Na, da wollen wir doch mal zum Tatort schreiten«, rief Keilmeier aufgeräumt.
»No nix Narrets, wenn's pressiert«, sagte Bienzle.
»Wieder mal eine Weisheit Ihres Vaters?« fragte der Staatsanwalt fröhlich.
»Noi, der hat in so einem Fall gsagt: ›Gehe langsam und lächle‹, und das stammt nicht aus dem Schwäbischen, sondern von Haiti.«
Obwohl Bienzle und der Staatsanwalt herumflachsten, lag eine seltsame Spannung in der Luft.
»Wie weit ist denn nun die Weisheit in diesem Fall vorangeschritten?« fragte der Staatsanwalt Dr. Keilmeier.
»Nun«, hob Bienzle bedächtig an, »wir wissen: bei dem Toten handelt es sich um Christian Maria Herget, zweiunddreißig, gebürtig in Karlsruhe, zweimal vorbestraft, geschieden – übrigens von der jetzigen Frau Hägele. Der Mann hat zwei Banküberfälle, einen Mord und einen Raubmord begangen, wurde letztes Jahr im September von unserer Abteilung gefaßt, er saß in Stammheim bis zu seiner Verurteilung – lebenslänglich – und wurde dann nach Bruchsal verlegt – in ein ausbruchsicheres Gefängnis, wie's heißt. Er hat es geschafft, einen toten Wandschacht ausfindig zu machen, und hat sich durch diesen Schacht bis in den Heizungskeller hinuntergearbeitet. Dort hat er vermutlich die Methode ausprobiert, in Öltanks zu überleben – mit einem einfachen Schnorchelschlauch. Als längst niemand mehr glaubte, er könne im Bruchsaler Knast sein – immerhin waren sechs Tage seit seinem Verschwinden vergangen –, schlug er den Hausmeister nieder, borgte sich dessen Kleider und Schlüssel und verließ als freier Mann das Gefängnis.«
Bienzle wandte sich an Hägele.
»Da können Sie sehen, was Kriminelle leisten, wenn sie taktisch geschickt und intelligent sind.«
Der Staatsanwalt hob den Kopf: »Wie war das?«
»Wir wollen nicht abschweifen«, sagte Bienzle, »das war nur ein kleiner Privatexkurs. Herget kam schnurstracks hierher nach Eichenbach. Wir wollen nicht untersuchen, warum niemand bei seiner Exgattin nachgeforscht hat« – wieder zu Hä-

gele gewandt –, »auch bei der Polizei und der Staatsanwaltschaft gibt's nicht nur strategische Genies. So weit, so gut. Jetzt fing das Drama nämlich erst an. Herget wußte, hier würde er auch seinen Komplizen treffen, den Mann, den wir in unseren Akten den ›Fahrer‹ nannten, weil er immer nur Schmiere stand und Herget nach der Tat fuhr. Ungeklärt ist für uns bis jetzt noch, wo das Geld geblieben ist. Aber das wird sich finden. Herget schickte Hägele zu dem Fahrer. Er konnte und wollte dabei nicht in Erscheinung treten. Also machte er aus dem zweiten Mann seiner geschiedenen Frau und dem Fahrer ein Tandem – ein Team, wobei sich die beiden gegenseitig mißtrauisch belauerten, was Herget mit einkalkuliert hatte. Vermutlich hat er beide nur mit so viel Teilwisseln ausgestattet, daß einer ohne den anderen niemals weitergekommen wäre.«

Hägele nickte zustimmend.

»Aber auch der kluge Christian Maria Herget hatte einen wesentlichen Faktor übersehen«, fuhr Bienzle fort. »Die starke Zuneigung, die der Fahrer zu Annemarie Hägele, geborene Meier, hegte. Annemarie Hägele schenkte dem Werben des jungen Mannes zunächst keine Beachtung. Das änderte sich aber schlagartig, als der ›Fahrer‹ sie in seine Zukunftspläne einweihte, in denen sie – zu ihrer eigenen Überraschung – eine entscheidende Rolle spielte.«

»Das ist doch Unsinn«, knurrte Hägele.

Und der alte Meier sagte: »Das kann ich mir aber nicht vorstellen!«

Der Staatsanwalt stand mit verschränkten Armen auf einem Rasenstück. Gächter lehnte unverändert am Zaun, hatte aber vergessen, die Zigarette, die er sich zwischen die Lippen gesteckt hatte, anzuzünden.

»Wer ist denn nun der geheimnisvolle Fahrer?« fragte Annemarie Hägele schnippisch. Bienzle schaute die Frau verwundert an. Soviel Kaltschnäuzigkeit hatte er ihr nicht zugetraut.

»Na, der da!« polterte Anton Hägele los, »der Apfelbaumpisser!«

Bienzle hob die Hand.

»Zum Streiten gibt's noch Gelegenheit genug. Es gab da einen denkwürdigen Abend, Ihren sechsundzwanzigsten Geburtstag, Frau Hägele. Sie erinnern sich?«

»Ich will mich nicht erinnern.«
»Aha. Es ist auch unerheblich, wichtig ist mir nur, daß Sie wissen, daß ich's weiß! Nun – eines Abends eröffnet Christian seinem Fahrer, daß er sich ihm anschließt, wenn er auswandert. Damit brach eine Welt zusammen – vor allem für Annemarie Hägele. Sie hatte nämlich wirklich geglaubt, allem, was sie bedrückte, auf einmal entrinnen zu können: dem Mann, der sie quälte und den sie schon lange nicht mehr liebte, dem isolierten Leben, der dumpfen Eintönigkeit ihres Alltags. Vielleicht auch dem immer vorwurfsvollen Vater. Daß sie Gregor Keller nicht liebte, war wohl nicht entscheidend. Er war... entschuldigen Sie, er ist ein angenehmer junger Mann, war nie wirklich aufdringlich, und – was das allerwichtigste war – er hatte eine Perspektive. Plötzlich war für Annemarie Hägele die Welt offen, ein neues Leben konnte beginnen, mit ganz neuen, unerwarteten Chancen. So war's doch, oder?«
Annemarie Hägele biß sich auf die Lippen. Ihre schmalen Hände hatte sie zu Fäusten geballt.
»Jetzt reifte der Plan«, Bienzle schaute einen Augenblick einem Rotkehlchen zu, das dicht bei ihm in einem Busch saß und das Gefieder putzte. »Mit Glück und Geschick konnte Gregor an das ganze Geld kommen – und das nahezu gefahrlos, wenn man Christian Maria Herget beseitigte und Anton Hägele abfand.«
Bienzle griff in seine Brusttasche und holte das Schulheft heraus. Er schlug die Seite mit Gregors Zahlenspiel auf, reichte das Heft dem Staatsanwalt und sagte: »Eines unserer Beweismittel. Ich behaupte: Den Mord an Christian Maria Herget haben Annemarie Hägele und Gregor Keller gemeinschaftlich begangen.«
Bienzle machte eine Pause und fügte dann noch ganz leise hinzu: »So leid's mir tut.«
Es entstand plötzlich eine hektische Unruhe in dem schmalen Vorgarten. Alle redeten durcheinander. Anton Hägele wollte Gregor Keller an den Kragen. Sibylle Keller warf sich dazwischen und verkrallte sich im Arm Hägeles. Annemarie Hägele hatte sich in die Arme ihres Vaters geworfen. Und Gächter fand endlich Zeit, seine Zigarette anzuzünden.
Plötzlich aber übertönte die Stimme des alten Meier das Stimmengewirr.

»Das ist doch alles Unfug. Der Gregor war bei mir zum Pflügen, gestern den ganzen Tag.«
»Waren Sie denn immer da?« fragte der Staatsanwalt.
»Immer außer zwischen halb elf und halb zwölf, da war ich nämlich hier.«
Dr. Keilmeier reckte sich in den Schultern. »Das ist ja äußerst interessant.«
»Ich glaub kei Wort«, sagte Bienzle.
»Erzählen Sie mal, Herr, äh, Meier – Und Sie, Herr Bienzle, darf ich sicher bitten, sich ein wenig zurückzuhalten«, sagte der Staatsanwalt.
Bienzle sah zu Gächter hinüber, aber der zuckte nur mit den Achseln.
»Also, schießen Sie los!« sagte der Staatsanwalt zu Meier.
»Ich hab ja gwußt, wie unglücklich die Annemarie ist. Und ich hab nie ein Geheimnis daraus gmacht, daß es mir viel besser gefallen hätt, wenn sie sich hätt mit dem Gregor anfreunde könne. Der Gregor ist einer, der hat eine Hand für alle Pflanzen. Und so oiner isch kein schlechter Mensch.«
»Und weiter?« drängte der Staatsanwalt.
Meier warf Bienzle einen hilfesuchenden Blick zu, aber der Kommissar starrte nur wütend zurück.
»Na ja, eines Tages hat mich der Gregor eingeweiht. Er hat mir alles gestanden.«
»Was gestanden?« fuhr Bienzle dazwischen.
»Alles halt. Also ich hab ihm versichert, weil, der Herget hat ihn ja bloß neizoge! Net wahr, Sie wisset, was i mein.«
Der Staatsanwalt nahm schnell das Wort, um Bienzle zuvorzukommen.
»Alles für das Glück Ihrer Tochter, nicht wahr?«
Bienzle drehte die Augen zum Himmel und stapfte zu Gächter hinüber. Meier fuhr fort.
»Ich bin hierher – gestern. Kurz vor elf war ich da. Von Gregor hab ich gwußt, daß der Herget um diese Zeit seine – wie soll ich sage – seine Übungen macht. Ich bin runter, hab vorher einen Stein aufgehoben – dort drüben an der Mauer. Und dann ist alles wie im Traum gegangen. Ich hab zugschlagen, als er grad raus wollen hat aus dem Tank. Er ist rücklings reingfallen. Ich hab sein Kopf nunterdrückt in des Öl. Furchtbar war das. Und dann bin ich wegglaufen – so war's.«

»Ein Geständnis!« jubelte der Staatsanwalt.
»Aber ein falsches!« sagte Bienzle. Er ging zu dem alten Meier hinüber.
»Mit welcher Hand haben Sie den Herget nunterdrückt?«
»Mit der da!« Meier lächelte. Bienzle sah die schwarzen, ölglänzenden Ränder auf dem Fingernagelbett.
»Aber heut morgen beim Frühstück...« Er sprach nicht weiter und ließ die Hand des alten Mannes sinken. Einen Augenblick lang hatten sich ihre Augen getroffen.
Gächter stieß sich vom Zaun ab und warf seine Kippe achtlos in ein Blumenbeet.
»Wenn Sie den Herget loswerden wollten, Herr Meier, warum haben Sie da nicht einfach die Polizei benachrichtigt?«
»Der wär ja doch wieder ausgebrochen.«
»Und wo ist der Stein, mit dem Sie zugeschlagen haben?«
»Der ist in den Tank gefallen.«
Gächter wandte sich ärgerlich ab und sagte zum Staatsanwalt: »Sollen wir nach dem Stein suchen?«
»Das hat Zeit, der Raum ist ja versiegelt. Nehmen Sie den Mann fest, belehren Sie ihn über seine Rechte und machen Sie mir nur recht schnell Ihren Bericht.«
Der Staatsanwalt wußte nur zu genau, wie ungern Bienzle Berichte schrieb.
Gächter nahm Meier am Arm.
»Handschellen brauchen wir bei Ihnen ja sicher nicht.«
Bei Bienzle blieb Meier kurz stehen. »Sie könntet a Faß von dem Moscht habe.«
Bienzle schüttelte den Kopf.
»Erst, wenn Sie wieder drauße sind, denn daß Sie's net waret, isch so sicher wie's Amen in der Kirch.« Dann trat er zu Annemarie Hägele.
»Richten Sie Ihrem Vater das Wichtigste zusammen, dazu wird's ja wohl noch reichen.«
Diesen Augenblick nützte Gregor Keller. Mit einem Satz war er über den niedrigen Zaun. Den Fiat hatte er so geparkt, daß er nicht wenden mußte. Gächter hatte gerade seine Pistole gezogen, als der kleine Wagen startete.
»Laß das«, sagte Bienzle, »der kommt net weit, und auf keinen Fall bis Costa Rica!«
Gächter ließ die Waffe sinken.
Annemarie verschwand mit hochrotem Gesicht im Haus. An-

ton Hägele stand mit herunterhängenden Armen im Garten, während Gächter den alten Meier auf den Rücksitz des staatsanwaltlichen Wagens schob.
»Und was wird jetzt aus mir?« fragte Anton Hägele mit kläglicher Stimme.
Bienzle hatte keine Kraft mehr für Mitleidsgesten.
»Ihne zahlt der Keller eine Ablösesumme von zweihundertfünfzigtausend Mark.«
»Was – ehrlich?«
»Also ehrlich auf keinen Fall!« Bienzle schritt müde den Gartenweg hinunter und stieß das angelehnte Tor mit einem Fußtritt auf. Langsam ging er das steile Sträßchen hinunter. Plötzlich war Sibylle Keller neben ihm.
»Was werden Sie jetzt machen?«
»Jetzt steig ich in mein Auto, fahr nach Stuttgart, lieg ins Bett und ärger mich.«

Bienzles tüchtiger Assistent Haußmann folgte dem kleinen Fiat. Er war ganz sicher, daß der junge Mann in seiner Nukkelpinne ihm nicht entkommen konnte. Aber in Eichenbach gab es zwischen zwei parallel verlaufenden Straßen einen schmalen Durchlaß zwischen zwei alten Häusern.
Gregor Keller, der es schon als Fahrer des schönen Christian immer geschafft hatte, der Polizei zu entkommen, nahm die Einfahrt fast im rechten Winkel. Ein paar Hühner flatterten auf. Der rechte Seitenspiegel blieb an einem herausstehenden Backstein hängen. Aber nach drei Sekunden bog Keller in die andere Fahrstraße ein und preschte davon.
Haußmann kollidierte bei dem Versuch, dem kleinen Wagen zu folgen, mit der Hausecke. Sein Auto hätte ohnehin nicht durch die Gasse gepaßt.

Anderntags fand man im Öltank keinen Stein, dafür trieb Gächter gleich zwei Bauern auf, die dem alten Meier zwischen elf und zwölf Uhr auf den Feldern begegnet waren.
Gregor Keller aber hatte niemand beim Pflügen beobachtet. Und auch jetzt schien der Junge wie vom Erdboden verschwunden zu sein. Er hatte zwar zwei Flugtickets gebucht, aber nicht benutzt. Annemarie Hägele hatte er einen Brief geschrieben, der Preis sei ihm zu hoch, außerdem habe er sich für ein ganz anderes Land entschieden. Seinen Fiat fand man,

mit einem gestohlenen Nummernschild versehen, Wochen später im Hamburger Hafen.
Der alte Meier kam wieder frei. Es war schon Sommer, als Bienzle endlich seiner Einladung nachgab. Sie tranken und redeten. Meier führte Bienzle durch seinen gepflegten Bauerngarten.
Das Spalierobst fehlte allerdings.
»Ich hab's verkauft«, sagte der alte Mann, »an einen Fachhändler. Der hatte einen Interessenten dafür.«
Bienzle ließ sich den Namen des Händlers geben.
Später kamen Anton und Annemarie Hägele. Sie fuhren in einem neuen Wagen vor und wirkten in ihren gediegenen Kleidern ziemlich fremd.
»Anton muß manchmal nach Zürich«, sagte die puppige Annemarie Hägele, »da fahr ich dann manchmal mit, und wir kaufen gleich ein.«
»Wo hatte der Herget nun eigentlich das Geld versteckt?« fragte Bienzle im Plauderton. Aber Anton hatte dazugelernt.
»Ach wissen Sie«, sagte er, »wer kein taktisches Geschick und keine ausreichende Intelligenz hat, sollte sein Maul halten.«
»Der Spruch könnt von meim Vater stammen«, sagte Bienzle und trank seinen Most.
Als er spät am Abend zu seinem Wagen ging, warf er den Zettel mit dem Namen des Pflanzenhändlers auf den dampfenden Misthaufen hinter Meiers Haus.

IRENE RODRIAN

Platz für Seifenblasen

So eine Nacht. Warm und weich wie dunkelblauer Samt. Die Straßenbahn hielt, klingelte und fuhr weiter. Fast leer um diese Zeit. Ein goldgelber Lichtkäfig. Die roten Bremslichter der Autos, eine blaue Bierreklame und grasgrün der Name eines Chinarestaurants. Das Neonweiß der Straßenlampen. Man hatte gesprengt, es roch nach feuchtem Asphalt und Benzin. Und wenn man nur fest dran glaubte, konnte man auch das Grün der Alleebäume riechen und den nahen Sommer.

Jutta atmete tief durch, hustete, holte noch einmal Luft. Sie fühlte sich wie ein Schulkind, das unerwartet zwei Stunden früher heim darf. Einer der Türken, die wie immer in Pulks vor den Billigläden und Sexshops herumhingen, quatschte sie an. Sie lächelte zurück und wäre bereit gewesen, mit ihm und seinen Freunden über die Liebe, das Leben, den Tod zu diskutieren, Bier mit ihm zu trinken, ja sogar, ihn zu umarmen. Er verstand sie wohl falsch, sie konnte gerade noch vor der nächsten Straßenbahn über die Straße hechten. Verschwand im Koffergewühl vor dem Bahnhof und beschloß, noch etwas einzukaufen.

Frisches Brot, französischen Käse, Radieschen, Leberpastete, eine Flasche Sekt und sündhaft teure Weintrauben. Sie freute sich schon auf das Gesicht von Uwe. Es war so warm, daß sie vielleicht sogar auf dem Balkon sitzen konnten. Wie damals in Antibes, beim ersten Urlaub.

Jutta spielte kurz mit dem Gedanken, ein Taxi zu nehmen, aber da schien gerade ein Intercity angekommen zu sein, vor dem Taxistand stand eine drängelnde Schlange. Jutta rannte mit ihren Einkaufstüten zur Straßenbahninsel zurück. Es war auch billiger. Sie setzte sich ans Fenster. Lichtergeglitzer. Wie Ferien und Weihnachten auf einmal. Uwe war sauer gewesen. Enttäuscht, weil sie ausgerechnet an ihrem ersten

Abend ohne Susi Überstunden machen mußte. Susi. Susi ging es gut. Susi war acht Jahre alt und liebte ihre Großeltern, die sie ständig verwöhnten, und es war ihre erste Ferienreise ohne die Eltern. Es war idiotisch, sich die Stimmung durch völlig überflüssige Muttersorgen kaputtzumachen. Es waren wirklich Ferien. Jutta hätte Susi doch nie allein weggelassen, wenn diese eilige Produktion nicht dazwischengekommen wäre. Aber jetzt war alles verschoben, und sie hatte frei.
Sie stieg aus und ging an den erleuchteten Schaufenstern der Möbelgeschäfte, Boutiquen und Antiquariate entlang auf das Haus zu, in dem sie wohnte. Kaum noch Autos, von dem kleinen Park her roch es nach Flieder. Die drei hellen Fenster der Dachwohnung. Uwe war zu Hause. Jutta ging etwas schneller, die unhandlichen Plastiktüten schlugen gegen ihre Knie, die Handtasche rutschte von der Schulter. Sie liebte dieses Stück Straße. Das Heimkommen. Im Winter war es noch schöner. Wenn sie rotgefroren die Tür aufschloß und sich Jacob, der fette Tigerkater, jubelnd maunzend auf sie und die Einkaufstüten stürzte. Dann erst kam Susi, als letzter Uwe. Sie lächelte.
Die Lampe im Hausflur war noch immer nicht ersetzt, Jutta stellte die Tüten ab und fummelte Schlüssel und Feuerzeug aus der Tasche. Als sie den Schlüssel grade im Schloß hatte, wurde die Haustür von innen aufgezogen. Die alte Frau Stadler mit ihrem Pudel Michi. Sie hielt ihr die Tür auf und half ihr mit den Tüten. Ein nicht endenwollendes Schwätzchen über das herrliche Wetter und die Preise und den neuen Hausmeister. Jutta blieb freundlich. Hastete die Treppe in den ersten Stock hoch und wartete erst dort auf den Fahrstuhl. Er kam. Das war wirklich wie Weihnachten. Sie drückte auf den Knopf mit der 7 und überlegte, was sie sonst noch für so ein Festmahl im Kühlschrank hatte. Orvieto war noch da, Krabben in der Dose, Mayonnaise und Knoblauch, ein Rest Heringssalat. Genug für ein echtes Ferien-Supermenü.
Uwe hatte bestimmt nichts gegessen. Er hockte an seinem Schreibtisch und brütete über irgendwelchen Formeln und rauchte eine Zigarette nach der anderen. Er rechnete nicht mit ihr. Er hatte sich auf Darben und Arbeiten eingestellt. Es würde einige Zeit kosten, ihm klarzumachen, daß Ferien waren, daß für heute die Arbeit zurück in die Mappe mußte, daß heute die Big Fiesta stattfand. Diese albernen Probleme und

Problemchen. Bloß, weil sie nie Zeit füreinander hatten. Und natürlich immer Susi. Die Schule und die Hausaufgaben. Habakuk braucht eine neue Hose. Max spielt mit Otto. Das ist mein Ball. Eva hilft der Mutter. Der Vater kommt von der Arbeit. Er bringt Eis mit.
Kreischen, Knarzen, Ruck. Der Fahrstuhl hielt so heftig, daß die Tüten hochsprangen. Im Gang brannte das Licht. Jutta schloß die Tür auf. Auf dem rauchblauen Lack ein ovaler Sticker: Vorsicht: Kinder! Jutta stolperte über einen roten Gummistiefel, Jacob strich ihr maunzend und vor Wonne sabbernd um die Beine. Aus dem Wohnzimmer FLEETWOOD MAC in voller Lautstärke. *Coming your way.*
»Huhu«, rief sie, »ich bin's!«, trug die Tüten in die Küche und begann auszupacken. In der Spüle stapelten sich schmutzige Teller, auf dem Kühlschrank stand ein Brettchen mit angeschnittener Salami, auf dem Tisch der Brotkorb, Krümel und eine ölige Salatschüssel. Zwiebelringe und zusammengeknülltes Käsepapier. »Uwe?« Sie ging ins Wohnzimmer. Feuchte Glasringe und ein voller Aschenbecher. Überlaut *Rattlesnake Shake.* Die Tür zu Uwes Arbeitszimmer war geschlossen. Jutta stellte den Recorder leiser und ging zum Schlafzimmer, um sich erst mal umzuziehen.
Als erstes nahm sie den Geruch wahr. Eine Mischung aus Zigarettenrauch und Patschuli. Erst dann sah sie zum Bett, und selbst dann noch weigerte sich ihr Gehirn, die Informationen, die es von den Augen bekam, zu akzeptieren.
Uwe mit hochstehenden Haaren, schweißnaß, starrte sie an, griff nach dem Laken, um es hochzuziehen, ließ es, grinste dümmlich. Das Mädchen neben ihm stieß einen kleinen Schrei aus und rollte sich von ihm weg. Versuchte nicht, sich zu verstecken, schaute ernst, fragend. Sah aus wie höchstens siebzehn. Streichholzkurzes Haar und brettmager.
Jutta spürte aufsteigende Übelkeit, war aber nicht fähig, sich zu bewegen. Sah immer nur die zerknautschte Bettwäsche. Grünblaue Dschungelranken. Pflegeleicht. Hatte sie von ihrer Mutter zum letzten Geburtstag bekommen. Heute früh vor der Arbeit frisch bezogen.
»Was hast du denn erwartet?« Uwe griff sich die Zigarettenpackung vom Nachttisch und tastete nach dem Feuerzeug. »Daß ein normaler Mann jahrelang mit so einer frigiden Zicke wie dir zusammenhockt, ohne überzuschnappen?« Er steckte

die Zigarette an, zog das Kopfkissen hoch und lehnte sich zurück. Sog den Rauch ein und stieß ihn durch die Nase wieder aus. Grinste. Jutta wandte sich um und stürzte hinaus. Schlug sich das Knie an einem Stuhl an und streifte den Türrahmen. Hockte sich an den Küchentisch und glotzte auf das weißblaue Wachstuch. Ich darf nicht heulen, nicht auch noch das! Sie schlug mit einer heftigen Bewegung die Salatschüssel vom Tisch.

Das Band war zu Ende, und das Klirren der Tonscherben hallte in der plötzlichen Stille nach. Jutta ertappte sich dabei, den Atem anzuhalten und nach drüben zu lauschen. Nichts. Flüstern? Tappende Schritte. Warum hatte sie die Küchentür nicht zugemacht. Aufstehen, wegrennen, irgendwohin.

Das Mädchen stand in der Tür. Zögerte, kam herein. Sie war jetzt angezogen, Jeans und Mickymaus-Sweatshirt. »Es tut mir leid. Ich hab das nicht gewußt.« Jutta sah hoch. Wollte etwas sagen, brüllen, schreien. Spätestens als sie in die Wohnung kam, mußte sie doch gesehen haben, daß der Mann verheiratet war und daß auch ein Kind hier lebte. Sie sah nur die Sektflasche und die Tüten und Päckchen aus dem Delikatessengeschäft. Konnte die Tränen nicht mehr zurückhalten und schluchzte in Krämpfen. Das Mädchen war plötzlich dicht neben ihr. Der Geruch von Uwes Rasierwasser. Umarmte sie, ließ sich nicht abschütteln, hielt sie fest an den mageren Kinderkörper gepreßt. »Er hat mir gesagt, ihr lebt getrennt. Daß das okay wär und er allein hier lebt. Ich find das so widerlich, wenn ich das gewußt hätte, wär ich doch nie mitgegangen. Glaub mir das, bitte!« Wieder wollte Jutta etwas sagen, aber das Mädchen hielt sie so fest, daß sie, an das Mickymaushemd gepreßt, keine Luft mehr bekam. Spürte Lachreiz. Das Mädchen rieb unbeholfen auf ihrer Schulter herum. »Das ist so fies! Er wollte dich provozieren! Er hat mich ja auch nur benutzt!«

Jutta gelang es endlich, sich freizumachen. Lachte hysterisch und wurde wieder ernst. Schluckte. Das Mädchen gab ihr ein nicht ganz sauberes Taschentuch, sie putzte sich die Nase. »Das sieht nur so aus. Er wußte nicht, daß ich früher heimkomme.«

»Er ist ein ganz mieses Schwein!« Das Mädchen zog den zweiten Stuhl herüber und setzte sich neben Jutta. »Ich begreif nicht, wie man mit so was zusammenleben kann!«

»Oder ins Bett gehen.«
»Das ist doch was ganz anderes...« Sie brach ab, beide lauschten. Schritte, Knacken. Eric Burdon. *Blues for Mr. Slim.* Das Mädchen sprang auf, rannte zur Tür, schloß sie und drehte den Schlüssel um. Er klemmte, er war noch nie benutzt worden. Als sie zum Tisch zurückkam, lächelte sie, setzte sich so, daß sie die Tür im Auge behalten konnte, und sprach leise weiter. »Er saß in der Kneipe am gleichen Tisch, und er war charmant und witzig. Und ich häng im Moment rum. Was soll's. Das hat doch damit nichts zu tun!«
»Wie alt bist du eigentlich?« fragte Jutta und wunderte sich, wie ruhig ihre Stimme klang.
»Dreiundzwanzig. Warum?«
»Ich war zweiundzwanzig, als ich ihn getroffen hab. Und blöder als du. Oder sein Charme war damals noch frischer. Und es war so verdammt schwer, eine Wohnung zu bekommen, ohne verheiratet zu sein.«
»Ich hab eine.«
Jutta hörte nicht zu. »Und dann kam Susi. Und ich dachte, das ist alles ganz normal.«
»Scheiße. Wie alt ist das Kind jetzt?«
»Acht. Sie ist bei seinen Eltern über die Ferien.«
Das Mädchen wollte etwas sagen, erstarrte. Die Türklinke senkte sich lautlos, ging hoch, senkte sich wieder. Kurz darauf begann im Bad das Wasser zu rauschen. Sie sahen sich an. Das Mädchen hieß Nicole und lud Jutta zu sich in ihre Wohnung ein. Jutta stand auf. Sie holte das letzte Haushaltsgeld aus der Keksbüchse und packte die Sachen, die sie eingekauft hatte, wieder in die Tüten zurück. Planmäßig, ruhig und gezielt.
Wasserrauschen im Bad und das Gefühl, die Schule zu schwänzen.

Auf der Straße unten verflog das übermütige Kindheitsgefühl. Verlegenheit. Schweigen. Nicole hatte die Tüten getragen, sie gab sie jetzt Jutta zurück, sie hatte ein Fahrrad dabei. Sie schloß es auf, nahm die Tüten wieder und hängte sie an den Lenker. Schob das Rad auf dem Gehsteig neben Jutta her. Schweigen. Jutta wußte nicht, was sie hier sollte und wohin sie überhaupt ging. Alles unwirklich. Die hellen Schaufenster. Junge Leute, die aus Kneipen kamen oder in Kneipen gingen. Paarweise. In Cliquen. Mopeds, ein offener Sportwagen mit zwei Typen. Nicole streckte ihnen die Zunge raus. Blieb vor einem Fenster voll mit geblasenen Glastierchen stehen. Ihre Begeisterung war so kindlich und unschuldig, daß Jutta ihr, wäre der Laden offen gewesen, sofort so eine kleine Giraffe oder einen Löwen gekauft hätte.

Sie mußten fast eine halbe Stunde laufen. Sprachen immer noch nicht, aber die Empfindungslosigkeit löste sich auf und machte einer körperlichen Intensität Platz. Lichter, Dunkelheit, der Geruch von blühenden Bäumen über Abgasen, die Bewegung. Juttas Schuhe waren zu eng, sie bekam eine Blase.

Das Haus war ein häßlicher Neubau mit einem Kino unten drin. Sie mußten zuerst das Fahrrad in den Keller bringen, fuhren dann im Lift hoch. Zement. Metall. Enge. Endlos lange Flure mit unzähligen Türen wie zu Gefängniszellen.

Die Wohnung war eine Überraschung. Ein großes Ein-Zimmer-Apartment mit Südloggia und dem Flair von Kino. Matratzen auf dem Boden, marokkanische Decken, Lacktischchen, weiße Felle und bunte Kissen. Teppiche an den Wänden und bodenlange Samtvorhänge. Tiffanylampen und ein Negerknabe aus Porzellan, eine Schale mit Plastikblumen auf dem Kopf balancierend.

»Bekannter von mir«, Nicole wischte die Wohnung mit einer Handbewegung weg und knipste überall das Licht an. Frank Sinatra und Bing Crosby. »Nur für ein halbes Jahr oder so geleast.«

»Geleast?« Jutta stellte die Tüten auf der Küchenbar ab.

»Filmheini. Dreht grad in Afrika. Kein Bock auf Weiber. Ich putz hier und schick ihm die Post nach. Statt Miete zahlen.«

Sie holte Gläser und Teller und deckte einen von den kleinen Ziertischen zwischen den Matratzen. Brachte eine kalte Flasche Champagner und ließ den Korken gegen die Decke knallen.

Jutta hätte gern gefragt, was Nicole sonst so machte, wagte es aber nicht, um die fragile Stimmung nicht zu zerstören. Sie hockten auf den Matratzen und aßen Weißbrot mit Käse und Krabbensalat und tranken den französischen Champagner und hinterher den Bahnhofssekt. Sie quatschten über Bücher und Politik und waren sich einig, sie konnten sogar schweigen, ohne sich verlegen zu fühlen, und fanden die Musik

schön. Es gab kein Gestern und kein Morgen, es gab nur diesen Moment. Nicole rollte einen Joint, und Jutta begann sich betrunken und taumelig zu fühlen.
In einem Schränkchen war das Bettzeug von Nicole, zusammengerollt. Sie warf es mit einem Schwung auf eine der Matratzen, es war zu spät, noch ein weiteres Bett herzurichten. Jutta zog sich aus und ließ sich fallen, Nicole kam dazu, drängte sie an die Wand und kuschelte sich an sie wie eine kleine Katze.

Jutta wußte nicht, wo sie war und wie sie hierhergekommen war. Es roch nach Patschuli, Wein und kaltem Zigarettenrauch. Ein Stück neben dem Kopfkissen gleich der Fußboden. Flauschteppich. Geschirrklappern und der Duft von frisch gebrühtem Kaffee. Sie öffnete vorsichtig die Augen. Rötlich gefiltertes Sonnenlicht auf einem seidenen Wandteppich mit goldenen Papageien. Nackte Mädchenfüße mit Knubbelzehen und knochige Knie. »Hey, guten Morgen.« Ein Tablett neben der Matratze mit Kaffee, Orangensaft, Toast, Butter und einem Teller mit Leberpastete und Serranoschinken. Jutta nahm den Saft und trank das Glas auf einen Zug aus. Überlegte krampfhaft, wie das Mädchen hieß. Es hatte ein weißes T-Shirt an und dunkelblaue Jogginghosen. Lächelte. Nicole. Bestrich einen Toast mit Butter und legte zwei Röllchen Schinken drauf. »Alles okay?« Wieder dieses Kinderlächeln. Jutta nahm sich die Kaffeetasse und suchte nach ihren Zigaretten. Nicole schob ihre Hand weg und zwang ihr das Schinkenbrot auf. »Du mußt erst was essen.«
Jutta nahm das Brot und aß. Sie puschte sich das Kissen gegen die Wand, lehnte sich zurück und begann die von Zeit und Raum losgelöste Fürsorglichkeit zu genießen. Schämte sich nicht ihrer Nacktheit, machte nicht einmal den Versuch, ihre Bauchfalten unter dem Laken zu verbergen.
»Du hast so schön geschlafen«, Nicoles Stimme klang unsicher, »ich wollte dich eigentlich nicht wecken. Aber vielleicht mußt du zur Arbeit?«
Jutta trank noch einen Schluck Kaffee. Er war gut und sehr stark. Ferien. Die Produktion war verschoben, das hieß, bis spätestens Mittwoch mußte sie sich im Büro nicht sehen lassen. Susi war auch nicht da, niemand wollte etwas von ihr, niemand konnte sie telefonisch erreichen, in der Sahara hätte

sie sich nicht freier fühlen können. Sie legte das Brot aus der Hand und griff nach den Zigaretten. »Weiß Uwe, wo du wohnst?«
»Natürlich nicht!« Nicole war fast beleidigt. Brachte einen Aschenbecher, nahm Jutta die Zigarette aus der Hand und gab ihr das Brot wieder. Machte einen Becher Fruchtjoghurt auf. Erzählte etwas von einem Flohmarkt, zu dem sie wollte, und zeigte auf zwei Kisten mit allerlei Kram. Jutta fragte nicht, wem das Zeug gehörte, sie fragte auch nicht nach, als Nicole ihr ein Paar Jeans und ein Sweatshirt mit Florida-Aufdruck brachte. Sie stand auf, duschte und zog sich an. Betrachtete sich im Spiegel. »Du siehst echt gut aus«, sagte Nicole, und Jutta konnte hören, daß sie es auch so meinte. Sie fühlte sich aktiv und unternehmungslustig, und kein Uwe war da, der gemeine Bemerkungen über ihren Arsch – du kannst nie im Leben Jeans anziehen! – oder ihre Schenkel – an dir ist ein Ackergaul verlorengegangen – oder über ihre Schultern – noch ein paar Jahre weiter so krumm, und ich schenk dir eine Kräuterkiepe zu Weihnachten – machen konnte. Sie drehte sich etwas zur Seite. Na gut, zugegeben, hinten war sie breiter als Nicole, dafür hatte sie aber auch mehr Busen, verdammt! Nicole brachte ihr einen Gürtel und half ihr, ihn durch die Schlaufen zu ziehen. »Du hast eine Figur wie Marylin Monroe, super!« Jutta dachte an *River of no return*. Himmel noch mal, sie war doch erst knapp dreißig! Sie packte die eine der Kisten, setzte sie wieder ab, um etwas Geld aus ihrer Handtasche in die Jeans zu stopfen. Wem immer sie gehörten, sie sahen teuer aus, und Jutta würde sie an völlig neuen Stellen ausleiern.
Die Sonne schien zwischen ein paar weißen Wattewolken maiwarm auf die Straßen und ließ die Häuser und Dächer aufblinken. Auf dem Platz herrschte schon hektisches Gewimmel. Tische und Stände, Asterixhefte und Nachttöpfe, Kupferkannen und alte Anzüge, Kerzenhalter, Kleiderbügel und bestickte Sofakissen. Nicole teilte ihren Stand mit zwei Freunden, die schon warteten. Peer und Sabine. Mitte Zwanzig, Zottelhaar und Indienfummel. Berge von Emailletellern, Tassen und Schüsseln. Petroleumlampen, Eierbecher, Blechbesteck, Schucoautos und alte Krimis. Jutta half Nicole, die Kisten auszupacken und die Sachen zu dekorieren. Keramiklöwen, afrikanische Masken, Teflonpfannen und ein Dutzend

Stanzgläser, ein Duschvorhang aus grellbuntem Plastik, eine Rolle alter Kinoposter und ein Stapel Ziegenfelle. Je mehr sich Jutta über die Herkunft dieser ganzen Waren sicher zu sein glaubte, desto übermütiger wurde sie. Sie hatte noch nie in ihrem Leben gestohlen. Sie hatte nicht die Nerven dazu. Uwe würde so was auch nie dulden. Der Platz füllte sich. Türken, Rentner, junge Leute. »Hereinspaziert, meine Damen, meine Herren, so billig kriegen Sie's nie wieder! Nostalgie grad wie neu!« Nach zwei Stunden hatte Jutta fast den ganzen Stand leerverkauft.
Peer und Sabine betrachteten Juttas Marktschreierei mit distanziertem Mißtrauen, dann zischelte ihnen Nicole etwas zu, und sie wurden freundlicher. Jutta ließ sie allein und schlenderte über den Platz. Kaufte eine mottenzerfressene Pelzjakke, zwei angeschimmelte Bände Zola auf französisch und eine Puppenwiege. Sie war sich klar darüber, daß sie die Sachen nie mit heimbringen konnte, es war ihr egal. Hinter einem Tisch standen drei kleine Jungen, kaum älter als Susi. Sie verkauften Mickymaus und Donald Duck, eine elektrische Eisenbahn in Originalverpackung, Salz- und Pfeffermühlen und ein Gewürzregal mit vollen Gläsern. Stapel von Plüschgetier und einen überdimensionalen batteriebetriebenen Bagger.
»Alles okay?« Plötzlich stand Nicole hinter ihr. Jutta nickte glücklich. Nicole sah sie an. »Warum fragst du nie?«
»Was soll ich fragen?«
»Wo all das Zeug herkommt. Die Eisenbahn zet Be. Die ist locker paar tausend Em wert.« Auf dem in krakeliger Kinderschrift ausgezeichneten Zettel stand DM 45,–. Für Kinder ein Vermögen. Die drei kleinen Jungen sahen aus wie Tick, Trick und Track. Warteten stoisch. Einer von ihnen wandte sich unter Juttas Blicken endlich ab und schüttelte Kilos von Glasmurmeln in eine Schüssel. »Wenn das nun deine Susi wäre, die da Uwes Eisenbahn und deine Kräutersammlung verhökert. Wie würdest du dann reagieren?«
»Abbusseln würd ich sie«, murmelte Jutta und kaufte einen dickbäuchigen Plastikbären für fünfzig Pfennig. Schraubte den Kopf ab und zog die Lasche heraus. Blies. Ein Schwall schillernder Seifenblasen schwebte hoch und platzte über den Köpfen von Tick, Trick und Track. Grün-gelb-rot-lila-golden. Noch einmal. Die größte blieb auf Nicoles Haar sitzen

und hielt sich da sekundenlang. Wabernd, schimmernd, die ganze Welt umfassend. »Weil ich dann wüßte, daß sie frei ist, daß ich sie nicht ganz habe verhunzen können.« Platsch. Weg. Nicole umarmte sie plötzlich und gab ihr einen Kuß.
»Komm!«
Sie rannten zwischen den Tischen und Ständen hindurch. Lachten, schrien, pusteten Seifenblasen über alles und jeden. »Platz da! Platz für Seifenblasen!« Stürzten über einen Tisch mit einer Pyramide von Dosen, Jutta warf dem Türken einen Geldschein hin, fühlte sich high. Sang, tanzte. War nicht mehr allein. Hinter ihnen eine ganze Schlange von jubelnden Kindern. Platz für Seifenblasen! Sie gab den Seifenbär weiter, aber es gab kaum noch Flüssigkeit in dem gelben Gummibauch. Die Kinder drängten sich immer näher. Dutzende, Hunderte. Ein kleines Mädchen stand etwas abseits. Weißblaue Latzhosen, rotes T-Shirt. Dunkle Ponyfransen über großen grünen Augen und einer Stupsnase.
Susi.
Der Schock fuhr Jutta wie ein Messer mitten durch den Bauch. Sie glaubte zu schreien. Rannte los. Kinder wuselten ihr um die Beine, lachende Gesichter, ein Stand mit bestickten Kissen.
Das kleine Mädchen drehte sich weg. Susi! Die spitzen Schultern hochragend durch die in die Hosentaschen gebohrten Fäuste. Das Mädchen begann zu laufen. Verschwand in dem Gewühl. Jutta rannte fast eine alte Frau mit Krücke um. Bunte Farbkleckse. Jemand hielt sie am Arm fest, sie riß sich los. Das vorher noch so fröhliche Gewimmel bekam etwas Drohendes. Feindliche Blicke. Knüffe, Stöße. Enge. Stimmenlärm. Von irgendwoher Musik. Johnny Cash. Das Mädchen stand beim Eisstand und lutschte an einer Riesenwaffel mit rosaglänzendem Softeis. Zog genüßlich die Spiralspitze in den Mund.
»Susi!«
Das Mädchen hob den Kopf und erschrak, als es Juttas Gesicht sah. Lief weg. Es war nicht Susi. Jutta blieb stehen und starrte ihr nach. Plötzlich kam es ihr so vor, als wäre alles um sie herum verstummt. Keine Musik, keine Stimmen. Die Tische und Stände wirkten primitiv und schmutzig. Abfälle, Zigarettenkippen, flatternde Papierfetzen. Grauer Staub.
Jemand legte ihr einen Arm um die Schultern. »Ich hab dich

gesucht.« Nicole. Jutta machte sich mit einer heftigen Bewegung los und arbeitete sich durch die Menge zur S-Bahn-Station hinüber. Nicole blieb bei ihr. »Was ist denn los? Was hast du?«
»Ich muß heim!«
Durch das streifige Busfenster sah sie Nicole. Dünn und verloren in der immer dichter werdenden Mittagsmenge.

Schon als sie die Wohnungstür aufschloß, hörte sie Fernsehlärm. Wumm, knall, peng! Uwe lag auf dem Sofa, neben sich eine Flasche Bier, kein Glas. Er sah nicht auf. In Ö III lief keine Pfingstsendung, da sang kein Knabenchor, da erklärte niemand die faszinierende Welt der Amöben, da schossen ein paar Ledercowboys für ein Halleluja. Auf ein flaches Band gepreßte Breitwand. Vergilbte Farben, die Öde von Texas oder wo das war, gelblicher Staub und rotierende Flimmerstreifen von der kaputten Antenne. Einer schrie auf. Großaufnahme. Blut quoll unter dem bügelfrischen Leinenhemd hervor, Glotzaugen, langsames und sehr malerisches Zurücksinken. Flimmern. Jutta mußte über Uwes ausgestreckte Füße steigen, um zum Gerät zu kommen. Schaltete es aus.
Uwe sagte nichts. Fuhrwerkte nur mit der Fernbedienung herum, Jutta stand im Weg. Sah ihn an. Kein Ausdruck in seinem Gesicht. Nur diese Fernsehleere und ein etwas angespannter Zug um den Mund.
Dann reagierte er.
Warf den kleinen Bedienungscomputer nach ihr und die Bierflasche. Ohne sich umzudrehen, konnte Jutta den feuchten Bierfaden sehen, den die Flasche auf der Tapete hinterließ. Ein dumpfes Plopp, als die Flasche auf den Teppichboden fiel, ein leichtes Klirren, als sie gegen ein Tischbein rollte. Stille.
»Ich wollte mit dir reden.«
Er brüllte los, bevor sie ausgesprochen hatte. Schrie, geiferte, hatte Tränen in den Augen. »Hure! Alte Schnalle! Scher dich raus! Bleib, wo du hergekommen bist! Wie heißt der Kerl?! Du hast ja sogar seine Hosen an! Hier gibt's nichts zu holen für dich! Aus und Ende! ...« Er kreischte noch weiter, als sie schon in der Küche war und Kaffee aufbrühte.
Sie ging zurück. Er warf einen Stuhl nach ihr. Berstendes Holz an der Küchentür. Sie ging trotzdem weiter. Auf ihn zu. Er sah ihr entgegen, machte einen Schritt, stieß gegen die

Bierflasche, hob sie auf. Schlug am Couchtisch den Boden ab. Hielt ihr den gezackten Glasrand entgegen.
Lächelte. Fremd. Völlig fremd.
Kam näher.
Jutta rannte schreiend aus der Wohnung und die Treppen hinunter. Kurz vor der Haustür holte er sie ein. Packte sie und riß sie zurück. Mit leeren Händen. Tränen. »Bitte! Nicht so! Bitte, es tut mir so leid. Komm zurück!« Flüstern fast. Sie ging mit ihm zurück die Treppe nach oben. Die Türen rechts und links schlossen sich lautlos vor ihnen.
Sie aßen am Küchentisch. Spaghetti mit Fertigsoße. Er hatte offensichtlich schon ziemlich viel Bier getrunken, stieg jetzt auf Wein um. Blieb ruhig. Lobte den Fraß und erwähnte die seltsame Kleidung nicht mehr. Lächelte wieder.
Jutta trank zuviel. Sie hatte die erstbeste Flasche aufgemacht, einen viel zu schweren Rotwein. Bekam das Essen nicht mehr runter, rauchte statt dessen. Erinnerte sich später nur daran, daß sie miteinander gesprochen hatten, aber nicht mehr daran, worüber. Sie hatten miteinander geschlafen. Oder vielmehr, er hatte versucht, mit ihr zu schlafen. Ihr beizuwohnen. Den ehelichen Geschlechtsverkehr auszuüben. Es war sein Recht, er hatte sich doch auch bei ihr entschuldigt – oder etwa nicht? Hatte auf sie eingeredet und immer hastiger an ihr herumgefummelt. Sie hatte sich Mühe gegeben, es wäre wichtig gewesen. Stöhnen, Leidenschaft. Alles in ihr war verkrampft. Er hatte ihr nur einen Zipfel der Decke übriggelassen und schnarchte neben ihr. Graues Regenlicht schob sich durch das Fenster. Das Bett roch immer noch nach Patschuli.
Beim Frühstück tat er so, als wäre nichts gewesen. Las die Zeitung, während er blind nach der Kaffeetasse und der Schinkensemmel griff. Sie war schon unten beim Bäcker gewesen. Knusprige Butterbrezen und Kissinger Hörnchen. Hatte den Tisch gedeckt und Orangen ausgepreßt. Der weite Cordrock mit Westchen und der Bluse aus Bulgarien. Er trug graue Flanellhosen und einen blauen Shetlandpulli. Weißer Kragen. Sie sahen aus wie eins von diesen glücklichen Margarine- oder Kaffee-Ehepaaren in der Fernsehwerbung.
Jutta warf ihr angebissenes Hörnchen auf den Teller zurück und steckte sich eine Zigarette an. »Nutzlos und sinnlos!«
Er sah auf, lächelte abwesend, vertiefte sich wieder in die Zei-

tung. Las ihr einen kurzen Bericht über Spanien und die EG vor. Nuschelte. Zog sich beim Lesen mit der Zunge Schinkenstreifen aus den Zähnen. Jutta stand auf und räumte den Tisch ab. Als sie auch nach seiner Tasse greifen wollte, hielt er sie fest. »Bist du so lieb und machst mir noch eine Kanne. Ich will etwas arbeiten.« Er nahm die Zeitung und die halbvolle Kaffeetasse mit hinüber in sein Arbeitszimmer. Als Jutta mit der frisch gefüllten Thermoskanne rüberkam, hatte er bereits Formblätter und Schaltpläne vor sich ausgebreitet und brütete über Zeichen und Zahlenkolonnen. Sie war schon wieder fast an der Tür, als er aufsah. »Ach, übrigens«, sie kam zurück, »ich hab da eine Versicherung abgeschlossen, zusätzlich.« Er erklärte etwas von Steuerersparnis und Altersversorgung, auch Susi erwähnte er. Reichte ihr einen Kugelschreiber und zeigte auf die gepunkteten Linien, auf denen sie unterschreiben sollte. Ihre Schrift wurde etwas krakelig, weil sie im Stehen schrieb, vier Durchschläge, er hielt die Blätter mit der einen Hand zurück und zeigte mit der anderen, wo ihr Name hinkommen sollte. Nickte nur, als sie sagte, daß sie noch einkaufen wolle, und vertiefte sich wieder in seine Arbeit.

Nicole schien auf sie gewartet zu haben. Riß die Tür auf, als Jutta eben auf die Klingel drückte, umarmte sie und zog sie in die Wohnung. Sie hatte aufgeräumt, sogar frische Blumen standen auf einem Tischchen. »Das Spießerzeug steht dir nicht, macht dich alt und bieder.« Sie gab Jutta die Tragtüte mit den geliehenen Jeans und dem Sweatshirt zurück. »Der hat doch Tausende davon, der merkt das nicht.« Brachte ihr auch noch eine hellrote Veloursléderjacke und ein Paar Socken. Es war kühl heute. Jutta zog sich um und packte dann ihre Alibi-Einkäufe vorsorglich in den Kühlschrank. Kalbsschnitzel, Filetsteaks, Nierchen für Jacob und eine Schachtel mit frischen Erdbeeren. Das andere Zeug konnte in den Tüten bleiben.

Sie hockten auf den weichen Fellkissen im abgedunkelten Wohnzimmer, das für trübe Maitage geradezu geschaffen schien, tranken Sekt mit Orangensaft und knabberten fettige Cashewnüsse dazu. Auf dem Plattenteller swingten Glenn Miller und Artie Shaw, Count Basie, Harry James und Fats Waller. Nicole liebte diese Musik, diesen Sound, diesen romantischen Swing, das war stark. »Und nicht nur, weil das jetzt grad wieder in ist. Ich mein, ich hab das als Baby in den

Windeln täglich und nächtlich hören müssen, meine Alten sind da voll drauf abgefahren, nein, trotzdem. Weil's echt heavy ist.« Duke Ellington gut zu finden, war für sie also eine Art Emanzipation, Jutta verkniff sich das Lächeln, wippte mit dem fremdbesockten Fuß und ließ Nicole reden. »Frankie ist der Größte! Oder Bing Crosby, kennst du die?« Sie legte eine andere Platte auf. Ihr Vater war heute Versicherungsagent, damals war er ein aktiver 68er gewesen, die Mutter hatte Soziologie studiert, die war schon in Ordnung. Sie hatte noch vier Geschwister. Die waren alle jünger. Sie war noch in einem Kinderladen aufgewachsen, die anderen kamen in so einen von der evangelischen Kirche. Aber echt progressiv, verstehst du. Sie hatte das Abitur und dann noch zwei Semester auf der Akademie rumgepinselt. Nein, zu Hause hatte sie es nicht mehr ausgehalten. Sie war mit so einem Typen nach Indien getrampt, aber der war ein Gurufucker-Arschloch. Die Rückfahrkarte hatte sie in einer Bar abgejobbt. Ab und zu mal Beine breit, geht schneller. Sie lachte ihr unschuldiges Susilachen. In New York war sie auch schon gewesen, in San Francisco, in Irland und auf den Malediven. »Das war vielleicht ein Knacker. Stank vor Geld, Superyacht und Servants von vorn bis hinten, und wir waren bloß fürs Image eingeladen, nix bumsi-bumsi, der stand auf Männer.«
»Hat dir das denn Spaß gemacht?« Jutta versuchte, den Tadel in ihrer Stimme zu unterdrücken.
»Spaß? War halt ein cooler Job. Saufen, Fressen, Rauchen und Dach überm Kopf, alles franko und noch die große weite Welt als Beigabe dazu.«
»Und?« Jutta ertappte sich dabei, das Mädchen zu beneiden, das schon so viel erlebt hatte und alles so lässig erzählen konnte. Nicole hob die Schultern.
»Was und?! Nichts wie Motherfuckers, wo immer du hinschaust. Money, Kies und Kohle, Kaufen und Verkauftwerden, alles eins. Sonne und Palmenstrand machen da keinen Unterschied, das schwör ich dir.«
»Aber du mußt doch auch andere Leute kennengelernt haben.« Jutta sah ihr eigenes Leben und hatte Angst davor, daß auch die Hoffnung, die phantastische Möglichkeit zu einem anderen Leben von diesem Mädchen zerstört wurde. Nicole schenkte Sekt nach. Orangenschnipselchen blieben am Glasrand kleben.

»Na ja, die Tramper, die Rucksacktypen. Heute hier und morgen da. Nie einen Tag zu lang, immer auf der Suche. Leih mir paar Pesos, ich geb dir 'nen Joint dafür. Stoff und Körner, Gurus und ein Schlafsack. Und Loch ist Loch, genauso wie in Frankfurt oder Castrop-Rauxel, und wenn der Yachtkerl besser zahlt, meine Güte, hör bloß auf mit denen!«
»Und?« Jutta hörte aus dem einen Wort ihre Mutterstimme heraus, griff nach dem Glas. »Ich mein, was willst du machen?«
Nicole lachte, stand auf und drehte die Platte um. »Weitersuchen, was sonst? Vielleicht find ich was, bevor die Bombe fällt oder das nächste KKW heißläuft.«
Jutta wollte etwas sagen, wußte aber, was immer sie sagen würde, es konnte Nicoles Redefluß stoppen. Steckte sich eine Zigarette an. Nicole drehte sich braune Krümel aus einem Alupäckchen in ihre Bison-Halfzware hinein. Weihrauchduft breitete sich aus. Nicole beugte sich vor und gab Jutta die Zigarette. Das Mundstück war feucht. Jutta versuchte zu inhalieren, hustete, sog noch einmal. Gab den Joint zurück. Uwe sah im Drogenproblem die eigentliche Geißel der Neuzeit. Er machte keine Unterschiede zwischen Pot, Heroin und Kokain, alles waren für ihn nur Fluchtmöglichkeiten für labile Typen. Sie machten passiv und abhängig. Bier, Korn und Wein waren okay, die machten aktiv und törnten an. Ihn jedenfalls. Nikotin hielt er zwar für gesundheitsschädlich, aber ansonsten für harmlos. Er gewöhnte sich das Rauchen jedes Jahr ein paarmal ab. Drei, vier Wochen, dann begann der Gürtel seiner Hose zu kneifen, und er fing wieder an. Sie sog noch einmal, behielt den Rauch länger in der Lunge und wartete auf eine Reaktion. Eine leichte Benommenheit, sonst nichts. Nicole beobachtete sie lächelnd. »An was denkst du?«
»An nichts.«
»Das ist gut.« Nicole lehnte sich zurück und schloß die Augen. Entspannt, jung. Ich bin kaum zehn Jahre älter, dachte Jutta, und fühl mich, als könnte ich ihre Mutter sein. Mutter. Ab und zu träumte sie von ihrer Mutter, tagsüber dachte sie kaum an sie. Solang sie sich erinnern konnte, hatte die Mutter immer gearbeitet. Auch wenn es nichts zu tun gab, war sie ständig in Bewegung. Räumen, kochen, nähen, putzen, Unkraut jäten oder schon im Sommer Weihnachtsgeschenke basteln. Wer rastet, der rostet. Fernsehen mochte sie nicht, vielleicht, weil

sie kurzsichtig war und sich weigerte, eine Brille zu tragen. Eine Frau muß immer feminin und anziehend bleiben, auch im Alter. Ihr Vater war gestorben, als sie zwölf war. Herzinfarkt. Die Traueranzeige, die seine Firma in die Zeitung setzte, war doppelt so groß wie die von der Familie. Das hatte die Mutter mehr als alles andere getroffen. Sie weigerte sich, in der billigen Firmenwohnung zu bleiben. Konnte sich von der Rente nur eine winzige Zweizimmerwohnung leisten. Die Enge war unerträglich. Jutta durfte nie Freunde mitbringen, die machten zuviel Dreck und Krach. Sie begann neben der Handelsschule zu jobben und die Nächte über wegzubleiben. Als sie Uwe kennenlernte, fand sie ihn langweilig und hatte keine Lust, mit ihm ins Bett zu gehen. Er war hartnäckig. Als er ihre Mutter kennenlernte, bat er um ihre Hand. In aller Form. Jutta machte ihm Vorwürfe, er hätte sie immerhin vorher fragen können. Aber sie war auch geschmeichelt. Noch nie hatte einer sie heiraten wollen. Darüber machte man höchstens blöde Witze. Trotzdem zögerte sie. Den Ausschlag gab das veränderte Verhalten ihrer Mutter. Sie hatte schlagartig aufgehört zu nörgeln und an ihr herumzukritteln, sie war plötzlich wie ausgewechselt. Lieb, zurückhaltend, fast unterwürfig. Als Uwe eines Tages ankam und eine preiswerte Wohnung an der Hand hatte, für die ein kinderloses Ehepaar gesucht wurde, sagte sie zu. Sie kam sich frei und erwachsen vor, sie war nicht länger Tochter, sie war Frau.
Inzwischen hatte sie schon ein paarmal mit Uwe geschlafen, es war nicht gerade aufregend gewesen, aber er selbst war so unsicher, daß sie das rührte. Die Mutter nähte ihr ein taubenblaues Jackenkleid für die Feier und richtete ein kleines Essen für den engsten Familienkreis. Zwei Studienkollegen von Uwe, die die Trauzeugen gespielt hatten, waren die einzigen in dunklen Anzügen. Die Mutter umarmte sie und küßte Uwe, nannte ihn »mein Sohn«.
Er bosselte an seiner Doktorarbeit, Jutta verdiente das Geld. Zuerst als Großraumtippse. Lernte nebenbei Französisch und vertiefte ihr Englisch und Spanisch. Uwe arbeitete bis spät in die Nacht, er vertrug keinen Lärm. Sie hätte es unfair gefunden, abends allein auszugehen. Es war ein trauliches Bild, wenn sie zusammen in dem winzigen Wohnzimmer über ihren Büchern hockten und abwechselnd den Tee aufbrühten. Jutta hielt sich für glücklich, aber erst, als sie schwanger war,

merkte sie, daß etwas gefehlt hatte. Sie waren sich von Anfang an einig, sie wollten das Kind behalten. Erst dann würden sie eine richtige Familie sein. In dieser Zeit war Jutta wirklich glücklich. Wenn sie vom Büro heimkam, war der Mülleimer geleert und das Essen vorbereitet, der Teppich gesaugt und der Kühlschrank gefüllt. Uwe paßte auf, daß sie nichts Schweres trug und sich nicht zuviel bückte. Las Bücher über Schwangerschaft und die richtige Ernährung. Es gab viel Vitamine und Eiweiß und keinen Alkohol. Abends im Bett küßte er sie nur sanft auf die Stirn, als wäre sie aus Glas. Sie empfand das als Erleichterung, denn seit sie verheiratet waren, hatte er immer seltsamere Ansprüche gestellt. Liebte es, wenn sie statt der bequemen Strumpfhosen Strapse trug, und fand es aufregend, sie ein bißchen zu fesseln. Sie hatte mitgemacht, sie wollte nicht spießig erscheinen.
Die Geburt war leicht und unkompliziert, und Jutta genoß es, der Mittelpunkt zu sein. Uwe kam täglich mit frischen Blumen, die Schwestern im Krankenhaus liebten ihn. Die Mutter brachte eine komplette Erstausstattung, von der Familie kamen Päckchen mit Strampelhosen, Hemdchen und Wolljäckchen. Susanne ist ein schöner Name. Mutters verstorbene Schwester hieß Susanne. Uwe fand den Namen auch schön. Und den Stammhalter nennt ihr dann Martin, nach dem Großvater. Uwe war einverstanden.
Er konnte nicht genug betonen, daß er die einzige nette Schwiegermutter auf der ganzen Welt erwischt habe. Sie waren sich einig.
Jutta hatte an andere Namen gedacht. Daniela fand sie schön, oder Hanna oder Beate. Sie ließen sie kaum aussprechen. Du brauchst Ruhe. Sie schraubten ihr Bett flach und brachten ihr Johannisbeersaft zur Blutbildung mit.
Als Uwe sie aus der Klinik abholte, machte er ein geheimnisvolles Gesicht. Er trug den Korb mit dem Baby und die Tasche mit ihren Sachen, stützte sie liebevoll am Ellbogen. Nein, wir brauchen kein Taxi. Auf dem Parkplatz stand ein olivgrüner VW-Combi. Fast neu. Kindergitter hinten, Stereoanlage, Fußmatten. Sie wollte Fragen stellen, er blieb geheimnisvoll. Fuhr nicht zu der alten Wohnung.
Das war der Clou. Er hatte einen Job bekommen, eine neue Wohnung gemietet. Da stand es über dem Klingelknopf: Dr. U. Behling. Er hatte seinen Doktor durch. Sie waren oben.

Ein quadratischer Flur, zwei große Zimmer, eine helle Kammer. Märchentapeten, Bauklotzregale, Plüschtiere und ein Gitterbettchen mit weißem Tüllhimmel. Auf der Badewanne ein selbstgebautes Wickelbrett, ein Regal mit allem, was man brauchte, ein Fach voller Windeln und Höschen, zwei Pakkungen Pampers. Uwe hatte an alles gedacht. Im Kühlschrank standen Champagner und Krabbensalat aus dem Feinkostgeschäft. Uwe legte Mozart auf und zündete die Kerzen an. Jutta warf sich auf den nächstbesten Sessel und heulte los. Uwe umarmte sie und tröstete sie. Auch über postnatale Depressionen hatte er gelesen.
Er verstand nicht, weshalb sie wieder arbeiten wollte. Er begriff nicht, warum sich eine fremde Frau um das Kind kümmern sollte, wenn es doch eine eigene Mutter hatte. Und wenn es auch nur halbtags war, ein Kind braucht seine Mutter. Jutta nahm heimlich die Pille.
»Du hörst gar nicht zu!« Nicoles Stimme klang leicht verschwommen, vorwurfsvoll.
»Ich hör alles. Du bist in Bangkok, flohzerstochen und keinen Dollar in der Tasche.«
»Mali!«
»Sag ich doch.«
»Jedenfalls kam da der Kerl und bot mir 'nen Job in seiner Bar an. Ich denk, servieren und Drinks mixen, okay, aber weißt du, was das war?! Das war doch echt so eine von diesen beknackten schwülen Oben-ohne-Pinten. Das einzige, was man da zum Anziehen bekam, das war so eine Flitterkrawatte um die Hüften. Und 'ne silberne Plastikrose auf den Bauchnabel, das war das Markenzeichen. Und entweder der Scheiß klebte nicht, oder doch, und du hast den ganzen Nabel voll mit Kleister ...«
Da war keine Zeit mehr zum Nachdenken. Der Job, dann schnell einkaufen und heim, die Leihoma löhnen, Susi trösten, weil sie ihr nachweinte, Essen machen, Wohnung putzen, Mutter anrufen, mit Susi spielen, alles wieder wegräumen, Abendessen vorbereiten, Susi waschen und niedlich anziehen, ins Bettchen legen, sich selbst ein bißchen zurechtmachen und ganz relaxed und entspannt bei Kerzenschein auf Uwe warten.
Uwe kam immer seltener pünktlich heim, oft war es weit nach Mitternacht, und er war betrunken. Ließ sich nicht davon ab-

halten, Susi wachzuküssen, wich zurück, wenn sie dann zu schreien anfing, suchte im Fernseher nach einem Nachtwestern. Trank weiter und warf Jutta aufs Bett.
Meistens war er zu betrunken. Dann wurde er gemein und beschimpfte sie, nur um am nächsten Tag besonders zärtlich und liebevoll mit Susi zu spielen. Oder er war nicht völlig blau, aber sie ekelte sich vor ihm. Dann schlug er sie. Nicht gezielt, einfach nur wütend. Damals. Es war Winter, und sie schämte sich. Sie trug eine dicke Schicht Make-up auf und nahm eine Sonnenbrille. Das Auge schwoll so zu, daß es gegen die Brille stieß, sie vertippte sich dauernd. Später wurde sie geschickter, lernte auszuweichen, Ausreden für die anderen zu erfinden und damit zu leben. Sie wußte, daß sie nicht die einzige Frau war, die von ihrem Mann geschlagen wurde, aber sie wollte es nicht zugeben. Klammerte sich nach außen hin an ihrem Tchiboglück fest und nahm sich immer wieder vor, sich beim nächsten Mal von ihm zu trennen.
Susi.
»Das ist unvorstellbar. Vollkommen irr. Kannst du dir das vorstellen, die Bullen sperren den Strand ab, weil dich sonst die bettelnden Kinder überfallen würden. Schwärme, verstehst du?! Unzählige. Wie die Ameisen. Zerlumpt und braun und dünn wie die Zaunlatten. Riesenaugen. Du darfst ihnen keine Münze, keinen Bonbon geben, sonst vermehren sie sich zu Millionen.« Nicole kicherte. »Ich hab immer extra die Münzen gespart und ihnen hingeworfen. Das konnte der nicht verdauen, da wurde der echt wahnsinnig. Der in seinem Fett, alles rosa platzende Blasen, und um uns rum und über uns diese Millionen von dünnen braunen Kindern. Der hat voll durchgedreht...«
Susi war ein niedliches, intelligentes Kind. Sie schätzte die Situation immer richtig ein, war lieb zu Papi oder sanft mit Mami. Hatte Charme. Kam mit allen gut zurecht, ging gern in den Kindergarten, später ebensogern in die Schule, fand überall sofort Freunde.
Susi war der Mittelpunkt, das absolute Zentrum, die Kraft, die alles zusammenhielt.

»Ich muß heim.« Es klang nicht sehr überzeugend, und Nicole ging nicht darauf ein. Sie saßen im Biergarten und tranken eine Radlermaß zusammen. Die Kastanien strotzten in safti-

gem Maigrün, die Sonne ließ helle Lichtflecken auf den Holztischen aufbrennen. Familien und Cliquen, karierte Tischtücher und Berge von Brezen, Würsten, Broten und Radieschen. Bernsteingelbe Bierkrüge, Stimmen, Lachen, duzende Verbrüderung über die Tische hinweg. Kinder, Hunde, Spatzen und eine zerfledderte Dixieband auf der Wiese nebendran. Pfingstmontag.
»Ich muß heim«, sagte Jutta noch einmal, aber so leise, daß Nicole es gar nicht hören konnte. Morgen früh würde sie im Büro anrufen, aber sie war ziemlich sicher, daß sie die ganze Woche frei haben konnte. Susi war auch noch nicht da. Uwe zu sehen, fürchtete sie sich. »Ich muß heim.«
»Der kommt zurück«, sagte Nicole plötzlich und griff nach dem Bierkrug des Nachbarn. Trank, wischte sich den Schaum vom Mund. »Der Typ, dem die Wohnung gehört.« Stellte den Krug zurück, gab dem Mann ein Küßchen und lächelte der Ehefrau mechanisch zu. Starrte vor sich hin, wandte sich plötzlich Jutta direkt zu. »Verdienst du viel?«
Jutta schwieg, aber Nicole schien auch keine Antwort zu erwarten. Als Susi in den Kindergarten kam, war der Tag für Jutta lang und leer. Sie hörte von einer Kollegin, daß eine Produktionsfirma eine Fremdsprachensekretärin suchte, und stellte sich vor. Sie war eingestellt, noch bevor sie ihren Namen, geschweige denn ihre Gehaltsforderung aussprechen konnte. Es war das absolute Chaos. Ständig rannten irgendwelche Leute aufgeregt schreiend hin und her, und mindestens drei Telefone läuteten zur gleichen Zeit. Jutta wurde mit Worten und Ausdrücken bombardiert, die sie in ihrem Leben noch nie gehört hatte, und fand niemand, der sie ihr erklären konnte. Aber sie lernte schnell und konnte nach einer Woche bereits so tun, als kenne sie sich aus. Ihr Kaffee war berühmt, und sie sprang überall ein, wo jemand gebraucht wurde. Nach zwei Wochen nahm sie der Chef zum ersten Mal wahr. Sie würde mehr als das Doppelte verdienen und, wenn sie blieb, Ende des Jahres an der Gewinnausschüttung beteiligt werden. Sie konnte sich einarbeiten, sie konnte sogar Produktionsassistentin werden.
Uwe drehte durch. Es kam immer wieder vor, daß er sich sein Essen allein machen mußte, ja sogar, daß er Susi vom Kindergarten abholen mußte. Jutta versuchte, beides richtig zu machen. Bekam immer wieder mal einen Tag frei, putzte, kaufte

ein, kochte etwas Besonderes. Aber Uwe maulte auch dann. Er verdiente doch weiß Gott genug. Er hatte verdammt noch mal ein Recht auf seine vorgewärmten Ehepantoffeln. Oft war Jutta nah dran, den Job hinzuschmeißen.

Dann kam wieder so eine Nacht, ein unerwarteter Termin, alle blieben in der Firma, und alle machten alles. Ein Redaktionsgespräch, es ging um eine Serie. Jutta besorgte Wein und kalte Platten, kochte Kaffee und Tee und leerte die Aschenbecher. Stenographierte das Protokoll. Die Sitzung ging bis kurz nach eins, die französischen Co-Partner wollten noch etwas von der Stadt sehen. Aber morgen früh mußte das Protokoll fertig sein. Sie tippte, während in der Küche der Chef das Geschirr spülte. Der Produktionsleiter trocknete ab, die anderen waren schon in eine Bar vorausgegangen. Es war kurz vor vier, als sie heimkam. Uwe wachte sofort auf. Beschimpfte sie und drohte mit Scheidung. Jutta zog sich mit den eckig-konzentrierten Bewegungen völliger Übermüdung aus und legte sich neben ihn ins Doppelbett. Teilte ihm akzentuiert mit, daß sie nie, aber auch niemals diesen Job aufgeben würde und daß sie mit einer Scheidung jederzeit einverstanden sei. Dann schlief sie ein.

Als der Wecker läutete, war Uwe schon weg. Die Küche war aufgeräumt, Susi war im Kindergarten, der Frühstückstisch gedeckt. Neben dem Teller ein Zettel mit von Susi gemalten Blümchen. Love.

Uwe änderte sich. Er sprach nie wieder davon, daß sie den idotischen Job aufgeben solle, im Gegenteil, er las Frauenartikel in den Zeitschriften und laberte am Biertisch von Emanzipation. Zwar war nach drei Tagen der Mülleimer wieder zum Platzen voll, die Küche ein Abfallplatz und der Kühlschrank ein Vakuum, aber er sprach nicht mehr davon. Er ließ es laufen, kaufte einen neuen Volvo und einen Farbfernseher. Im Sommer machten sie Ferien in Fuerteventura, in einem Bungalow, den sie durch Kollegen etwas billiger mieten konnten.

Sonne, Meer und lustige Kneipen. Kein Gestern, kein Morgen. Sie lagen nackt am Strand, rauchten, schliefen, aßen Tomaten, Käse und harte Eier und tranken lauwarmen Rotwein aus der Lederflasche dazu. Susi war nach einer Woche dunkelbraun und spielte mit den anderen Kindern, Uwe bekam einen grausigen Sonnenbrand und ließ sich genüßlich ächzend von Jutta mit After-Sun einmassieren. Er brachte ihr abends Alka-Seltzer ans Bett und holte morgens das frische Brot. Er baute für Susi und die anderen Kinder eine große Sandburg und trocknete Seesterne für sie. Der spanische Kellner in ihrem Lieblingslokal brachte extra Kinderportionen für Susi und flirtete mit Jutta. Uwe genoß sogar das, sie wurden immer als erste bedient. Als sein Sonnenbrand abgeheilt war, schliefen sie auch wieder miteinander, er war lieb und relaxed. Jutta dachte dabei an den Kellner, schämte sich und hatte gleichzeitig ein angenehm unverbindliches Prickelgefühl.

»Weil ich eine Wohnung wüßte«, sagte Nicole. »Nicht zu teuer, 580 und die Nebenkosten, das ist doch heute geschenkt. Zwei Zimmer und Loggia, keine zehn Minuten von hier. Super!«

Jutta sah sie an, nahm jetzt erst den angespannten Ausdruck in ihrem Gesicht wahr und dachte an den ganzen Kram, den sie auf dem Flohmarkt verhökert hatte, die Jeans und das Sweatshirt, die sie immer noch trug.

»Ich muß heim«, sagte sie, laut diesmal, stand auf. Nicole schaute zu ihr hoch, verloren und resigniert, nickte.

»Tschau.«

Im Treppenhaus roch es nach Putzmittel, die Fenster auf den Hof blitzten. Neben dem Lift die Hausordnung hinter durchsichtigem Plastik. Rot. Grün, die Stahltür öffnete sich quietschend. Die jugoslawische Familie aus dem dritten Stock. Die Oma, ganz in Schwarz, und das Kind, in einem rosa-weißen Pepitakleidchen, grüßten, die Eltern schauten starr an Jutta vorbei. Die Oma mußte einen Satz machen, weil sich die Tür schon wieder schloß. Der Teppichboden im Flur war erst im letzten Jahr erneuert worden. Jutta schloß die Tür auf.

Sauber. Das war der erste Eindruck, sauber. Überall Licht und aus dem Wohnzimmer leise Musik. Errol Garner oder so was. Uwe sprang auf, kam ihr entgegen, küßte sie auf beide Wangen und stellte sie vor. »Da bist du ja. Jutta, darf ich dir meine Freunde vorstellen, Brigitte und Konny.« Jutta gab artig Pfötchen. Die beiden waren etwa dreißig, sie trug eine Brille und war lang und dünn, er etwas kleiner, untersetzt mit einem dunklen Kinnbart und freundlichen braunen Augen. Konny, Jutta erinnerte sich, ein Kollege von Uwe, er hatte sich immer über ihn und sein spießiges Familienleben lustig

gemacht. Jede Menge Kinder. Richtig, Brigitte hieß die Frau. Müßte sich mal die Zähne richten lassen. Schenkte Jutta vom Wein ein, als wäre sie hier die Hausfrau.
»Ich hab schon so viel von Ihnen gehört. Ich bewundere Sie, ehrlich. Wie Sie das schaffen, Kind *und* Beruf!« Kurzer Blick zu Konny, der mit Uwe über Computer und Computerprogramme sprach, kurzes Lachen. »Bevor ich überhaupt wußte, wie das geht und was los ist, da hatte ich ja schon vier. Zwei Jungen, zwei Mädchen, da kommt man zu nichts mehr, das sage ich Ihnen, Sie haben ja Glück mit Ihrem Mann.«
Wieder kurzer Blick zu Konny.
»Heute abend ist die Tochter vom Nachbarn bei uns. Da läuft was im Fernsehen. Ich bin ganz sicher, die steckt die Kinder erst ins Bett, wenn sie unser Auto hört.« Wieder dieses perlende Gluckenlachen. »Ist ja richtig schade, daß Ihre Susi jetzt nicht hier ist, sie ist grad so alt wie unser Zweitjüngster. Florian, der ist acht.« Lachen und noch immer keine Alarmglocke.
Jutta empfand nur die segensreiche Pause, die ihr dieses unerwartete Geschwätz verschaffte. Eigentlich war doch diese Brigitte eine ganz patente Frau. Meine Güte, vier Kinder! Sie schenkte sich und ihr nach und lächelte. Schiefe Braunzähne.
»Aber so sehr die Bande mir ja auch den letzten Nerv tötet, ganz trennen könnte ich mich nicht von ihr.«
Frage im Blick.
Wovon redet die Frau eigentlich???
»Obwohl, Ihr Mann hat ja versichert, daß sich Susi bei ihren Großeltern sehr wohl fühlt. Und Sie haben ja Ihre Arbeit. Meine Güte, wenn man denkt, wissen Sie, ich hab nämlich Kunstgeschichte studiert.«
Brigitte und Konny sahen sich an. Tiefes Einverständnis, kleine Zeichen ohne Worte. Standen fast gleichzeitig auf. Verabschiedeten sich. Gegeneinladung. Meine Frau macht das beste Irish Stew außerhalb Irlands, haha. Sie waren wirklich ungemein nett und freundlich, alle beide. Uwe brachte sie sogar zum Lift, ein Schulterschlag für Konny, ein Handkuß (sic) für Brigitte. Jutta wartete in der offenen Wohnungstür auf ihn, bereit, über ihn herzufallen und ihn zu zerfleischen. Er kam zurück, schob sich mit dem unverändert heiteren Gentlemanlächeln an ihr vorbei, ging ins Wohnzim-

mer, trug die schmutzigen Gläser und Aschenbecher in die Küche.
»Was soll das heißen?« Ihre Stimme klang, so glaubte sie, kühl und beherrscht. Er wollte durch die Tür, sie stemmte beide Hände gegen den Rahmen. »Was das heißen soll, verdammt noch mal! Daß du mit wildfremden Menschen über uns und Susi sprichst!«
»Konny ist ein Kollege, und die beiden sind meine besten Freunde«, er schob sie wie einen Vorhang zur Seite. »Er hat mir ein paar Unterlagen mitgebracht, die möchte ich gern noch durchsehen.« Ging zu seinem Arbeitszimmer.
Jutta schrie. Konnte das hysterische Überkippen ihrer Stimme nicht mehr verhindern, rannte hinter ihm her, riß ihn am Hemdkragen. Er schlug ihre Hand weg, wie man einen jungen Hund klapst, traf mit der Handkante ihren Knöchel, der Schmerz zuckte bis in den Ellbogen hinauf. Sie erstarrte, er lächelte immer noch, sein Mund bewegte sich lautlos, es schien ihr Stunden zu dauern, bis die Worte ihr Ohr und ihr Gehirn erreichten. Die Tür schloß sich hinter ihm.
Sie ging in die Küche, wusch das Geschirr, räumte auf, ging ins Wohnzimmer, schaltete die Tagesschau ein, rauchte, leerte den Aschenbecher, trank einen Rest Wein im Stehen aus der Flasche. Steckte eine neue Tüte in den Mülleimer. Sah durch die Tür Uwe zum Schlafzimmer gehen und mit Laken und Kissen und Decke wieder in seinem Arbeitszimmer verschwinden. Hörte das Wasser im Bad rauschen, seine nackten Schritte und das Klicken des Schlüssels, als er sich in seinem Zimmer einschloß. Als ob sie ihn vergewaltigen wollte. Der plötzlich aufsteigende Lachreiz verwandelte sich ebenso plötzlich in einen Weinkrampf.
Er hatte Susi von der Schule abgemeldet und, wie immer er das trotz der Feiertage geschafft hatte, in der Stadt, in der seine Eltern wohnten, angemeldet. Er hatte mit Susi am Telefon gesprochen, sie verstand, daß die Mutter arbeiten mußte, sie würde sie bald besuchen. Es war nur ein Übergang. Er wollte seinem Kind die unangenehmen Scheidungsdiskussionen ersparen.
Auf dem Schnittbrett neben dem Kühlschrank lag das große Brotmesser. Der rötliche Griff schimmerte weich – faß mich an, nimm mich in die Hand –, die gezackte Klinge funkelte scharf unter der hellen Küchenlampe.

Jutta stand auf und ging ins Schlafzimmer. Sie zog sich um und packte wahllos ein paar Klamotten in eine Reisetasche. Legte eins von Susis Plüschtierchen obendrauf und zog den Reißverschluß zu. Sie hatte Angst, aber noch war das Gefühl irgendwo draußen und nicht faßbar.
Sie läutete zum dritten Mal. Nicole mußte da sein, sie sah den Lichtstreifen unter der Tür, wenn die automatische Flurbeleuchtung ausging, und sie hörte Musik. Chopin. Klavierkonzert. Sie läutete Sturm.
Die Tür wurde so heftig aufgerissen, daß Jutta erschrak. Der Mann war etwa Mitte Dreißig und hatte nur eine winzige Unterhose an. Dunkelbraun gebrannt. »Sorry«, sagte er, als er mit Fluchen fertig war und Juttas lahme Erklärungen in sich aufgenommen hatte, »Nicole wohnt nicht mehr hier, und sie braucht sich hier auch nicht mehr blicken zu lassen, Scheißkuh!« Er wollte die Tür wieder zuschlagen. Jutta war mit ihrer Reisetasche schon fast beim Fahrstuhl. »Hey«, sie blieb stehen, und er nannte ihr eine Kneipe, in der sie Nicole vermutlich antreffen würde.
Nicole war weder da noch in der nächsten, die ihr der Barkeeper so freundlich genannt hatte. Es war egal, Jutta trottete mit ihrer Reisetasche durch die Straßen und Pinten und traf immer Leute, die Nicole gerade gesehen hatten.
Sie fand sie Stunden später, rein zufällig, vor einer Pizzeria, auf den Stufen hocken. Sie schien nicht überrascht zu sein. Stand nur auf, nahm ihr die Tasche ab und ging voraus. Jutta lotste sie mit in ein Bierlokal und bestellte ihr ein Essen. Sie aß hungrig, aber abwesend. Sprach kaum. Brachte sie danach zu einem halbverfallenen kleinen Gartenhaus am Rand der Stadt – Jutta zahlte das Taxi –, in dem sie auf feucht verschimmelten Matratzen schlafen konnten. Der Schlüssel lag in der Dachrinne, die Petunien und Geranien im Vorgarten waren vertrocknet, Nicole drehte den Gartenschlauch auf. »Gehört Freunden«, sagte sie vage, »wenn wir von innen abschließen, kommt keiner rein.« Viel mehr sprach sie an diesem Abend nicht mehr.
Jutta schlief kaum. Beobachtete den langsam auf den Holzboden runterbrennenden Kerzenstummel, den Nicole achtlos neben ihre Matratze geklebt hatte, und löschte ihn im letzten Moment. Schimmelmief. Das Rascheln von Mäusen oder Ratten im Gebälk.

Irgendwann schlief sie ein. Platschender Regen weckte sie auf. Nicole stand splitternackt vor der Glastür und nahm eine Naturdusche. Kicherte. Trocknete sich mit einer alten Wolldecke ab, die sie danach in eine Ecke warf. Schien es eilig zu haben, Jutta ließ sich anstecken. Sie liefen durch den Regen. Fast eine Stunde bis zur nächsten Bushaltestelle. Fuhren in die Stadt und tropften ins erstbeste Café. Zogen sich nacheinander aus Juttas Reisetasche um und bestellten Frühstück. Sahen sich an, lachten, aßen, bestellten nach dem Kaffee Sekt. Jutta fragte nach der Wohnung.

»Klar, die ist noch zu haben. Ich kenn die Leute.«

Keine Frage, kein Warum. Jutta nickte nur, stand auf, ging zum Telefon und rief ihren Chef an. Das Projekt war verschoben, eine Woche Urlaub oder auch zwei, wenn sie wollte. Vorschuß okay. Sie fuhren mit dem Taxi vor.

Die Wohnung war gräßlich.

Düster, feucht und eng. Anderthalb Zimmer von einer vormaligen Herrschaftswohnung abgetrennt, zerfledderte Tapeten, blutrote Ölfarbe im sogenannten Bad, die Parkettböden mit Linoleum zugedeckt. Schmale und viel zu hohe Fenster auf einen trüben Betonhinterhof voller Autos. Mülltonnen. Um den Himmel zu sehen, mußte man sich auf den Boden legen. Jutta sah Nicole zu, die strahlend wie eine Katze vor dem Sahnetopf durch die Wohnung strich und sie in Gedanken schon einrichtete. Zwischendrin dem Hausmeister zulächelte, von dem sie die Wohnung bekommen sollte, und der, wie sie Jutta zuflüsterte, dafür ein paar Scheine extra erwartete.

Jutta zückte ihr Scheckbuch. Die Plastikmappe war noch prall von ungenützten Euroschecks. Sie fingen sofort mit der Arbeit an. Rissen das Linoleum raus und die Tapeten runter. Bestellten und kauften ein, Betten, Sofas, Stühle, Tische, Lampen, Regale. Wasserfeste Bahamatapeten fürs Bad. Eimer voll Farbe und Kleister. Nicole arbeitete wie ein Kerl. War wie umgewandelt. Kochte Tee und kaufte Brotzeit ein. Von irgendwo kamen wie durch Zauberhand Freunde dazu, ein Peter, ein Klaus, ein Ralf und eine Isolde. Einer von ihnen hatte einen VW-Bus, Werkzeugkästen, Bierkästen, alte Vorhänge. Teppichfliesen wie neu. Nach weniger als einer Woche sah die Wohnung wirklich aus wie eine Wohnung.

In der Küche konnte man essen, leben und wohnen, der Kühlschrank (von Ralf?) war gefüllt, auf dem Balkon standen ein

Kasten Bier, einer mit Selters und zwei Korbflaschen mit Wein. Das große Zimmer war Juttas, in ihm standen der Fernseher und das Sofa, das kleine war Nicoles und vorläufig Abstellkammer.
Die graue Betonwüste blieb hinter Rolläden und Vorhängen verborgen. Jutta saß mitten zwischen ihnen. Rauchte Joints zwischen ihren Filterzigaretten und trank offenen Wein. Jemand drückte ihr eine Schüssel mit Chili con carne in die Hand, einen Löffel. Die Namen konnte sie sich nicht merken. Sie waren alle lieb und freundlich, und keiner gab ihr das Gefühl, zehn oder sogar fünfzehn Jahre älter zu sein. Johnny Cash. FLEETWOOD MAC war out, Oldies waren in. Als sie den Sekt vom Balkon holte, schrien und johlten alle. Hielten Biergläser und Keramiktassen hin. Jutta ging davon aus, daß die ganze Bande sich hier für immer und ewig einnisten würde. Aber am nächsten Morgen waren sie alle verschwunden.
Jutta schlief fest und friedlich. Wurde vom Summen des Staubsaugers (von Klaus?) wach, hörte Geschirrklappern in der Küche. Quälte sich quelläugig ins Bad und wusch sich unter den Palmen von Haiti (oder Bahamas). Putzte sich die Zähne vor einem englischen Werbespiegel und tupfte sich Patschuli hinters Ohr wie 4711.
Nicole hatte aufgeräumt und abgewaschen. Jutta wischte ein bißchen nach, umarmte Nicole und gab ihr Geld, um frische Semmeln zu holen. Das erste richtige Frühstück. Die Sonne spiegelte sich in einem Fenster am Haus gegenüber und schickte einen Sonnenstrahl über die Tischdecke (von Isoldes Mutter!). Earl Hines sang aus dem großen Zimmer. Sie hatten eine Wohnung, sie hatten Ferien, alles andere würde sich finden.
Sie hatten Zeit.
Nicole biß herzhaft in die dritte Schinkensemmel und schlug einen Stadtbummel vor. »Du hast doch noch bißchen Geld über, oder?« Teppiche, Rahmen für die selbstgemalten Bilder, und ein Schaukelstuhl, das war schon immer mein Traum.
Sie zogen los, kamen an einer Boutique vorbei, Freunde von Nicole, kleideten sich neu ein, kauften noch ein paar Fummel im Kaufhaus dazu und gingen dann im Terrassencafé essen. Mit allem Drum und Dran. Brauchten ein Taxi zum Heimfahren. Dann kam auch noch der Mann von der Post und schloß das Telefon an. Jutta Behling. Sie gab ihm ein Trinkgeld, und

Nicole zeigte ihr den Trick, kostenlos mit Japan zu telefonieren.
Susi und die Schwiegereltern rief sie an diesem Tag nicht mehr an.

Die angeblich verschobene Produktion mußte plötzlich in ein Programmloch springen. Das absolute Chaos. Jutta kam kaum noch zum Schlafen, geschweige denn zum Nachdenken. Die Bücher mußten umgeschrieben werden, der Regisseur machte nicht mehr mit, der neue hatte ganz andere Vorstellungen, einige der Drehorte waren schlecht recherchiert, die Sitzungen wurden immer hektischer und dauerten oft bis in die Nacht hinein. Jeder mußte alles machen, und Jutta genoß die Turbulenz und das intensive Teamgefühl, das sich dabei einstellte. Wenn sie heimkam, war die Wohnung aufgeräumt, der Kühlschrank gefüllt, Abendessen oder ein Imbiß vorbereitet. Wenn Nicole noch wach war, freute sie sich, sie zu sehen, stellte keine Fragen, ging auf ihre erschöpfte Euphoriestimmung ein. Manchmal waren Freunde da, es gab spontane Parties, aber Jutta wurde respektiert, sie mußte arbeiten, sie mußte früh aufstehen, wenn sie müde wurde, verzogen sich die anderen unauffällig. Von Uwe hörte sie nichts.
In der Firma wurde sie inzwischen zu allen Fragen hinzugezogen, sie machte die Produktionspläne, sollte demnächst mit zum Drehen und später auch zu Verhandlungen ins Ausland. Für die reinen Schreibarbeiten gab es eine neue Sekretärin. Jutta war jetzt Produktionsassistentin und verdiente sehr gut. Aber das war es nicht einmal. Sie merkte, wie dieses neue Leben ihr gefiel, eine bisher ungeahnte Befriedigung. Bestätigung. Glück. Und je mehr sie arbeitete, desto entspannter und aktiver wurde sie.
Eines Abends kam sie heim und fand auf dem Küchentisch einen Zettel von Nicole. Bin in Bobbys Bar. Jutta lächelte. Duschte, zog sich Jeans, Hemd und Westchen an und zog los. Da Nicole nichts zum Essen vorbereitet hatte, vermutete Jutta eine Art Party bei Bobby. Die Kneipe war seit einiger Zeit in, man konnte dort Comics leihen oder Spiele, Platten mitbringen oder selber auf dem Klavier klimpern. Eine der letzten Kneipen, die noch nicht vom nüchtern-weißen Neon-Kachelbad-Look eingeholt worden waren. Goldgelbes Tiffanylicht gab einem auch mit dreißig noch das Gefühl, wie acht-

zehn auszusehen. Und obwohl sich hier Grüne und Ökos trafen, war die Gesundheits- und Körnerwelle noch nicht militant reingeschwappt, dazu war Bobby, der dicke Boß, viel zu sehr Genießer. Jutta schob die Tür auf. Schwaden von Zigarettenrauch mit einem süßlichen Hauch von Marihuana. Alle Tische voll. Sie ging an die Bar.
Nicole gab gerade drei Portionen Filetspießchen mit Endiviensalat aus. Zapfte Bier und füllte Wein ab. Zwinkerte Jutta zu, arbeitete.
Sie machte den Job cool und lässig und konnte auch mit Bobby gut umgehen, der nach dem dritten Korn geil und aufdringlich grob wurde. Jutta freute sich, hielt das alles aber für eine kurzlebige Weekendgeschichte. Aber nach vier Wochen arbeitete Nicole immer noch bei Bobby. Sie hatte von sechs Uhr abends bis zwei Uhr früh warme Küche, und die Bude war immer gerammelt voll. Wenn Nicole Zeit hatte, sang sie alte Schnulzen von Frank Sinatra oder Ella Fitzgerald, die Leute johlten vor Wonne.
Wenn Jutta einen freien Tag hatte, hockten sie zusammen auf dem Balkon, hörten Musik, tranken Sekt und knabberten die Leckereien, die Jutta mitgebracht hatte. Einmal war es eine ganze Schüssel voll Kaviar, die von einem Produktionsfest übriggeblieben war. Zuerst aßen sie ihn mit vollen Löffeln pur, dann legten sie Buttertoast drunter, am Schluß verfremdeten sie ihn sogar mit fein gehackten Zwiebeln. Kauften Champagner dazu und fühlten sich unheimlich high und snobby.
Uwe konnte nicht richtig genießen. Für ihn war ein Wiener Schnitzel mit Kartoffelsalat das höchste. Jutta lebte immer mehr auf.
Dann kam der Brief.
Stempel, offiziell, Anwalt. Gericht.
Uwe hatte die Scheidung eingereicht. Das war zu erwarten gewesen. Jutta bekam trotz allem einen Schock. Zeigte den Brief ihrem Firmenanwalt. Der telefonierte ein paarmal. Sah sie danach an, als wäre sie aussätzig. Bisher hatte sie ihn für einen ganz offenen und progressiven Typen gehalten. Sie verstand nur die Hälfte.
Uwe wollte die Scheidung. Das war klar und heute kein Problem mehr. Es ging um Susi. Und nicht mal um den Unterhalt, dafür war Uwe zu clever. Jutta hatte die eheliche Wohnung

verlassen, sie wohnte in eheähnlicher Gemeinschaft mit einer anderen Frau, dem allem durfte Susi nicht ausgesetzt werden.
Jutta versuchte einige Male, mit Susi zu telefonieren, meistens waren die Schwiegereltern am Apparat und blockten ab, einmal erwischte sie Susi, sie weinte. Die Schwiegermutter nahm ihr den Hörer weg und erklärte Jutta, daß Susi krank sei.
Die Frau im Kramladen nebenan erzählte, daß sich so ein seltsamer Mensch nach Jutta erkundigt habe. Uwe hetzte ihr Privatschnüffler auf den Hals. Der Briefwechsel zwischen den Anwälten schwoll an. Immer mehr schmutzige Wäsche. Obwohl das doch nun nach dem neuen Scheidungsgesetz alles ausgeräumt sein sollte. Jutta hatte sich nie richtig um ihr Kind gekümmert, sie war eine lesbische Karrierefrau, die ihre Nächte in Bars verbrachte. Kein ordentlicher deutscher Richter würde ihr das Kind zusprechen. Soviel war klar.
Nicole und ihre Freunde rieten Jutta zu kämpfen. Uwe hatte sie geschlagen, er war der erste gewesen, der sein Bett in einem anderen Zimmer aufgeschlagen hatte, er war doch der, der mit Nicole gebumst hatte, während Jutta das Geld für Familie und Kind verdiente.
Jutta dachte an Susi, und daß sie das Kind womöglich als Zeugen befragen würden. Sie hatte keine Kraft für diese Art von Kampf.
Die Auslandsreise wurde verschoben, Jutta bekam wieder mehr Schreibtischarbeiten. Die Scheidungsgeschichte erwähnte niemand, aber es hatte sich so etwas wie ein gläserner Ring um Jutta gebildet. Sie nahm wieder Stenogramme auf, kochte Kaffee und tippte Protokolle oder Drehbücher ab. Alle waren nach wie vor freundlich zu ihr, aber es war diese professionelle, nichtssagende Höflichkeit, die man auch lästigen Bittstellern entgegenbringt. Sie mußte nicht einmal mehr Überstunden machen.
Sie fuhr unangemeldet zu ihren Schwiegereltern.
Susi war nicht da. Sie war in einem Kinderheim. Zur Erholung, sagten sie. Nein, nichts Ernstes, nur so allgemein der Kreislauf. Sie waren nett und freundlich und boten reichlich zu essen an. Als unerwartet eine junge Nachbarin vorbeikam, saßen sie wie auf der Lauer. Offensichtlich erwarteten sie von Jutta, sich so wie eine Art weiblicher Jack the Ripper aufzu-

führen. Jutta tat es fast leid, sie enttäuschen zu müssen. Sie fuhr mit dem Nachtzug wieder heim, sie weigerte sich, Susi nun auch durch Privatdetektive suchen zu lassen. Sie glaubte an Gerechtigkeit.
Das Verhandlungszimmer sah aus wie in Ehen vor Gericht. Nüchtern, klein, hell. Lackiertes Fichtenholz und flimmernde Spätsommerhitze hinter den breiten Fenstern. Jutta war enttäuscht, sie hatte einen düsteren Gerichtssaal mit dunkel glänzenden Mahagonipaneelen erwartet, wie in einem alten englischen Kriminalfilm. Uwes Anwalt hatte Brandlöcher in seiner Kutte. Sie mußte kichern, versteckte sich hinter einem viel zu lauten Hustenanfall. Sie hatte ein Weißbier getrunken, um den Magen zu beruhigen, dann hatte Nicole ihr noch ein Valium gegeben. Irgendwie vertrug sich das Zeug nicht. Sie fühlte sich benebelt und abwesend, sah gleichzeitig Kleinigkeiten überdeutlich und kämpfte ständig gegen hysterischen Lachreiz. Ihr Anwalt sah wenigstens seriös aus. Graumeliertes Haar über einer makellosen Robe mit Satinkragen. Einer der Beisitzer gähnte, der Richter hatte tiefe Falten neben den Mundwinkeln, Magengeschwüre vermutlich.
Auf die Anhörung von Susi wurde verzichtet.
Eine Kinderpsychologin und ein Gutachter vom Jugendamt redeten über Susi wie über einen fremden Menschen. Susanne Behling. Sie fühlte sich wohl bei ihren Großeltern, Integration, Geborgenheit. Die schulischen Leistungen waren hervorragend, sie hatte Freunde und vermißte nichts. Dann fing der Brandlöchrige an, über Juttas Verfehlungen zu sprechen, sie hatte die Familie verlassen, sie war eine schlechte Mutter. Der Beruf war ihr wichtiger als das Kind, obwohl ihr Mann mehr als ausreichend verdiente. Das Schuldprinzip war abgeschafft, aber hier mußten einige Tatsachen aufgedeckt werden, da es um das Wohl des Kindes ging. Ein unschuldiges kleines Mädchen in den Fängen von zwei verantwortungslosen Lesbierinnen. Unvorstellbar. Sie hatten sogar Bobbys Vergangenheit durchleuchtet, wie die von Nicole und ihren anderen Freunden. Aufwiegler, Demonstranten und Hausbesetzer, wenn nicht Schlimmeres. Jutta hatte hinter dem zweiten Fenster von vorn eine Baumkrone entdeckt. Es mußte ein sehr alter Baum sein, wenn seine Krone bis hier herauf in den dritten Stock reichte. Aber das Faszinierende daran war, er war halb Linde, halb Buche. Jutta konzentrierte sich darauf,

nicht zu vergessen, nachher beim Rausgehen nachzusehen, ob es ein oder zwei Bäume waren.
Jetzt war ihr Anwalt dran. Er sah wirklich toll aus, und sie erwartete ein flammendes Plädoyer à la Perry Mason. Nichts davon. Wieso war ihr früher nicht aufgefallen, daß er eine Fistelstimme hatte. Mit so einer Stimme hätte er doch nie Anwalt werden dürfen. Der Richter fragte sie etwas. Sie stand ungeschickt auf, setzte sich wieder. Was sollte sie denn nur sagen. Ich liebe meine Tochter, Susi ist für mich immer das Wichtigste im Leben gewesen. Ich wollte sie dazu erziehen, frei zu sein, sich nicht immer nur zu ducken und zu gehorchen, hinter dem stehen zu können, was immer sie tat. Ich liebe sie mehr als mein Leben. Der Richter sah sie gar nicht mehr an. Sprach. Klappte seine Akten zu. Der Gerichtsdiener öffnete die Tür. Haffmann gegen Haffmann. Sie standen auf und gingen hinaus. Behling gegen Behling war geschieden.
Der Flur kahl, grünlich-weiß gestrichen. Von den Bänken standen die Haffmanns auf. Uwe stand neben seinem Anwalt, der gerade seine brandlöchrige Robe in einer bauchigen Aktentasche verstaute. Karohemd und Cordhose darunter. Uwe hatte sich feingemacht. Schwitzte in grauem Flanell. Der Satinschwarze blieb neben ihr stehen. »Tut mir leid, aber Sie wollten es ja nicht anders.« Kaum verhohlene Abneigung im Blick. Roch sie nach dem einen Bier? Hatte er was gegen weite Röcke und Stiefel? Signalisierte ihre Bluse Sex und ihr Westchen lockeren Lebenswandel?
Jutta rannte blind davon, um keinen ihre Tränen sehen zu lassen. Sie warteten auf der Straße auf sie. Nicole, Bobby, sein Bruder Ralf und noch ein paar. Jubelten, umarmten sie und beglückwünschten sie. Feierten die Scheidung wie eine Hochzeit. Hatten eine Party vorbereitet. Zogen los. Jutta wollte wegrennen, Nicole packte sie, zog sie weg von den anderen. »Ich hab eine Überraschung für dich.« Schubste sie zum Parkplatz.
Ein nachtblauer Alfa Romeo Spider mit Schlafzimmeraugen und weißen Fellsitzen. Gebraucht, aber wie neu. »Dafür hab ich gespart! Freust du dich? Toll, was?« Nicole startete, wendete und fuhr hinter der Kolonne der anderen her. Jutta heulte während der ganzen Fahrt. Sie haben mir Susi weggenommen. Am liebsten hätte sie Nicole mit ihrem blöden Geplapper über Pferdestärken, Höchstgeschwindigkeit, Beschleuni-

gung und Benzinverbrauch erwürgt, erschlagen und erschossen. Nicole schien etwas zu spüren und schwieg mitten im Satz. Parkte gekonnt in einer Minilücke, wartete einen Moment, umarmte Jutta und ließ sie sich ausheulen. Hielt sie nur fest. Schwieg.
In Bobbys Bar waren die Tische anders gestellt, ein Riesenbüfett aufgebaut. Bier und Champagner. Jutta betrank sich planmäßig. Nicole brachte ihr einen liebevoll zusammengestellten Teller mit Krabbencocktail, Roastbeef, Maissalat und frischem Knoblauchbrot. Jutta konnte nichts essen, nahm statt dessen den Eiskübel mit der Champagnerflasche. Drehte auf. Badete sich in dem warmen Gefühl von Freundschaft und Zugehörigkeit.
Ein paar kamen danach noch mit in die Wohnung. Jutta lümmelte sich auf das Sofa und verlangte mehr Champagner und Frank Sinatra. Alle waren lieb zu ihr, alle taten, was sie verlangte. Als sie sich ein Alka-Seltzer holen wollte, überraschte sie Ralf und Nicole im Clinch auf dem Badewannenrand. Sie machten jetzt die Kneipe zu dritt, waren gleichberechtigte Partner, und Jutta zog sich taktvoll zurück. Legte FLEETWOOD MAC auf und begann zu tanzen.
Wachte irgendwann in der Nacht auf, und die Wohnung war leer. Sie trank ein Glas Wasser mit Alka und zwei Selters hinterher, öffnete leise die Tür zu Nicoles Zimmer. Nicole schlief fest und tief. Und allein.
Jutta schloß die Tür wieder. Fühlte sich schuldig wie ein schmutziger Schnüffler, war auch nicht besser als die anderen alle. Nahm eins der schmuddeligen Gläser vom Boden und goß sich einen Rest Cognac hinein. Erinnerte sich voll masochistischer Detailgenauigkeit an alle die Momente, in denen sie es genossen hatte, frei zu sein, für kein Kind sorgen zu müssen, nicht mehr angreifbar zu sein. Tage, Nächte, Arbeit oder Saufen, die Zeit gehörte ihr und nur ihr allein. Kein Anlaß für Schuldgefühle.
Jutta fand keinen Cognac mehr, trank noch ein Glas Wodka, bevor sie tränenverkrustet einschlief.

In der Firma waren sie freundlich-chaotisch wie immer. An die etwas abgekühlte Distanz hatte sich Jutta inzwischen gewöhnt, sie arbeitete mehr als je zuvor; es half.
Nicole sah sie selten. Sie machte jetzt mit Ralf zusammen den

Einkauf für Bobbys Bar und mußte schon früher raus. Sie hatten die Kneipe etwas umdekoriert, die Gäste wurden immer jünger. Abends saß sie meistens vor dem Fernseher.
Einmal läutete es, Jutta rannte zur Tür und machte auf. Es war Uwe. Sie erschrak, ließ sich aber nichts anmerken, bat ihn rein. Er war betrunken und unrasiert, sein Hemd hatte Weinflecken. Er wollte einen starken Kaffee. Sie ging in die Küche und beobachtete ihn, wie er neugierig durch die Wohnung schlich. Sah mit seinen Augen den ungesaugten Teppich, die staubigen Bücherregale, die vollen Aschenbecher und zerwühlten Betten.
Er trank den Kaffee, erzählte von Susi und davon, wie leid ihm alles tat. Susi ging es gut, die Eltern vergötterten sie, und sie war mächtig gewachsen. Du würdest sie nicht wiedererkennen. Er hatte eine Freundin, eine Programmiererin aus seinem Laden, er überlegte, sie zu heiraten. Er vermißte Susi. Er war noch jung, er wollte auch einen Sohn haben. Jutta wurde wütend und bat ihn zu gehen. Er stand widerspruchslos auf. In der Tür versuchte er sie zu küssen. Laß uns alles vergessen, laß uns neu anfangen. Ganz von vorn.
Er sah kaputt aus und alt. Die alten Zeiten. Glück und Tchibo. Jutta hob beide Arme, um ihn zu trösten, konnte sein Gesicht mit den dunkel umrandeten Augen kaum noch ertragen, verstand seinen Schnapsatem als Zeichen tiefster Verzweiflung.
»Ich verzeihe dir«, sagte er leise und sehr ernst, »ich gebe mir wirklich Mühe, alles zu vergessen.« Jutta knallte ihm die Wohnungstür voll auf die Schnauze, hörte von innen, daß er aufschrie und fiel. Wartete, bis sie ihn fluchend davonstolpern hörte.
Räumte die Wohnung auf, putzte, saugte Staub und wusch das Geschirr, das sich seit Tagen in der Küche stapelte. Weichte die Vorhänge in der Badewanne ein und war gerade dabei, die Fenster zu polieren, als kurz vor halb vier Nicole heimkam.
»Hey, ist bei dir da oben noch alles klar?«
Jutta bekam einen hysterischen Wutanfall. Schrie, kreischte, warf Möbel und Geschirr durcheinander, schlug Nicole, entlud sich. Konnte nicht mehr aufhören. Brüllte noch weiter, als Nicole sich längst in ihrem Zimmer verriegelt hatte und die Nachbarn von allen Seiten an die Wände hackten.

Es war kalt.
Ein violettdunkler Dezemberhimmel, winzig gefrorene Schneekrümel in der Luft und die anheimelnd gleißenden Schaufenster der Fußgängerzone. Jutta hatte schon vier Tüten mit neuen Schuhen, Blusen, Pullovern und einem Rock-Hosen-Kostüm aus Alcantara bei sich. Zwei sündhaft teure Seidentücher und ein weiter Rock, der noch geändert werden mußte. Ein kleines Geschäft in der Nebengasse, in der Ledersachen nach Maß angefertigt wurden. Jutta dachte an dunkle Samthosen zu ihren neuen hellen Lederstiefeln und dazu einen knappen Fellblouson. Pluderärmel, sonst eng, bis auf die Hüften. Im Fenster lagen und hingen einige Modelle, buntes Patchwork, dazwischen kleine kuschelige Robben mit Glasaugen. Das ging natürlich nicht. Die patschigen Winterstiefel aus Seehundsfell zog sie auch nicht mehr an. Aber es war der einzige Laden, der nach Maß anfertigte und dessen Preise sie bezahlen konnte. Und dann nach Kanada. Es war keine sehr wichtige Reise, aber für sie war es die erste. Die anderen hatten alle Termine, sie war der Lückenbüßer, aber es war ihre Chance weiterzukommen. Sie konnte Englisch und Französisch, sie mußte die Kanadier davon überzeugen, daß sie ihr Geld in ein Superprojekt investierten. Sic mußte was darstellen, sie trat als Repräsentantin der Firma auf. Seidenlamm wäre ja auch möglich. Mit gefärbtem Leder. Jutta merkte, daß neben ihr ein Mädchen stand, das sie dauernd anstarrte. Zuerst durch die spiegelnde Fensterscheibe, dann direkt. Fast so groß wie sie, breitflächiges Gesicht unter dunklem Punkhaar, Cordhosen und Lammfelljacke betonten eher noch das leichte Übergewicht. Die Schuhe waren schiefgetreten. Und die Augen. Das war die Ähnlichkeit mit Susi. Und dann sah Jutta im Handarbeitsladen nebendran Uwes Mutter.
Es war Susi.
»Susi?« Geflüstert nur, das Mädchen nickte kaum wahrnehmbar und hielt ihr eine Handschuhhand hin. Jutta wollte das Mädchen umarmen, es wich aus. Sie hielt nur die klobigen Fellfinger in der Hand. Sie mußte etwas sagen, etwas tun. Das Mädchen schaute immer wieder nervös zu dem Fenster des Woll- und Strick-Ladens hinüber. Ich liebe dich! Susi zwinkerte mit den Augen, eine Schneeflocke.
»Hey, wie geht's dir so?«
»Gut. Und dir?«

»Super. Danke.«
Uwes Mutter kam aus dem Laden, sah sich kurz suchend um und entdeckte sie. Susi wich zurück. »Ruf mich mal an«, flüsterte Jutta, aber sie wußte nicht, ob Susi sie verstanden hatte. Ihr Gesicht war ausdruckslos. Sie begrüßte Uwes Mutter und wechselte mit ihr die höflich-feindlichen Worte, die sich bei so einem Anlaß nicht vermeiden ließen. Erfuhr dabei, daß Susi eine Blinddarmoperation hinter sich hatte und in der Schule schwer nachließ. Uwe wollte wieder heiraten, das war ja bekannt. Wir sind auch nicht mehr die Jüngsten.
Jutta fuhr im Taxi heim und kaufte an dem Tag nichts mehr. Es war ihre Schuld, alles war ihre Schuld. Warum hatte sie nicht mit den beiden gesprochen, sie in ein Café eingeladen, das hätten sie ja schlecht ablehnen können. Sie kurbelte das Fenster herunter und ließ die feuchtkalte Winterluft auf ihrem Gesicht frieren, bis der Fahrer sich beschwerte. Es hätte sowieso nichts mehr genützt. Sie hatte ihr Kind nicht wiedererkannt. Susi hatte sie erkannt. Wenn Susi sie nicht so lange angestarrt hätte, dann wäre sie an diesem großen Mädchen vorbeigegangen wie an irgend jemand, den sie noch nie gesehen hatte.
Die Wohnung war unaufgeräumt und schmuddlig. Es roch nach Patschuli und Gras, und FSK grölte unverständlich deutschen Rock. Ralf lag auf ihrem Sofa, Nicole hockte auf dem Teppich neben ihm. Die Art, wie er nervös aufsprang, und Nicoles verlegenes Lächeln verschafften ihr für einen Moment ein gewisses Zufriedenheitsgefühl. Sie warf ihre Tragtüten in einen Stuhl, stellte die Musik aus und öffnete ein Fenster. Die Kälte konnte zwar den Mief nicht vertreiben, aber wenigstens Ralf. Jutta hörte die beiden im Gang flüstern, dann klappte die Wohnungstür. Sie trug Gläser und Aschenbecher in die Küche.
»Was hast du?« Nicole stand in der Tür, machte nicht einmal Anstalten, ihr zu helfen.
»Nichts.«
»Komm, rück 's schon raus, ich seh dir's doch an.«
Jutta warf den vollen Aschenbecher an die Wand. Er zerbrach nicht, Asche und Stummel fielen in den Kartoffelkorb. Nicole hatte sich nicht gerührt. Ihre Haut war unrein, das Gesicht aufgeschwemmt von den durchsoffenen Nächten, das Makeup verschmiert. »Du siehst zum Speien aus.«

»Jutta, bitte nicht so.« Nicole ließ sich nicht anmerken, ob sie getroffen war. »Laß uns reden, ja. Wir sind doch Freunde.«
»Freunde! Was für ein entzückend geschlechtsloses Wort! Weißt du, wie lange wir hier schon zusammenhocken? Fast drei Jahre! Ich habe heute meine Tochter getroffen. Kannst du dir vielleicht vorstellen, was die für ein Gesicht gemacht hätte, wenn ich sie in diesen stinkenden Saustall mitgebracht hätte?!« Der Luftzug ließ die Tür zum großen Zimmer zuknallen. »Und vielleicht bist du auch mal so nett und verrätst mir, wieso ich die Scheißmiete und den Strom und den Fraß immer allein zahlen muß. Für das Geld könnte ich mir drei Putzfrauen mieten!« Na, endlich, tropf, tropf, die Tränchen, blaurote hektische Flecken vom Hals bis unter die Augen. Sie kam auf sie zu, machte Anstalten, sich ihr an den Hals zu werfen. Jutta schlug Nicoles Hände weg. »Faß mich nicht an!« Ging in ihr Zimmer und begann mit wütender Verbissenheit aufzuräumen und zu putzen.
Sie sprachen eine Woche lang nicht miteinander. Am Anfang machte Nicole noch zaghafte Versuche, aber Jutta ging nicht darauf ein. Genoß ihre Stärke und Überlegenheit. Wenn sie abends von der Arbeit heimkam, war die Wohnung einigermaßen aufgeräumt, zumindest sah man, daß Nicole sich Mühe gegeben hatte. Einmal stand ein großer Topf mit Risotto in der Küche, so als hätte Nicole aus Versehen zuviel für sich gekocht. Jutta liebte Risotto, vor allem so schön scharf, wie Nicole es kochte. Sie begnügte sich mit ein paar Kräckern und Käseecken, ließ die Brösel absichtlich auf dem Kühlschrank liegen. Besuch kam in der Zeit keiner, zweimal blieb Nicole über Nacht weg.
Am Samstag vormittag stand Nicole erstaunlich früh auf und blieb ungewöhnlich lang im Bad. Jutta deckte sich einen üppigen Frühstückstisch mit weichem Ei, frischem Räucherlachs, Schinken und französischem Camembert. Ließ die Küchentür offen, um alles unauffällig beobachten zu können. Die Kaffeemaschine blubberte, der Duft mischte sich mit den Chemiedämpfen aus dem Bad, als Nicole herauskam. Sie verschwand in ihrem Zimmer, rumorte, ließ das Radio laufen. Kam wieder raus und ging zur Wohnungstür.
Wattierte Hosen, Moomboots, Norwegerpullover und Anorak. Jutta räusperte sich. »Willst du nicht vorher noch frühstücken?«

»Nein, danke.« Frostig.
»Ist aber genug da.«
»Danke, nein«, sie ging weiter zur Tür, und Jutta sah sich plötzlich das ganze lange Wochenende allein in der Wohnung. »Wohin gehst du?!«
Nicole blieb stehen und schaute zurück. Müde, unausgeschlafen und nicht geschminkt. »Zu Lisa und Ernst.« Höflich.
»Wer sind Lisa und Ernst?«
»Kennst du doch, Freunde von Bobby, haben sich mit noch ein paar Leuten ein altes Bauernhaus hergerichtet.« Immer noch mit milder Geduld. Sie wandte sich wieder zur Tür, und Jutta hielt es nicht länger aus.
»Es tut mir leid.«
»Was?« Kaum hörbar.
»Alles.«
Nicole kam langsam zurück, blieb zögernd stehen und schien auf einen neuen Angriff zu warten. Das ängstliche Mißtrauen in ihrem Gesicht verletzte Jutta, sie sprang auf. Sie umarmten sich, klammerten sich minutenlang aneinander fest, heulten, lachten.
Nicole zog den Anorak und die Stiefel wieder aus, sie frühstückten, packten die Reste ein und fuhren dann zusammen los.
Es wurde spät, und die Straßen waren vollgestopft mit Skifahrern, die in die Berge wollten. Die Heizung funktionierte nicht richtig, und das rechte Seitenfenster schloß nicht ganz. Nicole fuhr nervös und aggressiv. Überholte einen BMW mitten auf der Kreuzung.
»Wir haben Zeit.«
Nicole antwortete nicht, hatte die Unterlippe zwischen die Zähne gezogen und gab Gas, sobald sie aus der Stadt raus waren, wich einem Taxi aus und blieb auf der linken Spur. Der Himmel war perlmuttfarben gemasert, ab und zu kam die Sonne durch. Mit den verschneiten Dächern und Fensterbrettern sahen sogar die grauen Mietshäuser am Rand der Ausfallstraße fast romantisch aus. Zwei wegradierte Reifenspuren glitzerten auf dem vereisten Asphalt. Hinter den Leitplanken die ersten Felder und Gehöfte. Vom Auto aus wirkte der Schnee frisch gefallen und unberührt sauber.
Nicole nahm nicht die Autobahn, sondern eine kaum befah-

rene Bundesstraße. Tief verschneite Wälder mit modernen Siedlungen dazwischen. Schneeverwehungen, es ging deutlich bergauf.
»Könntest du bitte etwas langsamer fahren?«
Keine Reaktion.
Kurve.
Ein entgegenkommender Traktor.
»Würde es dir sehr viel ausmachen, etwas weiter rechts zu fahren?«
Schweigen.
Jutta kontrollierte ihren Gurt und klammerte sich an ihrem Sitz fest. Sah aus dem Augenwinkel, daß Nicole schon wieder verdächtig feuchte Augen hatte, mit der rechten Hand im Handschuhfach nach den Zigaretten kramte. Schlug ihr die Klappe auf die Finger. »Doch nicht beim Fahren!« Nicole stellte das Radio an. Ihr Mittelfinger rötete sich und schwoll an.
»Bitte, fahr nicht so schnell!«
»Hör auf!« Nicole schrie, verriß das Steuer, der Wagen rutschte sofort und drehte sich. Sie tippte die Bremse vorsichtig, fing ihn wieder und bekam ihn auf die rechte Fahrbahnseite zurück. Gab sofort wieder Gas.
Jutta schnaufte auf.
Nicole stellte das Radio lauter. *Ein bißchen Frieden* – Jutta stellte es wieder leiser. Die Straße wand sich halb vereist höher in die Berge. Nicole drehte das Radio voll auf. Werbung. Haribo macht Kinder froh. Ging viel zu schnell in eine abgeflachte Linkskurve.
»Nicole!«
Ihr Gesicht war völlig verspannt, unter der Backenhaut zuckten kleine Muskeln, die Augen waren starr auf die Straße gerichtet. Jutta sah auch nach vorn. Ein schneeverwehtes Warnungsschild, dahinter ein Baum. Breit und wuchtig ausladend, narbig von Jahrhunderten. Sah wieder zu Nicole. Ihre Hände auf dem Lenkrad hätten längst nach links steuern müssen.
Hielten es fest. Geradeaus. Jutta schrie, aber das Radio war lauter. Auf Nicoles Gesicht so eine Art zufriedenes Lächeln. Jutta konnte den Eckzahn sehen. Schrie weiter.
Der Baum. Nah und hausgroß. Größer. Schwarz mit weißen Borken. Das Bersten von Metall und neben dem Fenster das

durch die Luft wirbelnde Verkehrsschild. Weiß-weiß. Bodenlos.
Der Krach, wie durch Zeitlupe verzögert. Plötzliche Stille.
Ein kurzer Moment absoluter Ruhe.
Grauenhafte Schmerzen in Brust und Gesicht, Rotieren im luftleeren Raum, alles war rot. Endlich schrie auch Nicole, aber ihr Schrei ging im Krachen des explodierenden Benzintanks unter.
Jutta versuchte, den Sicherheitsgurt aufzuhaken, konnte sich aber nicht bewegen. Sah durch rote Schleier Nicoles aufgerissene Augen, Blut im Mundwinkel.

Der Bauer, der die grelle Stichflamme von seinem drei Kilometer weit entfernten Hof aus gesehen hatte, fand nur noch einen rauchenden Schrotthaufen vor. Die verkohlenden Trümmer hatten einen fast makellos runden Kreis in den Schnee gebrannt.

RICHARD HEY

Martinssons Fall

Vom Garten kam kühler Abendwind. Die Terrassentür stand offen. Die beiden Männer, die in der Wohnhalle vor dem Kamin saßen, blickten auf, als ganz nah eine Amsel anfing zu singen. Sie wippte einen Moment über die weiße Brüstung der Gartentreppe, flog dann zum Kirschbaum. Die beiden Männer betrachteten wieder die Pistole und den groben Packpapierumschlag auf dem niedrigen Tisch zwischen ihnen. Sie hatten die Jacketts abgelegt und die Krawatten gelockert. Der ältere trug goldene Manschettenknöpfe im Seidenhemd. Er schlang seine Finger ineinander, bis sie knackten. Er war Ende Vierzig, und trotz zierlicher Statur wirkte er zäh und durchtrainiert. Das schmale Gesicht unter den straff gescheitelten graublonden Haaren schien vorsätzlich ausdruckslos, als solle es die Unruhe der sehr hellen Augen verbergen. Er nahm die Finger auseinander und schob Waffe samt Umschlag dem andern über den Tisch.

Der war kräftiger, robuster, hatte die Ärmel seines roten Leinenhemds hochgekrempelt und trug breite elastische Hosenträger. Dichte dunkle Locken wucherten ihm wild um ein unrasiertes Gesicht mit scharfen Längsfalten, die entzündeten Augen hielt er halb geschlossen. Ohne sie zu öffnen, beugte er sich vor und schob Pistole und Umschlag zurück zu den goldenen Manschetten.

»Nein«, sagte er.»Ich kann nicht.«

Er sprach rauh, trotz kindlich klingendem skandinavischem Akzent.

»Du hast wieder Schmerzen«, sagte der andere ruhig. Der Jüngere lehnte sich zurück, antwortete nicht. Der Ältere stand auf, ging um den Tisch herum zu ihm. »Ich massiere dich.«

Er streifte ihm die Hosenträger von den Schultern, löste die gelb-orange gepunktete Krawatte und knöpfte das Hemd auf.

Dann trat er hinter ihn, zog das Hemd herunter. Zwischen den Schulterblättern des Jüngeren und parallel zur Wirbelsäule verliefen tiefe Narben. Behutsam legte ihm der Ältere die Hände auf die Schultern und begann, mit gleichmäßig kreisenden Bewegungen, die Zirkulation anzuregen.
Der Jüngere ließ es geschehn, atmete tief ein und aus.
»Bin müde«, murmelte er. »Fünfzehn Stunden gefahren. Sehr müde.«
Er horchte auf das entfernte Geräusch des Autobahnzubringers. Weit jenseits der Gartenmauer kehrten die Frankfurter zurück vom Karfreitagsausflug in den Stadtwald. Die Amsel sang nicht mehr.
»Du kannst ja jetzt erst mal ausschlafen«, sagte der Ältere.
»Und dann?« fragte der Jüngere.
Ihm war, als sei er ein paar Sekunden ohne Bewußtsein gewesen. Der Ältere massierte ihn nicht mehr, kniete neben ihm und schrieb mit goldenem Füllfederhalter etwas auf einen der herabhängenden Hosenträger, den er über den Tisch gebreitet hatte. Der Jüngere wollte ihm mit einer Bewegung den Hosenträger aus den Händen ziehen. Aber er war zu schwach.
»Notizzettel wirst du verlieren, das kenn ich schon«, meinte der Ältere, während er schrieb. »Hier die beiden Adressen. Wirf die Hosenträger hinterher in irgendeinen Mülleimer. Egal wo. Schmeiß noch was drauf. Im Motel Siegmund hast du ein Zimmer vorbestellt. Verstehst du? Nicht ich hab es vorbestellt. Du hast es vorbestellt. Du hast mich über Ostern besuchen wollen. Leider mußte ich plötzlich dringend geschäftlich verreisen.«
Der Jüngere sah auf dem Beistelltisch fürs Telefon ein Blatt Papier, halb unter das Telefon geklemmt. Auf dem Blatt stand: Pension Palmengarten. Und dann eine Nummer, dick unterstrichen. Er konnte sie lesen, obwohl es allmählich dunkel wurde. Unter dem Beistelltisch stand ein kleiner Damenschuh. Der zweite lag umgekippt vor dem Kamin.
Wieder mußte er eingeschlafen sein. Im Licht der Stehlampe neben ihm bemerkte er, daß sein Hemd zugeknöpft, die Krawatte wieder korrekt gebunden und der Hosenträger geordnet worden war. Über seinen Knien lag sein braunes Jackett, und er sah zu, wie der Ältere die Pistole mit einem Papiertaschentuch umwickelt in den Umschlag gleiten ließ und diesen in die linke Seitentasche des Jacketts.

»Ich bin nicht deiner Meinung«, erklärte der Ältere.
»Was habe ich gesagt?«
»Daß du fürchtest, hinterher für mindestens zehn, zwölf Jahre eingesperrt zu werden.«
»Wann ich habe das gesagt?«
»Gerade eben. Weißt du das nicht mehr?«
»Bin müde«, murmelte der Jüngere.
Der Ältere kniete wieder neben ihm, flüsterte auf ihn ein: »Hör zu. Du trinkst jetzt einen Whisky. Dann kannst du fahren. Und was deine Frage betrifft: ich hol dich raus. Falls man dich überhaupt erwischt. Legal natürlich. Ich kenne mich aus. Verbindungen jede Menge. Du hast nicht mehr gewußt, was du tust. Du bist hier angekommen mit wahnsinnigen Schmerzen. Ich hab dir Beruhigungsmittel gegeben. Die haben dich kippen lassen. Ich habe nicht bedacht, daß du anders als andere darauf reagieren könntest. Du bist in einen deiner Zustände geraten. Die sind bekannt. Deine Ärzte können das bestätigen. Jedenfalls, du weißt nicht mehr, was du getan hast. Du weißt nur noch, daß du den Grund für meine Qualen beseitigen wolltest. Wenn du dabei bleibst –«
»Hör auf, bitte«, murmelte der Jüngere.
»Ist es denn nicht wahr? Oder wäre dir gleichgültig, daß ich leide?«
»Nein.«
»So habe ich noch nie gelitten. Noch nie.« Der Ältere verlor für einen Augenblick die Selbstbeherrschung, legte seinen Kopf an die Schulter des Jüngeren, umarmte ihn. Er zitterte. Ein Manschettenknopf fiel zu Boden. Die Haut seines Unterarms wurde sichtbar. Sie war verunstaltet durch wulstige Brandnarben. Sein Gesicht, so dicht vor dem des Jüngeren, schien sich in dunkle Höhlen und helle Flecke aufzulösen. Sofort stand er auf, knetete seine Finger, hatte sich wieder unter Kontrolle.
»Hilf mir«, sagte er leise.
»Ja«, sagte der Jüngere und stand ebenfalls auf, zog sich umständlich das Jackett mit dem ungewohnten Gewicht in der linken Tasche über, ging langsam auf die Terrasse zu. Er trug, trotz der Hitze tagsüber, schwere geschnürte Halbstiefel. Sie knarrten bei jedem Schritt.
»Der Whisky.«
»Brauch ich nicht.«

»Ich werde dir das nie vergessen. Du bist mein einziger Freund.«
Der Jüngere, schon auf der Terrasse, drehte sich noch einmal um. »Ist sie sehr schön?«
Der Ältere, neben der Stehlampe, fing wieder an zu zittern. Schnell setzte der Jüngere hinzu: »Wann geht das Flugzeug für dich?«
»In zwei Stunden.«
»Du mußt dich beeilen.«
Der Ältere antwortete nicht, nickte nur, blieb regungslos stehn. Der Jüngere ging über die Treppe in den dunklen Garten, aus dem der Duft von frisch geschnittenem Gras aufstieg, und über den Kiesweg nach vorn zum schmiedeeisernen Tor. Es war noch halb geöffnet. Er hatte es nicht hinter sich geschlossen, als er angekommen war. Jetzt schloß er es, bevor er zu seinem Auto ging.
Die Villenstraße lag völlig ruhig, beleuchtet von kleinen Laternen zwischen alten Bäumen. Das Abendrot über den Dächern wurde grau. Die Häuser schienen verlassen. Er fuhr in die Stadt hinein und über den Fluß, umsichtig, ohne Fehler zu machen. Dabei hatte er Autofahren zu einer Zeit gelernt, als in Schweden noch Linksverkehr war, und er steuerte halb bewußtlos, nur noch mit seinen Reflexen. Zweimal verfuhr er sich, kurvte durch enge Betonschluchten zwischen Hochhäusern und um verfallende Altbauten herum, eingezwängt in Verkehrsströme, denen er nicht rechtzeitig ausweichen konnte. Dann fand er die große Straße, die ihn aus dem Zentrum der Stadt hinausbrachte, fand hinter einer Tankstelle das Motel.
Das Zimmer ging auf einen dunklen Park, dessen Gehweg schwach von kleinen vergitterten Leuchten in Kniehöhe erhellt war. Er hörte den Lärm der Straße nicht mehr. Durch schwarze Zweige vor seinem Fenster sah er gegenüber auf einer Bank, halb von unten beleuchtet, halb verborgen von Sträuchern, ein Liebespaar sitzen. Die beiden hielten sich eng umschlungen, weißes Gesicht an schattigem Gesicht, schweigend. Während er den Vorhang vors Fenster ziehen wollte, schlief er ein. Er konnte seinem Körper nur noch die notwendige Drehung geben, daß er nicht neben dem Bett zusammensackte, sondern aufs Bett fiel.
Als er aufwachte, dämmerte es. Er blickte auf die Armband-

uhr, brauchte einige Zeit, bis er begriff, daß es sich nicht um eine Morgendämmerung, sondern um die nächste Abenddämmerung handelte. Er hatte einen ganzen Tag lang geschlafen. Er zog sich aus, duschte, rasierte sich, bemerkte, daß er seinen Körper zweifach gespiegelt sehen konnte, wenn er vor dem Toilettenbecken stand. Aber er sah nicht hin, prüfte nur, ob seine Augen noch entzündet waren. Sie schienen ihm gebessert.

Er zog an, was er gestern angehabt hatte, betastete, was die linke Tasche des Jacketts ausbeulte, verließ das Zimmer. Sein Auto beachtete er nicht. Die schwedischen Kennzeichen waren fast unleserlich geworden unter Staubschichten und Insektenleichen. Vor Hunger und Durst fühlte er sich so schwach, daß er sofort in die Kneipe neben der Tankstelle ging. Er aß ein blasses Huhn, trank vier Flaschen Bier und nahm eine Taxe. Irgendwo in der Bahnhofsgegend stieg er aus, irrte durch Lokale, Bier, Whisky, Wein in großen Mengen durcheinandertrinkend, floh aus einer Stripteaseshow in eine Transvestitenshow, wollte bleiben, kam sich abhanden, fand sich im finsteren, stinkenden, mit Abfällen überhäuften Hinterhof eines verwahrlosten Hauses wieder, inmitten von dunkelhäutigen halbnackten Kindern, die im Dreck spielten, kam sich abermals abhanden, saß in einer Taxe, stand schließlich vor der Gepäckaufbewahrung des Flughafens, Terminal B, und schob den Packpapierumschlag über die Rampe.

Er hoffte, jemand werde den Umschlag jetzt gleich vor seinen Augen öffnen und die Pistole finden. Aber das geschah nicht. Der Umschlag wurde von einem schläfrigen jungen Mann ordnungsgemäß zwischen Koffern und Taschen deponiert. Es war noch früh am Abend; er würde bequem ein Flugzeug erreichen.

Wenige Meter entfernt kam er zu sich. Er stand auf einer Rolltreppe. Und war überrascht, daß er nicht nach oben rollte, zu den Schaltern und Flugsteigen, sondern hinunter, zurück zur Gepäckaufbewahrung. Unten blieb er vor einem Eingangstor stehen. Draußen war es hell, früher Morgen, die Sonne schien. In langer Reihe warteten Taxen auf die ersten Fluggäste. Sie kamen hinter ihm die Treppe herunter, gingen an ihm vorbei nach draußen.

Eine alte Dame in violettem Cape und mit violettem Hütchen

über blauweiß getönten Haaren winkte ihm zu. Sie trug Spitzenhandschuhe und eine leichte Reisetasche.

»Vielen Dank für den Tip, und schöne Feiertage noch in Frankfurt«, sagte sie.

In der Hand hielt er einen Flugschein. Berlin–Frankfurt einfach. Abflug sechs Uhr dreißig. Er stopfte ihn in die Hosentasche zu den Geldscheinen und Münzen. Wie war er gestern abend nach Berlin gekommen? Wie war er heute zurückgekommen? Wo war er in Berlin gewesen? Und welchen Tip hatte er der alten Dame gegeben? Seine Stiefel waren lehmverschmiert. Zögernd näherte er sich dem Gepäckschalter, suchte im Jackett den Aufbewahrungszettel, hoffte, er habe ihn verloren. Aber er fand ihn in der Innentasche des Jacketts. Dabei entdeckte er, daß ihm die Hosenträger fehlten. Er suchte in allen Taschen, vergebens. Er zog die Hose, die schon auf dem Boden schleifte, höher, schnallte den Gürtel enger, gab ein paar Münzen, empfing den unversehrten braunen Packpapierumschlag. Wenige Augenblicke später saß er wieder in einer Taxe. Am Bahnhof stieg er aus, eilte durch die leeren abfallbedeckten Straßen, in denen er gestern abend von überfülltem Lokal zu überfülltem Lokal gezogen war. Sie waren alle geschlossen. Düstere Figuren standen in Hauseingängen, musterten ihn. Eine erschöpfte ältere Frau mit grellroten Lippen und teigiger Haut hockte neben einem Müllcontainer am Rinnstein und pißte, warf den Kopf mit den wirren Haaren hin und her, winkte ihm zu. Er sah plötzlich ein Straßenschild, das ihn beunruhigte, Taunusstraße. Gegenüber war eine Telefonzelle. Er lief hin, drehte die Nummer, die er ebensowenig vergessen hatte wie die beiden Adressen auf dem verschwundenen Hosenträger.

»Pension Palmengarten, frohe Ostern«, meldete sich eine grämliche Altmännerstimme.

»Ich war in Berlin«, sagte er.

»Wer spricht?«

»In Berlin. Hab ihn da gelassen. Hosenträger. Bei Bullauge.«

»Junge, ei bei mir kannste aach kaan kriesche. Da mussde schon bis Dienstag wadde, gell. Geh haam, schlaf deinen Rausch aus.«

Er fand ein Lokal, das noch oder schon geöffnet hatte. Er stand an der Theke, trank Bier, stand auf der Straße, redete

mit einem Mann, der ihm bekannt vorkam, stand an einer anderen Theke, trank Whisky, saß schon wieder in einer Taxe, lag im Hotelbett.
Gegen ein Uhr mittags wachte er auf. Wieder zog er sich aus, duschte, rasierte sich, zog sich an, ging wieder in die Kneipe neben der Tankstelle, aß wieder ein blasses Huhn, trank Mineralwasser. Dann stieg er in sein Auto, suchte auf dem Stadtplan eine Straße heraus. Ohne besondere Eile fuhr er dorthin.
Es waren nur wenige Kilometer. Er hielt vor einer Villa, dicht an der Garagentür, neben den Mülleimern in der Zufahrt. Er nahm die Pistole ohne Papiertaschentuch aus dem Umschlag und wartete.
Er wartete lange, fast zwei Stunden. Endlich öffnete sich die Haustür. Ein Mann kam heraus, ging quer über den Vorgartenrasen. Er trug ein großes goldenes Papposterei mit rosa Schleife. Eine alte Frau mit blauweißen Haaren und einer ähnlichen rosa Schleife darin stand in der Tür und blickte hinter dem Mann her. Die Haare erinnerten den Schweden an die nette alte Dame vom Flughafen. Sonst gab es keine Ähnlichkeit zwischen den beiden.
Sie schloß die Haustür erst, als der Mann neben den Mülleimern angelangt war. Er schien zu überlegen, ob er das Ei nicht in den Mülleimer werfen sollte.
In diesem Augenblick schoß der Schwede durchs Autofenster. Die Scheibe splitterte, der Mann taumelte, das Osterei rollte über den Rasen.
Der Schwede fuhr sofort zurück zum Motel, ließ das Auto unverschlossen stehen, die Scheibensplitter über Beifahrersitz und Fußmatte verstreut, Pistole, Papiertaschentuch und Umschlag im offenen Handschuhfach. Er lag regungslos auf dem Bett und starrte zur Zimmerdecke, als eine Stunde später vier Polizisten die unverschlossene Tür gegen die Wand traten.

»Fertig?« fragte der Kommissar. »Lassen Sie sehn.« Er saß in Hemdsärmeln hinter dem Schreibtisch, grauhaarig, untersetzt, nahe der Pensionierung. Er schwitzte. Hilfesuchend blickte er kurz zum Bürofenster. Aber er hatte es vorhin selbst geschlossen, weil die Hitze draußen noch drückender war als drinnen. Das Fenster ging zum Innenhof. Nichts war von dort zu hören, auch in den Korridoren der verschiedenen Flügel

des riesigen Gebäudes war es feiertäglich still, bis auf ein Türenschlagen zehn Zimmer weiter, Schritte, die sich entfernten. Der Kommissar betrachtete die beiden Männer vor seinem Schreibtisch, den Blassen, Nervösen im dunklen Anzug, der eine Zigarette nach der anderen rauchte, und den andern, den Ruhigen im roten Leinenhemd, und er horchte auf die Dreifingeranschläge des jungen Beamten, der schräg hinter ihm unsicher in die alte Maschine hackte.
»Nun?« sagte der Kommissar.
Der junge Beamte stand ungeschickt auf, zog den Bogen aus der Maschine und reichte ihn dem Kommissar. Der überflog den Text.
»Ja«, sagte er. »Aber Martinsson mit Doppel-s, bitte.«
Der junge Beamte nahm den Bogen, spannte ihn wieder ein, hantierte mit der Leertaste, tippte einmal kurz, saß dann schwitzend und abwartend da.
»So weit die persönlichen Daten.« Der Kommissar lehnte sich zurück. »Jetzt zum eigentlichen Tathergang.«
Der Mann im dunklen Anzug drückte die Zigarette aus und wendete sich an den Mann im roten Leinenhemd: »Så långt personliga fakta. Nu skall wi tala om själva händelseförloppet.«
Der andere fuhr sich plötzlich mit beiden Händen durch die dichten dunklen Locken, atmete tief ein und aus, saß dann wieder ruhig, sagte rauh: »Det är överflödigt att översätta till mig. Jag förstår tyska så pass, även om min tyska är dålig.«
Der Mann im dunklen Anzug wendete sich an den Kommissar: »Herr Martinsson bittet mich, noch einmal darauf hinzuweisen, daß er Deutsch zwar nicht gut spricht, aber gut versteht. Er hält es für überflüssig, daß Ihre Fragen von mir übersetzt werden. Er möchte, daß nur seine Antworten von mir übersetzt werden.«
»Wenn er meint«, sagte der Kommissar. »Ja, wie war das nun, Herr Martinsson?«
»Verzeihung«, unterbrach ihn der Dolmetscher und zündete sich eine neue Zigarette an. »Es ist nur, ich wüßte gern, wie lange ich hier wohl noch benötigt werde. Meine Frau und ich sind zu einer Hochzeit eingeladen. Glauben Sie, es ist möglich ... ich meine ...«
»Lieber Herr Seibert«, sagte der Kommissar, »man hofft ja immer, wenn man Feiertagsdienst hat, nicht wahr, daß nichts

passiert. Ja, das hofft man. Bedenken Sie, wir haben Sie gestern nicht behelligt. Sie hatten einen schönen Ostersonntag.«
Der Dolmetscher nickte ohne Überzeugung, rauchte, entschloß sich dann zu einem Lächeln. »O. K.«, sagte er. Martinsson blickte vor sich hin, schien nicht zuzuhören. Der Kommissar beugte sich ein wenig vor. »Herr Martinsson. Sie wollten also Heinrich Lodemont töten. Warum?«
»Nein«, sagte Martinsson.
»Nein?«
»Wollte nicht.«
»Nicht? Aber Sie haben doch gestern gestanden, daß Sie auf ihn geschossen haben.«
»Mußte.«
»Unsinn. Niemand hat Sie gezwungen zu gestehen.«
Martinsson antwortete nicht.
»Ingen har tvingat er att erkänna«, übersetzte Seibert.
»Mußte schießen«, sagte Martinsson. »Wollte nicht. Und töten wollte ich auch nicht.«
»Wenn Sie das mal erklären würden, Herr Martinsson.«
Martinsson zuckte die Schultern, schwieg.
»Om ni ville förklara det där, Herr Martinsson«, sagte Seibert.
Martinsson sah aus dem Fenster.
Der Kommissar lehnte sich zurück. Er fühlte, wie ihm ein Tropfen in den Kragen rann, wischte ihn mit dem linken Mittelfinger weg. Dann fing er wieder an: »Sie sind also zweiunddreißig Jahre alt und von Beruf Nachtportier im Hotel«, er wendete sich an den jungen Beamten hinter ihm, »wie heißt das Hotel in Malmö?«
»Nöjd«, las der ab vom Blatt in der Schreibmaschine.
»Nöjd«, verbesserte Seibert.
»Hat er doch gesagt, Nöjd, oder?«
»Aber die korrekte Aussprache ist Nöjd.«
»Nöjd?«
»Ja.«
»Hab ich es also richtig ausgesprochen?«
»Ungefähr.«
»Nöjd, ja«, sagte Martinsson und sah den Kommissar an. »Stimmt auch. Bin zufrieden.«
»Ich verstehe den Zusammenhang nicht.«

»Nöjd bedeutet auf schwedisch ›zufrieden‹«, erklärte Seibert.
»Ach so. Hotel Zufrieden. Nun ja, wenn nicht nur die Angestellten des Hotels zufrieden sind, sondern auch die Gäste –«
»Leute heißen so«, sagte Martinsson. »Nils und Gunhild Nöjd.«
»Aha. Und da sind Sie nun seit vier Jahren Nachtportier. Was haben Sie vorher gemacht?«
Martinsson betrachtete die Papiere auf dem Schreibtisch, schwieg.
»Och där hat ni varit nattportier nu i fyra aar«, sagte Seibert. »Vad har ni gjort innan?«
»Innan?« murmelte Martinsson.
»Haben Sie Herrn Dr. Rudolf Prehl in diesem Hotel kennengelernt? War Dr. Prehl Gast des Hotels?«
Martinsson schüttelte den Kopf. »Nöjd är ett litet hotel vid hamnen ... Dr. Prehl hade större pretentioner ... han brukade ta in på ›Kung Karl‹ när han kom i affärer till Malmö.«
»Nöjd ist ein kleines Hotel am Hafen«, sagte Seibert. »Dr. Prehls Ansprüche – Dr. Prehls Ansprüchen würde es nicht genügen. Er ist immer im ›König Karl‹ abgestiegen, wenn er geschäftlich nach Malmö kam.«
»Wo haben Sie Dr. Prehl kennengelernt?« fragte der Kommissar. Und nach ein paar Sekunden, als wieder keine Antwort kam, setzte er ruhig hinzu: »Herr Martinsson.«
»På sjukhuset«, antwortete Martinsson plötzlich. »Han hade slagit runt med sin bil vid en ... panikbromsning. För att undvika köra över ett barn. Han ... fick en hjärnskakning.«
»Im Krankenhaus«, sagte Seibert. »Sein Auto hatte sich überschlagen, als er scharf bremste, um ein Kind nicht zu überfahren. Er hatte eine Gehirnerschütterung.«
»Und Sie, Herr Martinsson? Weshalb waren Sie im Krankenhaus?«
»Auch ein Unfall.«
»Was für ein Unfall?«
»Varför vill ni veta det?«
»Er fragt, warum Sie das wissen wollen.«
Der Kommissar seufzte. »Ich bin verpflichtet, nicht nur Tatsachen festzustellen, die Sie belasten, sondern auch solche, die Sie entlasten könnten.«

»Vad skall det finnas för förmildrande ömständigheter?« murmelte Martinsson.
»Was soll es da zu entlasten geben?« sagte Seibert.
»Überlassen Sie das dem Gericht.«
Martinsson nickte. Dann erklärte er: »Jag föll.«
»Er ist abgestürzt.«
»Wovon oder womit sind Sie abgestürzt? Waren Sie Flieger? Dachdecker? Bergsteiger?«
Martinsson lachte. Es war ein unerwartetes kurzes trocknes Lachen, das wie ein Aufbellen klang. Der Kommissar, der Dolmetscher, der junge Beamte sahen Martinsson an.
»Den handlar om en kran... en stor byggnadskran«, sagte Martinsson. »Jag var kranmontör. För sju år sedan.«
»Es handelt sich um einen Kran, um einen großen Baukran. Ich war Kranmonteur, vor sieben Jahren.«
»Jag höll på att montera utliggaren... Tvärarmen... En bult hade lossnat...«
Martinsson sprach stockend, aber zwischen den Stockungen schnell, leise, monoton, und während er sprach, blickte er angespannt auf die Papiere, die den Schreibtisch des Kommissars bedeckten. Es schien, als hörte er nicht, was Seibert neben ihm übersetzte. Zumindest achtete er nicht darauf, redete einfach weiter: »Den hade inte fästs riktigt.«
»Ich war dabei, den Ausleger zu montieren. Den Querarm. Da hat sich ein Pflock gelöst.«
»Kranarna måste säkras... genom bultar.«
»Der war nicht richtig befestigt worden. Die Kräne müssen durch Pflöcke –«
»Kranen svajade... och vek sig.«
»– durch Pflöcke gesichert werden. Der Kran schwankte und –«
»Jag tappade balancen och halkade... nedför kranarmen.«
»– schwankte und neigte sich zur Seite. Ich verlor das Gleichgewicht, rutschte ab, über den Ausleger hinunter.«
»Första tiden kunde jag hålla mig... med händerna.«
»Zunächst konnte ich mich noch festhalten, mit den Händen.«
»Men brandkåren kom inte med brandseglet.«
»Aber die Feuerwehr kam nicht mit dem – mit dem Sprungtuch.«
»Så... jag hängde där ett... ett par minuter uppe i luften.«

»So – so hing ich da oben, da oben ein paar Minuten in der Luft.«
»Wie hoch?« wollte der Kommissar wissen.
»Fünfzehn Meter«, sagte Martinsson.
»Fünfzehn Meter?«
Martinsson zeigte auf die Papiere. »Ja. Da.« Und redete weiter in seinem stockenden, hastigen, teilnahmslosen Schwedisch, dem der Dolmetscher manchmal nur mit Mühe folgen konnte: »Unter den Papieren, die man mir bei meiner Verhaftung abgenommen hat, sie liegen dort auf Ihrem Schreibtisch, befindet sich auch ein Dokument, eine Bescheinigung des Krankenhauses von Malmö. Und ein Foto. Einer hat mich von unten fotografiert. Sie konnten ja nichts machen. Ich auch nicht. Das Metall war glatt. Ich durfte mich nicht bewegen. Ich rutschte trotzdem ab. Meine Finger hatten keine Kraft mehr. Ich sah hinunter, sah, wie die Feuerwehr ... sah die Feuerwehr auf den Platz einbiegen. Ich sah, wie ein paar Kollegen Matratzen aus Nachbarhäusern heranschleppten. Zu spät. Mein Glück war, daß ich auf den Füßen ankam. Senkrecht. Im Stehen.«
»Kopf heil«, sagte Martinsson. »Kaputt alles andere.«
»Sie tragen dies Foto und diese Bescheinigung immer bei sich?« fragte der Kommissar.
»Immer.«
»Sie haben unglaubliches Glück gehabt.«
Martinsson lachte wieder sein kurzes bellendes Lachen.
»Was haben Sie gedacht, während Sie in die Tiefe stürzten?«
»Nichts.«
»Waren Sie bewußtlos?«
»Nein.«
Der Kommissar nahm den Blick von dem winzigen Menschen, der mit verzweifelt an den Körper gekrümmten Beinen in großer Höhe unter einem Stück Eisen hing, in das er sich, wie es schien, mit den Fingernägeln zu krallen versuchte. Der Kommissar schob das Foto beiseite und betrachtete das Gesicht vor ihm, die scharfen Längsfalten, die vielen kleinen Falten um die weit auseinanderstehenden grauen Augen, die keine Lachfältchen waren, die etwas groben, aber ursprünglich schön geschwungenen Lippen, die wie ausgeblutet wirkten, wie jahrelang zerbissen. Er gab sich keine Mühe mehr, in den schwedischen Lauten, die Martinsson jetzt wieder starr zu

ihm hinübersprach, irgend etwas zu entdecken, das ihm vertraut oder bekannt sein könnte. Die Sprache blieb ihm fremd, unzugänglich, ermüdete ihn, und er konzentrierte sich ganz auf die heisere Raucherstimme des Dolmetschers, die Martinsson zögernd folgte.

»Nicht einmal – nicht einmal, als ich aufprallte, verlor ich das Bewußtsein. Dieser wahnsinnige, entsetzliche, dieser ungeheure Schmerz, das Knirschen im Kopf, als wollte mir jemand, mir jemand von unten das Gehirn durch die Schädeldecke pressen, nach draußen, aber ich blieb stehn. Erst als ich, als ich meine Stiefel sah, meine Füße in den Stiefeln, ich stand neben meinen umgekippten Füßen ... Die Knochen von meinen Beinen hatten sich durch die Stiefel in den Lehmboden gebohrt, so stand ich auf zersplittertem Schienbein und Wadenbein, ohne Füße. Die hingen nur noch mit ein paar Sehnen am Bein. Erst da bin ich ohnmächtig geworden. Als ich das sah.«

»Wie lange waren Sie anschließend im Krankenhaus?«

Gleichmütig gab Martinsson Antwort, und auch Seibert bemühte sich, keine Emotionen zu zeigen. Aber unwillkürlich wurde seine Stimme leiser.

»Zwei Jahre. Die Wirbelsäule war gestaucht, alle Knochen gebrochen, der Brustkorb auf den Rücken verschoben. Der Kiefer ... die Zähne ... ein Stück Zunge ... wurde angenäht. Dann noch siebenundzwanzig Operationen. Aber ich fühlte nichts. Querschnittlähmung. Trotzdem hatten sie mir auch die Füße wieder angenäht. Und nach drei Monaten plötzlich noch mal dieser wahnsinnige Schmerz, ich konnte auch einen Zeh bewegen. So fing es an. Das war, ich war sehr glücklich. Wenn auch die Schmerzen, ich konnte nicht schlafen, monatelang nur zwei, drei Stunden. Das ist so geblieben. Auch heute, wo die Schmerzen nicht mehr so, im Vergleich zu früher spüre ich ja fast nichts mehr. Meistens. Aber ich kann nur vormittags zwei Stunden schlafen. Und nur, wenn ich starken Kaffee vorher getrunken habe. Man hat mir im Krankenhaus so viel Betäubungsmittel gespritzt, und ich bin trotzdem wach geblieben, vielleicht hat sich da was umgedreht. Manchmal auch –«

»Ja?«

»Manchmal alle zwei, drei Wochen, mit Alkohol, schlafe ich dreißig Stunden.«

»Und wann innerhalb dieser zwei Jahre haben Sie Dr. Prehl kennengelernt?«
»Inte under dessa två år«, murmelte Martinsson.
»Nicht in diesen zwei Jahren«, sagte Seibert.
»Nicht?«
»Nein«, murmelte Martinsson.
»Aber Sie sagten doch: im Krankenhaus.«
»Später.«
»Wann?«
Martinsson antwortete wieder schwedisch, noch hastiger, noch stockender als zuvor.
»Ich muß... ich muß jedes Jahr sechs Wochen zurück ins Krankenhaus.«
Seibert steckte sich die nächste Zigarette an. »Immer wenn die Schmerzen wiederkommen. Wenn die Wirbelsäule wieder zusammensackt, weil sie das Gewicht nicht tragen kann. Dann strecken sie mich, sie strecken mich im Krankenhaus. Sie hängen mich an Gewichte, die mich auseinanderziehen.«
»Und bei einer solchen Gelegenheit haben Sie Dr. Prehl kennengelernt?«
»Ja«, sagte Martinsson.
»Wann?«
»Vor drei Jahren. Im Sommer. Sprach mit mir. Gab mir Bücher.«
»Was für Bücher?«
»Weiß nicht. Habe nicht gelesen. Han var snäll mot mig.«
»Er war gut zu mir«, sagte Seibert.
»Sie haben keine Eltern mehr?«
»Nein.«
»Sie sind nicht verheiratet?«
»Nein.«
»Haben Sie eine Freundin?«
»Nein.«
»Haben Sie Freunde?«
Martinsson murmelte Unverständliches. Dann stieß er hervor: »Kollegen. Früher. Nicht Freund.«
»Dr. Prehl würden Sie nicht als Ihren Freund bezeichnen?«
Martinsson wollte antworten, zögerte, lehnte sich zurück. Dann erst sagte er: »Ich weiß nicht.«
»Aber er war doch Ihr Freund?«

Martinsson schwieg.
»Wie oft haben Sie Dr. Prehl gesehen?«
»Kam viermal nach Malmö.«
»In drei Jahren viermal?«
»Ja.«
»Sie leben also allein.«
»Ja. Immer.«
»Warum? Sie sind trotz Ihres Unfalls ein gutaussehender Mann, Sie könnten –«
Martinsson schlug mit der Faust auf den Schreibtisch, daß die Schreibtischlampe klirrte, und schrie den Kommissar an: »Fan också!«
Das war so überraschend gekommen, daß sich zwei Sekunden niemand rührte. Dann bückte sich der Dolmetscher, hob die Zigarette auf, die ihm aus den Fingern gefallen war, und redete dabei leise auf Martinsson ein: »Ta det nu lugnt!«
»Låt mig vara i fred!« schrie Martinsson.
»Herr Martinsson«, sagte der Kommissar nun, ruhig wie zuvor, entfaltete ein Taschentuch und wischte sich das Gesicht.
»Herr Martinsson!« wiederholte Seibert, als sei ihm damit die Übersetzung eines schwierigen Begriffs gelungen.
»Jaja«, murmelte Martinsson. »Jag har skjutit, det har jag sagt. Punkt och slut.«
»Ich habe geschossen, das habe ich gesagt und fertig.«
»Jag vill inte bli plagad. Jag vill inte, jag vill inte.«
»Ich will nicht gequält werden, ich will nicht, ich will nicht.«
Während Seibert übersetzte, redete Martinsson schon weiter, ohne Bewegung, und es kümmerte ihn nicht, daß er den Dolmetscher schockierte. Der hustete.
»Das ist nämlich so... kein Gefühl mehr da, wo man es braucht. Nur noch im... im Arsch. Geht nur noch Arsch hinhalten. Wenn Sie jetzt begreifen.«
»Zunächst möchte ich sagen«, meinte der Kommissar und steckte das Taschentuch wieder weg, »daß ich nicht vorhabe, Sie zu quälen. Es geht um –«
»Fakta, jag vet«, murmelte Martinsson.
»Tatsachen«, sagte Seibert.
»Eben. Vielleicht sollten Sie sich doch entschließen, einen Anwalt beizuziehn. Es ist Ihr Recht.«
»Kein Anwalt«, sagte Martinsson.

Der Kommissar seufzte. »Und was nun das soeben von Ihnen geschilderte Verhältnis zwischen Ihnen und Dr. Prehl anlangt –«
»Jag har inte skildrat mit förhållande till Dr. Prehl.«
»Ich habe nicht mein Verhältnis zu Dr. Prehl geschildert.«
»Nicht?«
»Nein. Så där är det med andra ... Med gäster på Hotell Nöjd. De betalar ... och är nöjda.«
»So ist es mit andern. Mit ... mit Gästen des Hotels Nöjd. Sie zahlen ... und sind zufrieden.«
»Martinsson, ich glaube Ihnen nicht, daß Sie ein Strichjunge sind.«
»Nicht?« Martinsson lächelte. Sein Lächeln kam ebenso unerwartet wie sein Faustschlag. Es war ein sanftes schüchternes Lächeln. »Ich glaube auch nicht.«
»Wie war es nun mit Dr. Prehl?«
»Anders.«
Geduldig insistierte der Kommissar. »Wie?«
»Mina ärr, dom ... smekte han. Han hade också ärr ... på båda armarna. Jag smekte hans ärr.«
»Er hat meine Narben ... gestreichelt. Er hat auch Narben ... an beiden Armen. Ich habe seine Narben gestreichelt.«
»Narben gestreichelt«, sagte der Kommissar nach einer Pause.
»Ja«, sagte Martinsson. »Er war Rennfahrer, früher. Sein Rennwagen hat gebrannt.«
»Warum sind Sie am Gründonnerstag nach Frankfurt gefahren?«
»Ich wollte Rudolf besuchen.«
»Warum?«
»Er war traurig. Er hat angerufen. Er sagte: Sven, ich brauche dich.«
»Wußten Sie, daß Dr. Prehl seit drei Jahren ein Verhältnis mit Frau Lodemont hatte? Daß sie bei ihm wohnte?«
Martinsson atmete tief ein, schwieg.
»Visste ni att Dr. Prehl –« fing Seibert an.
Martinsson unterbrach ihn. »Nein. Wußte nicht.«
»Hat er es Ihnen hier erzählt?«
»Ja.«
»Auch, daß Frau Lodemont vor etwa sechs Wochen das Verhältnis beendet hat?«

»Ja.«
»In seinem Telefongespräch hat er nichts davon erwähnt?«
»Nein.«
»Das hat genügt? Daß Prehl anrief und sagte: Sven, ich bin traurig, und Sie sind gefahren.«
»Ja. Hat genügt.«
»Und Sie können über die Feiertage, wo es doch viel Arbeit gibt, nicht wahr, einfach so aus dem Hotel verschwinden?«
»Krankenhaus. Ich war wieder im Krankenhaus.«
»Die lassen Sie, während Sie gestreckt werden, nach Frankfurt fahren? Und noch mit dem Auto?«
Der Kommissar kannte nach zwei Tagen Martinssons Gesicht. Er wußte, wie es sich veränderte, wenn Martinsson wieder ins Schwedische fiel. Er beobachtete die Veränderung, versuchte sich zu erinnern, wo er in letzter Zeit einem ähnlichen Gesichtsausdruck begegnet war, und hörte Seibert nicht mehr sehr konzentriert zu.
»Man kann Urlaub über Ostern bekommen. Ich habe gesagt, ich will nach Stockholm zu meiner Freundin fliegen. Fliegen, das dauert von Malmö knapp eine Stunde. Aber ich würde nie fliegen. Der Flugplatz von Malmö ist falsch angelegt ... Da ist immer Nebel. Jedenfalls, sie haben geglaubt, und ich bin noch Donnerstagabend mit der Fähre nach Dänemark. Dann die Nacht durchgefahren. Und Freitagmittag war ich hier. Dienstagfrüh muß ich zurück sein.«
»Ja, das wird sich wohl kaum machen lassen«, sagte der Kommissar und gab es auf, in seiner Erinnerung zu forschen.
»Aber ich muß morgen zurück sein.«
»Martinsson. Dann hätten Sie die Finger von dieser Pistole lassen sollen. Warm haben Sie auf den Mann von Frau Lodemont geschossen?«
Martinsson sah an ihm vorbei auf den Kalender an der Bürowand.
»Woher haben Sie die Pistole?«
Martinsson sah den Kommissar an.
»Ist es Ihre?«
»Nein«, sagte Martinsson.
»Bei Ihrer ersten Vernehmung am Ostersonntag, also gestern, haben Sie angegeben, Frau Lodemont habe Ihnen die Pistole gegeben. Aber Frau Lodemont hat inzwischen glaubhaft versichert, sie habe Sie nie gesehen. Und Sie waren außerstande,

Frau Lodemont zu beschreiben. Hat nicht Dr. Prehl Ihnen die Pistole gegeben?«
Da Martinsson nicht antwortete, fing Seibert an, zu übersetzen, was der Kommissar gesagt hatte.
Aber Martinsson winkte barsch ab. Und der Dolmetscher verstummte nach einem fragenden Blick auf den Kommissar.
»Martinsson, hat Dr. Prehl Ihnen die Pistole mit dem Auftrag übergeben, Heinrich Lodemont zu töten? Ja oder nein?«
»Pistole übergeben, ja«, sagte Martinsson.
»Um Lodemont zu töten?«
Martinsson schwieg.
»Haben Sie Schmerzen, Martinsson?«
Martinsson nickte teilnahmslos.
»Wir werden nachher den diensttuenden Arzt verständigen. Inzwischen wollen wir mal zusammenfassen.«
Der Kommissar wendete sich an den Beamten hinter ihm und begann zu diktieren: »Zur Tat selbst äußere ich mich wie folgt.«
Der Beamte hackte in die Maschine.
»Im Sommer des Jahres 1980 machte ich –«
»Neunundsiebzig«, verbesserte Martinsson erschöpft und sah auf seine Hände.
»1979 machte ich in einem Krankenhaus von Malmö – wie hieß das Krankenhaus?«
»Städtisch«, murmelte Martinsson.
»Im Städtischen Krankenhaus Malmö die Bekanntschaft von Dr. Rudolf Prehl, der wegen einer Gehirnerschütterung, stimmt doch? Gehirnerschütterung?«
Martinsson blickte auf.
»Um Lodemont zu töten, ja«, sagte er plötzlich.

Die Frau saß an einem niedrigen Tisch vor dem geöffneten Mansardenfenster und ließ ihre Finger über die Tasten einer elektrischen Schreibmaschine gleiten. Außer den leisen Geräuschen der Maschine und dem Tschilpen von Spatzen in den Baumkronen unter dem Fenster war nichts zu hören. Die Sonne schien schräg zwischen zwei Hochhäusern in die verwohnte Kammer und auf das Gesicht der Frau. Der machte die Hitze nichts aus. Im Gegenteil, sie schien sie zu genießen. Sie hatte nur einen Slip an und eine elastische Binde um den linken Knöchel. Die mit einem Samtband locker zusammengebun-

denen rotbraunen Haare hingen ihr über den weißen Rücken. Rotbraun schimmerten auch ihre Fingernägel und ihre Lippen, selbst die Augen schienen die gleiche Farbe zu haben. Gelegentlich blähte sie die Flügel ihrer etwas zu breiten Nase, oder sie kratzte sich, den Blick auf die Papiere neben der Maschine gerichtet, mit einer Hand zwischen den Brüsten, während die andere weiterschrieb.
Vielleicht hatte sie das Klopfen überhört, auch das diskrete Türöffnen und -schließen. Das schwere Atmen hinter ihr war nicht zu überhören. Schon gar nicht die asthmatische Stimme.
»Frau Gerlinde Lodemont? Verzeihn Sie, daß ich hier so einfach –«
Sie schrieb weiter.
»Frau Lodemont.«
Sie blickte auf. Zwischen Tür und Waschbecken stand ein etwa fünfzigjähriger, fast kahlköpfiger Mann, hager, dennoch schwitzend im hellen, sehr teuren Sommeranzug. Er stützte sich aufs Waschbecken und versuchte ein Lächeln, während er mit grauem Gesicht nach Atem rang. Sie beugte sich wieder über die Papiere, schrieb.
»Ich weiß«, sagte sie dabei in die Maschine, »der Portier ist bestechlich, und der Aufzug funktioniert nicht. Waren schon zwei vor Ihnen da, jünger als Sie, den Stimmen nach. Glücklicherweise hatte ich abgeschlossen. Die sind umsonst raufgehechelt. Und auch Sie haben Ihr Herz umsonst angestrengt, indem Sie fünf Stockwerke hochgekrochen sind. Sowie Sie anfangen, Fotos zu machen, werf ich Sie die Treppe runter. Ich bin kräftiger als Sie.«
Er nahm den moosgrünen Morgenrock vom Türhaken, näherte sich ihr. Sie schrieb weiter. Er legte ihr den Morgenmantel behutsam über die Schultern.
»Ich bin nicht gekommen, um Fotos zu machen«, antwortete er, und sein Atem ging ruhiger. »Ich bin der Anwalt von Dr. Rudolf Prehl. Hier, meine Karte.«
Er zog die Karte aus der Reverstasche und legte sie neben die Schreibmaschine.
Sie schüttelte den Morgenrock von den Schultern, während sie weiterschrieb. »Ich will nicht gestört werden.« Sie warf den Morgenrock an ihm vorbei aufs Bett. »Und ich habe nicht vor, für Prehls Anwalt mein Leben auch nur eine Sekunde zu

ändern. Wenn meine Brüste Sie stören, verschwinden Sie. Ich habe zu tun.«
Er wich einen Schritt zurück, lehnte sich an den Schrank. »Ja, Sie tippen Bewerbungsschreiben.«
Der Schrank knackte. »Aber von einer Chefsekretärin wird der Nachweis kontinuierlicher Büropraxis verlangt.«
»Raus«, murmelte sie, ohne mit Schreiben aufzuhören.
»Und die haben Sie, wenn ich richtig unterrichtet bin, nur sehr begrenzt. Als Kindergärtnerin, vor Ihrer Verehelichung mit Heinrich Lodemont, konnten Sie sie wohl kaum erwerben. Und während Sie sich umschulen ließen zur Bürohilfe, um Ihrem Mann in schwieriger Aufbauzeit beim Entwickeln des Geschäfts zu helfen, erfolgte ein so rasanter Aufschwung der Lodemont KG, daß Ihre Hilfe zwischenzeitlich nicht mehr nötig war.«
»Raus!«
»Jetzt hingegen könnten Ihre Fähigkeiten in der Lodemont KG voll zum Tragen kommen. Ihr Mann hat Ihnen verziehen.«
Die Frau nahm die Hände von der Schreibmaschine, sah den Anwalt an.
»Was hat er?«
»Ihnen verziehen.«
Die Frau lachte. Ihre rosigen, kindlich wirkenden Brustspitzen zitterten.
»Frau Lodemont.«
»Er hat mir verziehen!«
»Ja.« Der Anwalt bemühte sich, seine Augen nicht abirren zu lassen. »Ich komme gerade aus dem Krankenhaus. Es geht Herrn Lodemont sagen wir: den Umständen entsprechend. Das Geschoß ist aus der Schulter entfernt worden. Keine Lebensgefahr mehr. Er würde sich über Ihren Besuch freuen. Er möchte über Ihr künftiges Aufgabengebiet innerhalb der Lodemont KG mit Ihnen sprechen.«
»Über mein künftiges Aufgabengebiet«, murmelte sie und wendete sich wieder ihren Papieren zu, nahm das Blatt aus der Schreibmaschine.
»Ja. Sein Haus in Kronberg steht Ihnen offen. Es wartet, sagt er, auf seine Herrin.«
»Sein Haus in Kronberg.«
»Ja.«

»Wartet.«
»Ja.«
»Auf seine Herrin.«
»Das waren seine Worte.«
Die Frau legte das Blatt beiseite. Plötzlich redete sie frankfurterisch. »Mach Sache. Ei mir dut ja gleich des Wasser in die Aache hippe.« Sie spannte einen neuen Bogen ein. »Wessen Anwalt sind Sie? Lodemonts oder Prehls?«
»Dr. Prehls, wie ich schon erwähnte. Aber das schließt ein Gespräch mit Dr. Lodemont nicht aus. Zumal es, selbstverständlich, in Gegenwart des Anwalts von Dr. Lodemont stattfand.«
»Und da seid ihr drei euch einig geworden.«
»So kann man es nennen.«
»Ihr vier. Wenn man Ihren Klienten dazuzählt.«
»Wenn Sie so wollen, ja. Dr. Prehl befindet sich zwar zur Zeit nicht in der Bundesrepublik. Aber wir stehen in Verbindung.«
»Na klar«, murmelte sie. »Na sicher.« Sie drehte sich nach ihm um. »Weshalb sind Sie hier? Denn dieser Schwachsinn mit Haus und Firma, die auf mich warten, das hab ich ja begriffen, das ist der dreckige Köder.«
»So möchte ich das nicht verstanden wissen.«
»Ach nein. Aber Sie wollen doch was von mir, oder?«
Die Frau stand auf, ging an ihm vorbei zum Bett, ignorierte seine Blicke, sein rasselndes Luftholen und zog sich den Morgenrock über, schloß ihn sorgfältig. Dann setzte sie sich aufs Bett, zeigte auf den Stuhl, der sinnlos im Zimmer herumstand, seit sie den Tisch und den zweiten Stuhl ans Fenster gerückt hatte. »Wenns Ihnen zu warm wird, ziehn Sie aus, was Sie stört«, sagte sie. »Aber das ist keine Einladung, sich hier breitzumachen.«
»Sehr liebenswürdig.« Der Anwalt ließ sich umständlich auf dem Stuhl nieder und lockerte seine Krawatte.
»Danke.«
»Also?«
»Als Anwalt muß ich alles bedenken. Das werden Sie verstehn. Zwar gibt es bisher keinen Beweis dafür, daß Dr. Prehl Herrn Martinsson aufgefordert hat, Dr. Lodemont zu töten. Und ohne einen solchen Beweis bleibt alles, was dieser Martinsson eventuell aussagt, Geschwätz. Zum Beispiel auch,

sollte er auf die Idee kommen, zu behaupten, er habe von Dr. Prehl eine Pistole erhalten. Dr. Prehl hatte nie eine Pistole. Oder haben Sie je eine Pistole bei Prehl gesehn?«
Die Frau antwortete nicht.
»Aber gesetzt nun, es gäbe einen solchen Beweis –«
»Wenn ich ihn hätte, diesen Beweis, ich würd ihn sofort dem Staatsanwalt vorlegen!« unterbrach ihn die Frau heftig.
Der Anwalt sah sie an und hob ein wenig die Hände. »Würden Sie«, fragte er langsam, »würden Sie vor Gericht aussagen, daß Sie Dr. Prehl gegenüber geäußert haben, Sie verließen ihn, um zu Heinrich Lodemont zurückzukehren?«
»Nein.«
»Dr. Prehl ist der festen Überzeugung, daß Sie ihn nur aus diesem Grund verlassen haben.«
»Seine Sache.«
»Ich muß, gegebenenfalls, meine Verteidigung darauf stützen, daß ein anderer Grund für Dr. Prehl nicht vorstellbar war. Daß er deshalb den Kopf verlor.«
»Ihre Sache. Im übrigen hat Prehl seinen Kopf noch. Aber er benutzt ihn nur, um sich Sachen auszudenken, mit denen er sich belügen kann.«
»Frau Lodemont.«
»Hören Sie.« Die Frau suchte auf dem Nachttisch nach Zigaretten. »Ich hab in meinem Leben zwei große Fehler gemacht. Den ersten, als ich Lodemont heiratete, den Jammerlappen, das Muttersöhnchen. Den zweiten, als ich zu Prehl zog, weil ich blödes Huhn ihn für einen Kerl hielt. Ein ehemaliger Rennfahrer! Ein Doktor beider Rechte! Ein enormer Geschäftsmann! Aber er ist auch bloß ein Jammerlappen, nur ausgekochter. Soll ich, wenn ich das endlich begriffen habe, jetzt von Jammerlappen zu Jammerlappen zurückgehn? Auf so eine Idee kann nur ein Mann kommen.«
»Frau Lodemont.« Der Anwalt hob wieder beschwörend die Hände.
»Zurück zu Lodemont! Zurück zu seiner Mutter, die mir die Löffel in die Schublad zählt und die Slips auf den Arsch. Ei was, das glaub ich, daß Lodemont da mitmacht. Triumph von einem Affen über den anderen: Du hast mir die Frau weggenommen, jetzt hab ich sie wieder. Und ich verzeih ihr. So großzügig bin ich. Diese Affen.«
Der Anwalt ließ die Hände sinken. »Wir sollten das Gespräch

vielleicht fortsetzen, wenn Sie den Ereignissen weniger emotional –«
Plötzlich stand die Frau auf, begann, hin und her zu gehen. »Wissen Sie, was mir die Mutter gesagt hat, als der Heiner mich ihr vorstellte? Da waren wir beide neunzehn, und das Reff, die krumme Schaufel, vor ihren Picassos saß sie und vor den alten Holländern, bei Kerzenlicht, und sie sagte, als der Heiner einen Moment draußen war: Mein Kind, sagte sie, es ist ja gut, daß Sie Kindergärtnerin sind, ich wünsche mir für den Heiner selbstverständlich ein sauberes Mädchen, bis er nach Boston geht zum Studieren, aber wenn Sie dann einen braven Mann heiraten wollen, soll es an meiner Hilfe nicht fehlen.« Die Frau zündete sich im Hin-und-her-Gehen die Zigarette an. »So hat sie gesprochen, 1962. Als wär noch neunzehntes Jahrhundert. Und ich bin rausgerannt aus der freien Villa am Holzhausenpark, wo der alte Lodemont sich fünfundvierzig unterm unzerstörten Renaissancedach aufgehängt hatte, als die Amis ihn rausschmissen, aber davon wurde natürlich nie geredet. Auch nicht, als ich dann doch ihre Schwiegertochter wurde, ich Gans, aber ich liebte den Heiner, und er hatte sich wirklich, zum ersten und einzigen Mal, bei Mutteli durchgesetzt, er ging nicht nach Boston, er heiratete seine Gerlinde. Aber nun gings los, nun wurde ich von Mutteli erzogen, gleich am ersten Tag, als ich was Gutes über die Köchin sagte, weil mir schmeckte, was die kochte, mit Wonne hab ich da zugeschlagen, da sagte sie: Man lobt ein Essen nicht. Man setzt voraus, daß es gut ist. Dieser verdammte Calvinismus, da ist die Familie ja auch her, irgendwo aus der französischen Schweiz, Wasser vom Berg oder wie der Name ursprünglich geheißen haben soll, l'eau de mont, falls Sie französisch können, und diese Lodemonts, diese Calvinisten, die benehmen sich, nach zwei Weltkriegen, Nazis und während überall auf der Erde Millionen vor Hunger verrecken, noch immer wie die bekacktesten Großbürger, raffen mit zusammengebissenen Lippen drei Generationen lang Geld zusammen – und genießen es nicht mal! Ah, ich hab die Alte gleich gehaßt. Aber ich dachte, ich kann dem Heiner helfen, der Heiner wollte sich ja selbständig machen, ich wollte schuften, mit ihm zusammen, für ihn, damit wir von Mutteli wegkommen, aber als er sie dann hatte, seine Firma, saß Mutteli doch drin und kommandierte, sie hatte von Anfang an das

Geld gegeben. Bloß daß wir jetzt eine eigene Wohnung hatten. Aber die bezahlte sie ja auch. Und als ich schwanger wurde, mußte ich zu einem aufgeblassenen Quacksalber, der fingerte mit fetten Händen an mir rum, schüttelte meine Pisse in Reagenzgläsern, sah mir tief ins Auge und verkündete dann: Es wird ein Mädchen. Da mußte ich nach London fliegen und abtreiben. Ja!«

Die Frau schrie den Anwalt an. »Ja! Mutteli wollte kein Mädchen. Sie wollte einen männlichen Erben. Und sie schwor auf den Quacksalber. Und ich Kuh, immer noch vor Liebe blind, ich dachte, wenns dem Heiner nur hilft. Ich fliege also mit ihm nach London, und er säuft sich prompt durch die Pubs und Clubs, und steigt hinter den Bienen auf der Carnaby Street her, das ging ja gerade los damals mit Mini und Beat. Und ich laß das mit mir machen. Dabei wärs ein Junge gewesen. Hinterher sah mich Mutteli an, als wärs meine Schuld. Und der Quacksalber schwor, er hätte sich noch nie geirrt, es müsse an mir liegen. An meiner Bosheit, meinte er natürlich.

Um die Zeit wollte Heiner Mutteli erwürgen, ernsthaft, statt dessen fing er an, mich zu schlagen. Ich schlug dann aber zurück, da gingen Spiegel und gotische Madonnen in Stücke, einmal saßen wir erschöpft auf dem Perser und sahen eins dem andern zu, wies blutete. Wie das Blut aus Gesicht und Ellbogen in den Perser tropfte. Dazu die üblichen Versöhnungen, ich wurde wieder schwanger, hatte immer noch Hoffnung, ach was war ich bekloppt. Sogar den Quacksalber ließ ich wieder an mich ran. Diesmal: Wird ein Junge, sagte er. Sicherheitshalber wahrscheinlich. Aber Mutteli mußte Skifahren in St. Moritz, das heißt, sie mußte im Café sitzen, wo man im Winter sitzt, und Heiner mußte sie begleiten ins Café von St. Moritz. Bleib du zu Haus und schon dich, sagten sie, und sie meinten damit, daß ich ja doch nicht skilaufen kann, wegen dieser Bänderschwäche am linken Fuß, hab ich mir als Kindergärtnerin geholt. Also, sie fuhren weg und vergaßen, mir Wirtschaftsgeld dazulassen. Da flog ich nach London mit tausend Mark, die ich heimlich vom Wirtschaftsgeld gespart hatte, und ließ den Jungen wegmachen. Ja, das hab ich getan.«

Die Frau stand vor dem Anwalt, stieß Zigarettenrauch aus, und die Stimme brach ihr. Aber gleich rannte, rauchte und redete sie weiter. »Es war wirklich ein Junge. Wenn Sie sich vorstellen können, in welcher Verfassung ich war, ich bin ja

auch nicht mehr in Lodemonts Wohnung zurück, ich wollte keinen von denen mehr sehn, ich wollte allein sein. Hier in diesem Zimmer hab ich gewohnt, ich war verschwunden, als Mutteli mit Heiner zurückkam, und während er mich überall suchte, bei Freunden und in Kneipen, stand ich bei den Mülltonnen hinter den Büschen vom Gartentor von Muttelis Villa, nachts, mit einer Zweiliterflasche in der Hand, voller Hoffnung, Mutteli kommt noch mal raus in den Garten, nach den Anstrengungen der Reise, aber sie kam nicht, glücklicherweise, sonst säß ich schon lang da, wo der Schwede bald sitzen wird. Ich wartete in der Kälte bis nach Mitternacht, bis alle Lichter ausgingen im Haus. Und auf dem Weg zurück ins Hotel bin ich umgekippt, in irgendeiner kleinen dunklen Straße, die ich sonst nie geh, und vor Prehls Auto. Wies so kommt. Und jetzt soll ich wieder zurück zum Heiner und zum Mutteli? Ich wär bescheuert, geben Sies zu. Vom Mutteli hab ich in der ganzen Zeit nur einen einzigen menschlichen Ton gehört, das war im ersten Jahr, als sie beim Kontrollieren der Gedecke für zwanzig Abendgäste, Silber, Meißener, Damast, Kristallvasen und so weiter, als sie da plötzlich furzte. Ich hab so gelacht, ich konnte mich zwei Stunden nicht beruhigen. Sie war natürlich beleidigt. Aber heute, da bin ich sicher, heute kriegte sie nicht mal mehr einen Furz hin.«
Ebenso plötzlich, wie die Frau vom Bett aufgesprungen war, um hin und her zu rennen, ließ sie sich auf den Stuhl vor der Schreibmaschine fallen und schwieg. Der Anwalt, der mehrere Male vergeblich versucht hatte, sie zu unterbrechen, schwieg auch. Er wartete, bis die Frau die Zigarette auf einer Untertasse neben der Schreibmaschine ausgedrückt hatte. Dann sagte er vorsichtig: »Sie brauchten ja nicht wirklich zu Lodemont zurückzugehn.«
»Ach«, murmelte die Frau. »Auf einmal nicht.«
»Es würde genügen, wenn Sie vor Gericht aussagten, daß Sie Dr. Rudolf Prehl gegenüber Ihre feste Absicht geäußert hätten, zu Heinrich Lodemont zurückzukehren. Es würde genügen.«
»Wär gelogen.«
»Nun, vielleicht, wenn Sie alles noch mal sorgfältig überlegen ... sich genau erinnern –«
»Ich erinnere mich«, sagte die Frau und betrachtete die Zigarettenreste auf der Untertasse, »daß ich vor etwa sechs Wo-

chen, morgens, beim Frühstück, Prehl war schon ins Büro gefahren, aus Versehen einen Brief aufriß, der an Prehl adressiert war. Aber die Anrede war: lieber Gerlind. Nicht: liebe Gerlinde. Sondern: lieber Gerlind. Unterschrift: Dein Rudolf. Natürlich machte mich das neugierig. Ich dachte, vielleicht ist der Brief doch für mich. Und er ist von Prehl, der mich überraschen will. Aber er kam aus Malmö. Und auf dem Umschlag stand als Absender: Sven Martinsson. Der rührende Brief eines jüngeren Mannes an einen älteren, sehr verehrten, sehr bewunderten Freund, voller Fehler, aber aufrichtig, ganz offen. Da war die Rede von einem Schwulentreff in West-Berlin, an einem See in irgendeinem Wald, hab vergessen, wie er heißt, immer im Sommer, bei schönem Wetter, da ist der Martinsson manchmal aus Malmö rübergefahren, zu diesen Schwulen, denen er merkwürdige Namen gab, Ankerwinde, Halbmastschoner, die weiß ich noch, hörten sich aber alle so ähnlich an, nach Seemannssprache, ich hab das erst gar nicht begriffen. ›Das brauch ich jetzt nicht mehr‹, schrieb dieser Sven Martinsson alias Rudolf an Rudolf Prehl alias Gerlind und dankte ihm, verwirrender gings nicht. Ich wußte ja, ich war so ungefähr die erste Frau in Prehls Leben. Aber von einem Martinsson, der als Rudolf einem Gerlind schrieb, wußte ich nichts. Ich glaube, ich war mehr neugierig als eifersüchtig. Ich wußte nicht, wie verklemmt er war, wie feige, wie arm. Das begriff ich erst jetzt. Bis zu diesem Augenblick war er behutsam, zart, liebevoll zu mir gewesen. So wie nur ein Schwuler einer Frau gegenüber sein kann. Glaubte ich, ja. Jetzt riß er mir den Brief aus der Hand und schlug mir zweimal ins Gesicht, ritschratsch, erst Finger, dann Handrücken, war ich überhaupt nicht drauf gefaßt, ich hab geblutet wie ein Schwein, meine Nase war wochenlang blau und grün, und ich hatte den Abdruck seiner Finger im Gesicht. Ich verstehs heute noch nicht. Aber das ist es, woran ich mich erinnere, wenn ich alles noch mal sorgfältig überlege. Und ich erinnere mich, daß ich nichts mehr sagte, sondern in die Küche ging, wo in der Kaffeedose tausendsechshundert gesparte Mark vom Wirtschaftsgeld lagen. Die nahm ich, warf ein paar Stück Wäsche in meine Reisetasche und flog nach Mallorca. Prehl hat nicht gewagt, mich daran zu hindern. Das werde ich vor Gericht sagen. Da Sie Prehls Anwalt sind, könnten Sie veranlassen, daß mir gele-

gentlich meine Kleider und Schallplatten hierhergeschickt werden.«
»Dr. Prehl vermißt einen grauen Flanellanzug, seit Sie die Wohnung verlassen haben.«
»Wenn das alles ist, was er vermißt.«
»Sie haben drei Jahre mit Rudolf Prehl gelebt«, sagte der Anwalt nach einer Pause.
»Drei Jahre zu lang.«
»Von ihm gelebt.«
Die Frau sah den Anwalt offen an. »Von seinem Geld, meinen Sie. Nicht von ihm. Aber er, er hat von mir gelebt. Und von dem Schweden. Von dem wohl auch. Ja, wir beide haben einen verklemmten armseligen Erfolgsmensch und Rennfahrerkrüppel am Leben erhalten. Und waren ihm noch dankbar dafür!«
»Sie lieben ihn noch. Insgeheim haben Sie auf Nachricht von ihm gewartet. Vielleicht sogar auf ihn selbst. Deshalb war Ihre Tür nicht abgeschlossen.«
»Ja, das hätten Sie gern. So eine triefäugige Freudsche Kuh möchten Sie vorführen während der Verhandlung. Ich mußte mal raus, aufs Klo, das ist alles. Und hab dann nur noch an meinen nächsten Bewerbungsbrief gedacht.«
»Sie haben eben den Brief des Schweden rührend genannt. Ist es nicht auch rührend, daß Prehl sich von Sven Martinsson mit Ihrem Vornamen anreden ließ?«
Die Frau lachte. Der Anwalt gab noch nicht auf. »Zeigt das nicht, daß Prehl Sie brauchte, mehr als er bereit war, zuzugeben? Vielleicht mehr, als er wußte. Er hat nichts im Haus verändert, seit Sie weggegangen sind. Ihre Kleider, Ihr Parfüm, Ihre Schuhe – alles dort, wo Sie's gelassen haben.«
»Er ist nicht sanft«, sagte die Frau ernst. »Er ist bequem. Auch im Sex übrigens. Ich hab das mit Unaggressivität verwechselt. Das war mein Irrtum.«
»Aber der Anzug«, sagte der Anwalt. »Nun mal ehrlich. Sie wollen doch, daß er sich den Anzug holen kommt, oder?«
»Vielleicht«, sagte die Frau. »Bloß ich möcht ihm nicht raten, daß er kommt. Ich möcht's ihm ganz und gar nicht raten.«
»Frau Lodemont.« Der Anwalt stand zögernd auf.
»Ich werde nächstens, durch Gerichtsbeschluß, wieder meinen Geburtsnamen tragen dürfen«, sagte die Frau. »Römer.«

»Gerlinde Römer, hübsch«, murmelte der Anwalt und zerrte seine Krawatte enger.
Die Frau drehte ihm den Rücken zu. »Ich muß noch fünf Bewerbungen schreiben.«
»Frau Römer. Könnten Sie Rudolf Prehl verzeihen, daß er Sie geschlagen hat?«
»Unwichtig, ob ich ihm verzeihe oder nicht.« Die Frau zog den Morgenrock fester um sich, begann zu schreiben. »Ich hab nichts mehr mit ihm zu schaffen. Ich muß endlich auf eigenen Füßen stehn, trotz Flaute und Rezession.«
»Auf eigenen Füßen?« Der Anwalt verzog sein graues Gesicht wieder zu einem Lächeln. »Als Sekretärin?« Sie achtete nicht auf das Lächeln. »Fragen Sie den Schweden, ob er Prehl verzeiht«, sagte sie und schrieb weiter, kümmerte sich nicht mehr um ihn, nahm kaum wahr, wie er das Zimmer verließ.

»Was taten Sie, nachdem Sie von Dr. Prehl die Pistole erhalten hatten?«
Der Kommissar war so erschöpft wie Martinsson und der Dolmetscher. Er fühlte, wie feucht sein Gesicht war, und er wußte, es war gerötet und fleckig. Der junge Beamte hatte zwischendurch lauwarmen Kaffee und kaum gekühltes Mineralwasser aus dem Automaten gebracht; jetzt standen sechs halbgeleerte Plastikbecher zwischen den Papieren auf dem Schreibtisch. Martinsson antwortete so leise, daß der Dolmetscher nachfragen mußte. Aber unwillkürlich richtete er sich beim Übersetzen nach Martinsson, und ihr versetztes schwedisch-deutsches Gemurmel kam gegen das Hitzeklingeln nicht an, das der Kommissar im rechten Ohr hatte.
»Bißchen lauter, wenn ich bitten darf, Herr Seibert.«
»Ich fuhr ins Motel Siegmund. Da hatte Dr. Prehl für mich ein Zimmer bestellt. Ich wollte nichts als schlafen. Ich war eine ganze Nacht mit dem Auto gefahren. Ich hatte – hatte vier Stunden lang nein zu Rudolf gesagt. Ich war so müde, daß ich kaum gemerkt hatte, wie er mir, wie er mir die Pistole und das Geld zugesteckt hatte.«
»Wieviel Geld?«
»Tausend Mark«, murmelte Martinsson.
»Für die Ausführung des Auftrags?«
»Für Hotel und Reisekosten.«
»Tausend Mark?«

Martinsson antwortete wieder schwedisch.
»Ich bin kein Killer«, sagte der Dolmetscher heiser. »Ich kann nicht für Geld auf Menschen schießen. Ich habe überhaupt noch niemals geschossen.«
»Immerhin, tausend Mark«, knurrte der Kommissar. »Großzügiger Spesensatz.«
»Hatte selber noch ungefähr neunhundert Mark. Mein Geld. Brauchte keins.«
»Warum haben Sie geschossen?«
In Martinssons Gesicht zuckte es, als er kaum hörbar antwortete. Der Dolmetscher mußte wieder nachfragen, ehe er übersetzte.
»Ich habe nur ja gesagt, weil ich so müde war. Weil er soviel geredet hat ... Weil er so traurig war. Ich hätte nicht ja sagen dürfen.«
»Ich wiederhole meine Frage, Herr Martinsson. Wenn Sie selbst schon finden, Sie hätten nicht zustimmen dürfen: Warum haben Sie trotzdem auf Heinrich Lodemont geschossen?«
»Weil ich ja gesagt habe«, murmelte Martinsson.
Der Kommissar seufzte tief auf. »Was taten Sie im Motel Siegmund?«
»Ging ins Bett. Schlief.«
»Wann war das?«
»Etwa sieben.«
»Also neunzehn Uhr.«
»Neunzehn, ja.«
»Wie lange schliefen Sie?«
»Ganzen Tag. Bis nächsten Abend. Wachte auf, sah Pistole, hatte Angst. Ich bin zum Hauptbahnhof gefahren. Auf Taxe. Mit Pistole.«
»Warum mit der Pistole?«
»Ich wußte nicht, wo im Hotelzimmer verstecken.«
»Was taten Sie am Hauptbahnhof?«
»Getrunken, Whisky ... auch anderes scharfe Sachen. Dazwischen Rotwein. Bin von ein Lokal in anderes gegangen, weiß nicht mehr, wie sie heißen, wo ich war.«
Der Kommissar blätterte in den Papieren. »Sie haben in der Adonis-Bar einem als Barfrau arbeitenden Transvestiten die Pistole gezeigt und erklärt, damit bringe ich mich um.«
»Erinnere nicht.«

»Der Transvestit behauptet, er habe geantwortet: Geh, du mit deinem Gummirevolver.«
»Erinnere nichts.«
»Warum sind Sie dann plötzlich nach Berlin geflogen?«
»Weiß nicht.«
»Sie haben den Umschlag mit der Waffe in der Gepäckaufbewahrung deponiert.«
»Ja.«
»Und haben dann die letzte Abendmaschine genommen.«
»Muß wohl.«
»Was heißt: muß wohl?«
»Heißt, daß ich nicht weiß.«
»Sie haben in Frankfurt einen Hin- und Rückflug gebucht. Und am nächsten Morgen in Berlin einen einfachen Flug nach Frankfurt. Offenbar haben Sie den Hin- und Rückflugschein in Berlin verloren. Wo waren Sie die Nacht über?«
»Weiß nicht.«
»Martinsson.«
»Mit viel Alkohol ist manchmal bei mir so: entweder ich schlafe. Oder ich lebe, mach alles wie andere. Aber ich weiß nicht, daß ich lebe. Weiß nicht, was ich mach.«
»Bequem, nicht?« brummte der Kommissar.
»Nein, sehr unbeqeuem«, sagte Martinsson. »Ärzte in Malmö können bestätigen.«
»Werden Sie mir jetzt erzählen, daß Sie nicht mehr wissen, ob Sie auf Heinrich Lodemont geschossen haben oder nicht? Ja?«
»Nein. Weiß ich. Hab geschossen. Aber wollte nicht.«
»Geschenkt.«
»Wollte nicht.«
Der Kommissar wartete, betrachtete eine Fliege auf dem Schreibtisch, die langsam über seinen Kugelschreiber hinwegkletterte. Alte Fliege, dachte er, sehr alte Fliege.
»Einmal«, begann Martinsson wieder, »einmal, früh am Morgen, ich habe gelesen: Taunusstraße.«
»Wo? In Berlin? In Frankfurt?«
»Frankfurt doch, oder?«
Der Kommissar lehnte sich zurück, trank den Rest warmen Mineralwassers aus seinem Plastikbecher, warf den Becher in den Papierkorb. »Bitte weiter, Herr Martinsson. Also Sie haben gestern früh gelesen: Taunusstraße.«

Er sah schon, jetzt würde es wieder schwedisch weitergehn, sah, wie sich ihm das blasse Gesicht Seiberts beflissen entgegenneigte, und er horchte voller Sorge auf das Klingeln in seinem rechten Ohr, das ihm lauter vorkam als zuvor und sich mit der undeutlichen rauhen Stimme des Schweden, der brüchigen heiseren des Dolmetschers und dessen Geräusper und Gehuste vermischte.

»Taunusstraße, ja. Da fiel mir ein, weiß ich noch, daß ich sollte... ich sollte am nächsten Morgen nach Kronberg fahren, zum Haus von diesem Mann. Lodemont. Und Kronberg, hatte Rudolf gesagt, liegt am Taunus, er hat mir beschrieben, auf einer Karte gezeigt... Es ist so, ich wollte nicht an Kronberg denken, nicht, daß ich ja gesagt hatte.«

»Warum sind Sie nicht einfach in Ihr Motel zurückgefahren, nachdem Sie die insgesamt tausendneunhundert Mark durchgebracht hatten? Daß Sie ja gesagt hatten zu einem von Dr. Prehl geplanten Verbrechen, mein Gott, das konnte Sie doch wirklich nicht zwingen, dies Verbrechen nun auch auszuführen.«

»Doch«, sagte Martinsson ruhig.

»Martinsson«, murmelte der Kommissar wieder.

»En gång ville jag ju –«

»Einmal wollte ich ja –« sagte der Dolmetscher.

»Was wollten Sie?«

»Pistole wegschmeißen, zum Motel fahren, Auto nehmen, zurück nach Malmö. Vierhundert Mark hatte ich noch. Ich stand schon draußen, mir war nicht gut, ich lehnte an einem Auto. Da kam einer vorbei, sah aus, wie Hafenarbeiter bei uns in Malmö aussehen, der sagte, Mensch, Kumpel, in dem Zustand kannst du doch nicht, kannst nicht Auto fahren, trink erst mal was mit mir. Da bin ich mit dem wieder in die Bar gegangen. Dann weiß ich nichts mehr von ihm. Um zehn, glaube ich, um zehn, ja, schmissen die mich raus auf die Straße, da waren auch die vierhundert Mark weg. Ich bin zurück ins Motel, habe geschlafen. Ich sollte aber um halb elf in Kronberg sein. Jeden Sonntag um halb elf fährt der Mann von Kronberg nach Frankfurt zu seiner Mutter. Ich sollte im Gebüsch vor der Garage stehn und ihn erschießen, von hinten, während er das Garagentor öffnet.«

»Es stimmt also? Sie sollten ihn wirklich töten?«

»Ja.«

»Sind Sie sich darüber im klaren, daß Sie mit dieser Bestätigung Ihrer Aussage von vorhin Dr. Prehl schwer belasten?«
»Ja.«
»Sagten Sie nicht, er ist Ihr Freund?«
»Als ich hier in Ihr Büro, als ich hier hineingeführt wurde, als Sie angefangen haben, mich zu fragen, da habe ich immer versucht zu denken, daß Prehl, trotz allem, noch mein Freund ist. Aber dann dachte ich auf einmal, es ist sicher, er ist es nicht mehr.«
»Warum dachten Sie das auf einmal?«
»Er war nie«, sagte Martinsson und blickte wieder auf den Kalender an der Wand neben dem Kommissar.
»Das ist keine Antwort auf meine Frage.«
»Kein Antwort«, murmelte Martinsson. »Nein, keine Antwort.«
Der Kommissar sah eine Weile dem Dolmetscher zu, der voller unterdrückter Unruhe seine Armbanduhr kontrollierte.
»Sie sind also nach Kronberg gefahren, Herr Martinsson«, sagte er schließlich.
Martinsson nahm den Blick vom Kalender. »Nein. War doch zu spät. Bin auch zu spät aufgewacht. Bin zur Villa von der Mutter gefahren. Adresse ebenfalls von Prehl. Dort im Auto vor der Gartentür ich habe gewartet, bis der Mann herauskam.«
»Wann war das?«
»Drei Uhr vielleicht. Han bar ett stort gyllenet pappaskägg med en skär rosett...«
»Er trug ein großes goldenes Osterei«, redete Seibert hinter Martinsson her, und das Klingeln im Ohr des Kommissars nahm abermals zu, »Osterei mit rosa Schleife. Eine alte Frau mit blauweißen Haaren und einer ähnlichen rosa Schleife darin sah scharf hinter ihm her. Ich dachte... ich dachte sofort, das ist seine Mutter. Ich erinnere mich genau an diese beiden rosa Bänder. Ich glaube, ich habe nichts anderes richtig gesehen. Sie schloß die Haustür erst, als er an der Gartentür war. Er blieb bei den Mülleimern neben der Gartentür stehn. Ich sah ihm an... ich glaube, er überlegte, ob er das Osterei, ob er das Ding nicht gleich in den Mülleimer... In diesem Moment schoß ich, aus dem Auto, durchs Fenster. Ich hatte auf das Osterei gezielt. Aber er, er machte eine Bewegung. Und ich bin ja nicht geübt im Schießen, ich zitterte mit

den Händen. Ich wollte ihn nicht töten ... wollte ihn nicht treffen. Ich, ich schoß und fuhr sofort weg, zurück ins Motel. Da habe ich, auf dem Bett habe ich gelegen. Bis die Polizisten kamen.«

»Sie haben nicht versucht, zu fliehen, sich zu verbergen?«

»Nein.«

»Sie haben auf die Polizei gewartet?«

»Ich dachte nicht an die Polizei.«

»Woran dachten Sie?«

»Ich hatte Angst, mich zu bewegen. Es war ein Gefühl wie damals, als ich ... als meine Finger von dem Eisenträger abrutschten, als ich stürzte ... als ich neben meinen Füßen stand. So war das.« Martinsson hielt den Kopf schräg geneigt und blickte auf seine immer noch lehmbeschmierten Schnürstiefel, während er zuhörte, wie Seibert hustend übersetzte. Die Längsfalten in seinem Gesicht waren schärfer geworden, und die dunklen Locken, das fiel dem Kommissar erst jetzt auf, hatten einen rötlichen Schimmer. Er sah einen andern schräg geneigten Kopf vor sich und lange rotbraune Haare, hörte die leise Stimme der Frau, mit der er gestern abend gesprochen hatte, und begriff, der Schwede erinnerte ihn an die Frau, schon die ganze Zeit, obwohl beide sonst keine Ähnlichkeit miteinander hatten. Was hatten sie also gemeinsam, außer unterschiedlich intensiven Rotanteilen in den Haaren und dieser Kopfhaltung beim Zuhören? Leiden, untilgbar, und Aufrichtigkeit, chancenlos – er wußte, das hatte er vor langer Zeit gelesen, vor Jahrzehnten, aber er kam nicht mehr auf das Buch, den Zusammenhang, und die Formulierung half ihm auch kaum weiter. Aber daß er sich in diesem Augenblick an sie erinnerte, irritierte ihn. Er hätte jetzt gern mit Prehl gesprochen. Langsam wischte er sich wieder das Gesicht, steckte das Tuch in die Innentasche des Jacketts zurück und stand schwerfällig auf, riß das Ostermontagsblatt vom Kalender. Morgen würde er frei haben. Und außer ihm riß hier niemand Kalenderblätter ab. Noch siebzehn Monate und vier Tage bis zur Pensionierung. Er könnte noch was haben vom Leben. Er stellte sich hinter den jungen Beamten, der inzwischen halb eingedöst war und nun betont dienstbereit zu ihm aufsah.

»Ja, dann wollen wir das mal wieder für das Protokoll ein wenig zusammenfassen«, begann der Kommissar und diktierte: »Nachdem mir von Dr. Prehl die Pistole ausgehändigt worden

war, mit dem Auftrag –« Der Kommissar legte dem Beamten, der schon lostippte, die Hand auf die Schulter. »Warten Sie.«
Einen Moment war es völlig still im Zimmer. Auch von den Fluren und vom Innenhof kam kein Geräusch. Der Dolmetscher, der gerade erleichtert die Zigarettenschachtel in die Jackentasche gesteckt hatte, hielt resigniert den Atem an.
»Herr Martinsson«, sagte der Kommissar. »Sie mußten sich das doch überlegt haben, nicht wahr? Egal wies ausläuft, mußten Sie sich sagen, wenn ich auf Lodemont schieße, verlier ich früher oder später Prehl. Oder?«
Martinsson hob den Blick. »Wenn ich nicht schieße, auch«, murmelte er. »Und sofort.« Und er betrachtete wieder seine Stiefel.

Gegen Abend, als die heiß und staubig zwischen den Hochhäusern stehende Luft von einem leichten Wind bewegt wurde, verließ die Frau die stickige Mansarde. Das Leinenkostüm, das sie anhatte, und die Bluse in der Farbe ihrer Haare hatten zu lange in der Reisetasche gelegen; die Sachen waren verknautscht. Aber das störte sie nicht. Die Haare hatte sie hinten zu Zöpfchen geflochten und aufgesteckt. Das tat sie nur, wenn sie zuversichtlich war. Langsam, die mit Bewerbungsbriefen gefüllte Handtasche am Tragriemen schwenkend, folgte sie dem schäbigen Korridorläufer zur Treppe und ging hinunter, vorbei am Aufzug, der zwischen dem dritten und vierten Stockwerk hängengeblieben war. Die Pension erstreckte sich über mehrere Stockwerke, aber der Altbau war schmal zwischen die Nachbarhäuser gepreßt, pro Etage gab's nur wenige Zimmer.
Unten im Frühstücksraum saß ein kleiner alter Mann vor dem dröhnenden Fernseher. Es sah aus, als hörte er dem Klavierkonzert zu. Aber er schlief. Sie mochte ihn nicht nach Briefmarken fragen; er schien erschöpft von der Hitze, atmete schwer, hatte tiefe Schatten um die Nasenflügel. Sie ging hinaus und schloß leise die Tür. Sie war gerade auf den untersten Stufen vor dem Hausportal, da hörte sie hinter sich Klaviertriller. Der alte Mann stand in der offenen Tür vom Frühstücksraum und rief mit dünner Stimme: »Was wollte Sie dann? Warum hawwe Sie mich geweckt?«
»Tut mir leid«, sagte sie.

»Des sinn vielleicht verrickte Ostern, sach isch Ihne, des fing ja schon am Ostersonndach frieh aa, da wusstisch Bescheid, des werd nix mehr, als dieser besoffene Knallkopp aagerufe hat, dieser Snäggdaggög, Hosenträger in Berlin, bei Bullauge, von da an hawwich kaa Ruh mehr gehabt.«

»Hosenträger?« sagte sie. »Bullauge?«

»Un es is ja auch gleich losgange, Prügelei auf Zimmer fünf, da hawwe sisch zwei Weiber un ein Kerl gekloppt, dann wollt doch die meschuggenen Sängerin von Zimmer zehn die Rechnung net zahle, dann mußt isch als renne un Sie ans Telefon hole, dann is dieser Kommissar gekommen, kaa Ruh mehr.«

»Ein Snäggdaggög?« fragte sie. »Ein Schwede, ja?«

»Un heut die Zeitungsheinis, die nuffwollte zu Ihne. Wisse Sie, jeder Gast is heilig, un Sie könne hier tun un lasse, was Sie wolle. Awwer mit der Polizei un mit Zeitungen, dadermit wolle mir nix zu schaffe hawwe, nehme Sies mer net übel. Was kann ich tun für Sie?«

»Ich bräucht eins von Ihren Oberhemden«, sagte sie.

Der alte Mann sah sie an, und die Schatten in seinem Gesicht schienen sich auszubreiten.

»Nur geliehen. Bis morgen. Und einen Schlips.«

»Was is Ihne?« fragte der alte Mann besorgt. »Hawwe Sie plötzlich Fieber?«

»Ja. Hab ich.« Sie wartete. Der Zwanzigmarkschein, den sie in der Hand hielt, zitterte. Der alte Mann schlurfte schweigend weg, brachte ihr schweigend ein weißes Hemd und einen blauen Schlips, begab sich schweigend mit dem Zwanzigmarkschein zurück zu seinem lärmenden Klavierkonzert, schloß nachdrücklich die Tür.

Außer Atem probierte sie das Hemd an, holte Prehls Anzug aus dem Schrank. Das Hemd paßte. Prehls Hose war etwas zu lang und in der Taille zu weit. Sie warf die Sachen in die Reisetasche, dazu einen Gürtel, Stiefeletten mit flachen Sohlen und den einzigen Hut, den sie besaß, einen dunklen breitrandigen Herrenhut. Dann entfernte sie die Farbe von Lippen und Fingernägeln.

In einer halben Stunde war sie am Hauptbahnhof, gab die Bewerbungsschreiben auf, fuhr mit der Bahn durch die Dämmerung zum Flughafen. Die letzten beiden Maschinen nach Berlin waren ausgebucht. Sie ließ sich auf die Warteli-

ste setzen, las geduldig drei Zeitschriften durch, bekam als vorletzter Passagier in der letzten Maschine einen Platz.
Um Berlin standen Gewitter. Sie sah die fernen Blitze, bevor das Flugzeug landete, und die gegen den Mond ziehende Finsternis am halben Nachthimmel. Es gelang ihr, durch das Gewimmel von Ankommenden und Wartenden unbemerkt eine Herrentoilette zu erreichen. Da zog sie sich um. Sie entfernte die elastische Binde vom Knöchel und wickelte sie, ihre Brüste flach pressend, um den Oberkörper. Die Haare flocht und steckte sie unter dem Hut zusammen, wobei sie darauf achtete, daß im Nacken kürzere Haare aus dem Hut nach unten hingen. Nachdenklich betrachtete sie im Waschraum das Gesicht, das ihr aus dem Spiegel entgegensah. Der junge Mann im hellen Flanell mit dem breiten dunklen Hut mißfiel ihr. Aber sie fand ihn glaubhaft, obwohl er schwitzte.
Sie stopfte die Reisetasche in ein Schließfach, das zufälligerweise nicht außer Betrieb war, und als sie das Gebäude verließ, machte sie größere und langsamere Schritte als sonst. Beim Einsteigen in die Taxe bemühte sie sich, ihre Stimme tief und unaufgeregt zu halten: »Zum See, wo sich die Schwulen treffen.«
Der dicke grauhaarige Mann am Steuer sah ihr kurz ins Gesicht, bevor er die Zeitung zusammenfaltete und die Innenbeleuchtung ausschaltete. Fünfzehn Minuten später ließ er sie nach den letzten Baracken einer Schrebergartensiedlung aussteigen. Hier gab es keine Straße mehr, nur noch einen Feldweg.
Zögernd ging sie den Feldweg weiter, gewöhnte sich allmählich an die Dunkelheit. Sie war nicht allein auf dem Weg. Ein paar Männer kamen ihr entgegen. Andere gingen vor ihr. Niemand redete. Zwischen schwarzen Baumstämmen glitzerte Wasser. Sie war am lehmigen Ufer, inmitten schweigender Männer, die halbnackt, soviel konnte sie im Mondlicht erkennen, auf dem Boden kauerten, an Baumstämmen lehnten, allein, wartend, wobei sie schüchterne, auch deutliche Zeichen machten, oder schon paarweise miteinander beschäftigt, einige flüsternd, keuchend; aber die meisten schienen ihr gänzlich ohne Atem, sie bewegten sich lautlos und in großer Eile, als müßten sies unbedingt rasch hinter sich bringen, um wieder Luft holen zu können.
Unsicher bewegte sie sich zwischen Wasser und Bäumen, ver-

suchte, im Schein der fernen Blitze der Männern auszuweichen und zugleich näher zu kommen, traute sich nicht, nach Bullauge zu fragen. Jemand stand plötzlich neben ihr, flüsterte. Unwillkürlich machte sie eine abwehrende Gebärde, der andere trat demütig zurück ins Dunkel. Jetzt blinkte nicht weit von ihr in regelmäßigen Abständen eine Taschenlampe auf. Sie beleuchtete eine offene Hose und ein waagrecht von ihr abstehendes Glied. Näherte sich jemand, hielt der Gliedbesitzer schnell eine Hand schützend vor das, was er selbst in immer rascherem Rhythmus anstrahlte. Neben ihm stand einer, der war ohne Hose. Er hatte ein kleines halbgeschlossenes Auge und ein riesengroß geöffnetes, das sie starr anblickte. Um Hoden und Penis waren Gummischlaufen geschlungen.
»Machs mir«, flüsterte er, »ich lutsch dir dann auch einen.«
Sie wich zurück, begriff zugleich, daß sie nicht gemeint war, stolperte, fiel. Sie sah noch, wie der mit der Taschenlampe sich dem Starrauge mit den Gummischlaufen näherte, wie er sich die Taschenlampe in den Mund steckte und mit beiden Händen rhythmisch an den Gummischlaufen zu ziehen begann, wobei er sie immer wieder losließ, daß sie gegen die empfindlichen Teile schnellten. Der andere zuckte und stöhnte, wand sich, flüsterte von Sinnen: »Weiter! Ja! Weiter!«
Sie war über seine Hose gestolpert, hatte sich in breiten elastischen Hosenträgern verfangen. Sie achtete auf nichts mehr, knüpfte und riß die Träger von der Hose, stürzte davon, den Feldweg zurück, die Straße vor den Schrebergärten entlang, zerrte sich, während sie rannte, die Binde von den Brüsten, zerriß dabei das Hemd des Portiers, verlor den Schlips, fand schließlich eine Taxe.
»Is ja wohl hoch herjegangen heute«, sagte der Fahrer nur. Sie hatte Glück, in Tegel wurde noch ein verspätetes Charterflugzeug erwartet; sie konnte die Reisetasche holen und unbemerkt in einer Damentoilette verschwinden.
Erst als sie wieder Gerlinde geworden war, betrachtete sie die Hosenträger. Auf einem der beiden Bänder fand sie etwas, das aussah wie schweißverwischte Buchstaben, die sie nicht entziffern konnte. Sie betrachtete sie lange, zuckte die Schultern.
»Na?« sagte sie ein paar Minuten später in das blasse Gesicht unter strähnigen braunroten Haaren, das sie aus dem Spiegel

des Waschraums prüfend ansah, »was hast du erwartet, du verrückte Ziege? Hat dich mehr gekostet als eine Woche Mansarde, oder?«
Sie hatte die Hosenträger über den Türgriff der Klokabine gehängt. Als sie den Waschraum verließ, sah sie nicht mehr hin.

Die Autoren

vorgestellt von Rudi Kost

Friedhelm Werremeier

Friedhelm Werremeier ist ein in der Wolle gefärbter Reporter. Jahrzehntelang hat er für große Illustrierte gearbeitet, und nach wie vor zählt er zu der Handvoll Gerichtsreporter, die in Deutschland wirklich einen Namen haben.

Seine Bücher und Fernsehspiele sind wie Reportagen: bis ins Detail genau recherchiert, hartnäckig auf der Suche nach der Wahrheit. Mit dem Spürsinn des geschulten Reporters ist Friedhelm Werremeier immer wieder auf brisante Themen gestoßen, noch ehe diese ihren Zug durch die Schlagzeilen der Gazetten angetreten haben: Entführungen (»Ohne Landerlaubnis«, 1971; »Trimmel und der Tulpendieb«, 1974), Geschäfte mit Organtransplantationen (»Ein EKG für Trimmel«, 1972), Fußballmanipulationen (»Platzverweis für Trimmel«, 1972), Umweltskandale (»Trimmel macht ein Faß auf«, 1973).

Und immer wieder fasziniert ihn die Psychiatrie mit ihren Möglichkeiten und Grenzen, die Grauzone zwischen echter Hilfe und selbstsüchtiger Eigenmacht, die Kungelei mit Staatsanwaltschaft und Verteidigung (»Der Richter in Weiß«, 1971; »Trimmel hält ein Plädoyer«, 1976; »Trimmel hat Angst vor dem Mond«, 1977); auch in Sachbüchern hat er sich dieser Problematik angenommen (»Bin ich ein Mensch für den Zoo? Der Fall Jürgen Bartsch«, 1968; »Der falsche Chefarzt von Berlin«, 1968).

Friedhelm Werremeier deckt schonungslos auf, doch ohne jedwede indoktrinatorische Absicht: er läßt die Fakten sprechen. Als Heilsbringer wäre sein Hauptkommissar Paul Trimmel auch nicht das geeignete Medium, dessen ruppige Schale eine überaus empfindsame Seele nur mühsam verdeckt, der gewiß und mit gutem Gewissen für Recht und Ordnung eintritt, aber nur zu gut weiß, daß Recht nicht unbedingt Gerechtigkeit, Ordnung oft nur Vertuschung bedeuten und der deshalb eigensinnig seine Wege geht, mitunter hart am Rande der Legalität, manchmal mit fatalen Folgen – die Erfahrungen des Gerichtsreporters sprechen daraus.

Friedhelm Werremeier, der 1930 in Witten geboren wurde und heute in Bad Bevensen lebt, zählt zu den neuen deutschen Krimi-Autoren

der ersten Stunde, und unter den ersten war er der allererste, der sich auf das Wagnis einer Serienfigur eingelassen hat und auch der erste, der den Polizeiroman in Deutschland einführte; mit einem Trimmel-Roman, »Taxi nach Leizig«, eröffnete die ARD 1970 ihre »Tatort«-Reihe, und Trimmel ist einer der wenigen Fernsehkommissare, der die Jahre überdauert hat: elf der bislang zwölf Trimmel-Romane wurden als »Tatort« verfilmt, und eine neue Serie mit dem Hamburger Hauptkommissar ist in Vorbereitung. Das Fernsehen ist sozusagen das Standbein des Autors Werremeier: viele andere Spielfilme und Serienbeiträge hat er geschrieben.
Das Buch, der Kriminalroman ist indessen, um im Bilde zu bleiben, das Spielbein geblieben, und erneut hat Friedhelm Werremeier sich dabei auf etwas Neues eingelassen. Als er 1982 von Rowohlt zu Heyne wechselte und seine früheren Bücher dort wieder aufgelegt wurden, hat er sie nochmals überarbeitet, sie stilistisch und inhaltlich ausgefeilt. Daß er, wieder mal, der erste Krimi-Autor ist, der das macht, braucht eigentlich gar nicht mehr hinzugefügt zu werden.

Felix Huby

Ihre schwäbische Abkunft wollen weder Felix Huby noch seine Figuren verleugnen. Es ist nicht zu übersehen, daß den Stuttgarter Hauptkommissar Ernst Bienzle mancherlei mit seinem Schöpfer verbindet. Die Zuneigung zu einem Viertele guten Trollingers beispielsweise. Die grummelnde Art, hinter der sich eine gehörige Portion Nachdenklichkeit verbirgt, aber ebenso Empfindsamkeit und allen irdischen Freuden zugetane Gemütlichkeit. Und auch ein Dickschädel, der so schnell nicht klein beigibt.
Dem Kommissar Bienzle bescherte das beträchtliche Erfolge, aber auch eine Strafversetzung, weil er allzu hartnäckig den Intrigendschungel aus Wirtschaft und Politik lichten wollte (»Sein letzter Wille«, 1979). Felix Huby verhalf es unter seinem bürgerlichen Namen Eberhard Hungerbühler zu einer Journalistenkarriere, die als Stuttgarter Büroleiter des »Spiegel« endete, ehe er sich ganz der Schriftstellerei widmete.
Der Schriftsteller Felix Huby freilich setzt nur mit anderen Mitteln fort, was den Journalisten Eberhard Hungerbühler umtreibt. Ob es um die kriminellen Energien der Kernkraft geht (»Der Atomkrieg von Weihersbronn«, 1977), um krumme Geschäfte mit der Altstadtsanierung (»Sein letzter Wille«) oder um organisierte Kriminalität in der Provinzhauptstadt Stuttgart (»Schade, daß er tot ist«, 1982): mit Hilfe der Fiktion setzt der Schriftsteller über die Mauern, die sich dem Journalisten als unüberwindbar entgegenstellten. Aus dem konkreten Einzelfall, von dem Journalisten einst recherchiert, wird ein Mo-

dellfall, der stellvertretend steht für ähnliche Ereignisse, und davon gibt es mutmaßlich viele.
Eberhard Hungerbühler kam 1938 in Dettenhausen bei Tübingen zur Welt, in einer Ecke also, wo die Schwaben besonders schwäbisch, die Schädel bockelhart sind. Felix Huby ist indes kein »Berufsschwabe«. Aber er weiß um die Mentalität und die Verwurzelung der Menschen. Genüßlich und, zumindest für die Eingeborenen erkenntlich, auch mit feiner Ironie, die Verbundenheit ausdrückt, nimmt Felix Huby sich dieses Schwaben an, wo die Landsleute wie die Landschaft sind: ruppig wie die Schwäbische Alb, sanft-verschlossen wie der Schwäbische Wald.
Huby verwendet viel Sorgfalt auf seine Figuren, die meiste natürlich auf Ernst Bienzle. Der ist nicht bloß Funktionsträger, er ist genauso auch Mensch, und der steht dem Polizisten manchmal im Wege. Die Figur mit ihren Eigenheiten und Schwächen, ihren privaten Nöten und Freuden voranzutreiben, dienen vor allem jene Romane, deren Geschichte eher konventionellen Mustern folgt (»Tod im Tauerntunnel«, 1977; »Ach wie gut, daß niemand weiß...«, 1978; Bienzle stochert im Nebel«; 1983).
Bei aller Atmosphäre verlieren Ernst Bienzle und sein Autor dennoch nicht ihren kritischen Blick auf das Geschehen und die Menschen um sie herum; die moderat eingebrachten Dialektpassagen sind das hinterhältige Mittel, die Meinungen auf den Punkt zu bringen. – Obschon Felix Huby mit seinen Bienzle-Romanen bekannt geworden ist, soll nicht vergessen werden, daß auch anderes aus seiner Feder stammt: Kinder- und Jugendbücher, Fernseh- und Hörspiele und, unter seinem richtigen Namen, Sachbücher.

Irene Rodrian

Krimis sind offenbar Männersache. Irene Rodrian hat das bei ihren Anfängen als Krimi-Autorin am eigenen Leib erfahren: für das bewußt »männlich« geschriebene Manuskript »Tod auf St. Pauli« erhielt sie 1967 den Edgar-Wallace-Preis, das gleichzeitig eingereichte »Bis morgen, Mörder« (1969), »das Buch, das mir gefallen hat«, wurde hingegen zunächst abgelehnt.
Lange Zeit war Irene Rodrian die einzige Krimi schreibende Frau unter lauter Männern, und trotz auch weiblicher Konkurrenz mittlerweile ist ihre Spitzenstellung nicht gefährdet. Weil die Männerdominanz ja unbestreitbar eine Realität unserer Gesellschaft ist, verwundert es nicht weiter, daß Irene Rodrian sie zum Thema ihrer Romane und Erzählungen macht. Doch schreibt sie nicht, wie zu vermuten wäre, kämpferisch-emanzipatorische Bücher, im Gegenteil: Irene Rodrians Frauenfiguren lassen sich treiben, von anderen – eben zumeist Männern – beherrschen und ausnutzen. Daraus erwachsen

Konflikte, die schnell in Ausweglosigkeit münden – Mord erscheint da oft nur als unausweichliche Folge, als einzig mögliche Lösung aus der Abhängigkeit.
Allerdings versteht Irene Rodrian solche Situationen nicht allein geschlechtsspezifisch. Vielmehr spiegeln sie allgemeines Rollenverhalten wider – auch viele Männerfiguren sind bei ihr keineswegs die Starken, Entschlossenen, trotz ihrer scheinbaren Dominanz.
Irene Rodrian, 1937 in Berlin geboren, in München lebend, von Hause aus Werbeberaterin und Grafikerin, gilt nicht zu Unrecht als die deutsche Patricia Highsmith. Harmlose Alltagssituationen steuern unaufhaltsam auf die Katastrophe zu, weil die Schwachen, Mutlosen sich nicht – oder nur falsch – zu wehren wissen (»Die netten Mörder von Schwabing«, 1975; »Küßchen für den Totengräber«, 1974), weil dem Geschehen durch die Passivität der Beteiligten nicht Einhalt geboten wird (»Finderlohn«, 1971; »Ein bißchen Föhn und du bist tot«, 1975).
Schwelende Konflikte, durch Konventionen verdeckt, aufgestaute Aggressionen brechen sich dann Bahn, Partnerschaften erweisen ihre Brüchigkeit, Harmonie zeigt sich als Haß (»Wer barfuß über Scherben geht«, 1970; »... trägt Anstaltskleidung und ist bewaffnet«, 1978). Extremsituationen lassen Verhaltensweisen stärker als sonst zutage treten – Irene Rodrian hat ein treffendes Bild dafür gefunden: Mord sei wie ein Vergrößerungsglas, das menschliche Beziehungen schmerzhaft scharf heraushebt. Indessen wirken die Katastrophen auch reinigend: erst durch ihre schlimmen Erfahrungen sind die Figuren Irene Rodrians in der Lage, zu sich selbst und zu einem eigenen, unabhängigen Standpunkt zu finden. Ein Lernprozeß ist in Gang gekommen, dem allerdings andere zum Opfer gefallen sind – wäre das nicht vermeidbar gewesen? Ein Gedanke, den Irene Rodrian auch in ihren Kinder- und Jugendbüchern und Fernsehspielen verfolgt.
In jüngster Zeit hat Irene Rodrian sich zunehmend von den Strukturen des Kriminalromans gelöst. »Schlaf, Bübchen schlaf« (1980), »Hausfrieden« (1981), »Vielliebchen« (1982) und »Schlagschatten« (1983), die schon in ihrer Titelwahl alles Spektakuläre vermeiden, sind noch stärker psychologische Romane als ihre früheren Bücher.

Richard Hey

Nur vier Kriminalromane hat Richard Hey geschrieben: »Ein Mord am Lietzensee« (1973), »Engelmacher &Co« (1975), »Ohne Geld singt der Blinde nicht« (1980), »Feuer unter den Füßen« (1981), dazu einige Erzählungen; aber sie haben der Krimi-Kultur hierzulande wichtige Anstöße gegeben.
Wichtig war allein schon die Person: ein anerkannter Autor (Jahrgang 1926), dessen Hörspiele, Theaterstücke und Fernsehspiele weite

Beachtung gefunden hatten und mehrfach mit Preisen bedacht wurden (1955 Schiller-Preis, 1960 Gerhart-Hauptmann-Preis, 1965 Hörspielpreis der Kriegsblinden), bekannte sich ausdrücklich zum mißachteten Krimi.

Er, der Mann, wählt sich als Hauptfigur eine Frau, die Berliner Kommissarin Katharina Ledermacher (die im vierten Roman von der Mainzer Kommissarin Buchmüller abgelöst wird) und beweist erstaunliches Einfühlungsvermögen dabei. Und er demonstriert, wie man Gesellschaftskritik betreiben kann, ohne deswegen auf Spannung verzichten zu müssen.

Seine Romane enthalten sich aller formalen Experimente, sie sind straff und geradlinig erzählt, süffig zu lesen und leben von originellen Figuren und dichter Atmosphäre. Richard Hey benutzt so ein gewohntes Muster für seine aufklärerischen Absichten. Sein Thema ist nichts weniger als die Bundesrepublik der Gegenwart. Randgruppen der Gesellschaft: Rocker und Rentner; skrupellose Geschäftemacher: Abschreibungs- und Abtreibungsfirmen; Drogenhandel, bei dem der Staat kräftig mitmischt; politische Vertuschungsaffären – Richard Hey deckt erbarmungslos Mißstände auf.

Ihr heftigster Kritiker ist ausgerechnet eine Kriminalbeamtin, die in jeder Hinsicht außergewöhnliche »Ledermacherin«: eine lebenslustige, warmherzige Frau, die mit einem politisch verdächtigen Lehrer in wilder Ehe lebt, deren eigene Tochter sich den Aussteigern und Hausbesetzern anschließt und dabei die Sympathien ihrer Mutter hat, eine Kommissarin, die mit ihrer Meinung nicht hinterm Berg hält. Das bringt sie mehr und mehr in Konflikt nicht nur mit ihren Vorgesetzten, auch mit sich selbst. Sie muß miterleben – hier knüpft Richard Hey an die Schweden Sjöwall/Wahlöö an –, wie die staatlichen Organe, Polizei, Staatsanwaltschaft, Verfassungsschutz, sich immer deutlicher in Mißkredit bringen.

Man muß, so Richard Heys literarisch zugespitzte These, die Bürger vor dem Staat schützen. Der Staat ist nicht mehr moralisch über jeden Zweifel erhaben. Er verfolgt die kleinen Kriminellen, die armen Würstchen, die ohnehin schon Diskriminierten unnachsichtig, aber er läßt die Großen nicht nur laufen, er leistet ihrem kriminellen Tun sogar Vorschub. Und: er ist mit seinen Methoden abseits der Legalität, mit seiner Rechtfertigung zweifelhafter Mittel korrupt, schon längst selber kriminell geworden.

Für kritische Geister ist da kein Platz mehr, wenn sie nicht die Achtung vor sich selbst verlieren wollen. Im dritten Roman nimmt Katharina Ledermacher ihren Abschied von der Polizei. Nicht länger mehr will sie Handlanger sein und schützen, was sie eigentlich verabscheut. Viele von Richard Heys Lesern haben diesen Schritt bedauert; aber er ist nur eine konsequente Folge seiner scharfen Gesellschaftsanalyse.